Paul Harding

# Der Mörder von Greenwood

Roman

Aus dem Englischen von
Holger Wolandt

Knaur

Die englische Originalausgabe erschien 1993 unter dem Titel
»The Assassin in the Greenwood« bei Headline Publishing, London

Deutsche Erstausgabe August 1998

Umschlaggestaltung: Agentur Zero, München
Umschlagillustration: Artothek/Joachim Blauel, Peißenberg
Satz: Ventura Publisher im Verlag
Druck und Bindung: Elsnerdruck, Berlin
Printed in Germany
ISBN 3-426-65123-8

2 4 5 3 1

*Meinem Sohn Michael,*
*der am besten von allen*
*Schweine zeichnen kann!*

# Prolog

In seiner kalten, engen Zelle in einem Kloster vor den Toren von Worcester hob der Chronist Florence seine milchigtrüben Augen und starrte in die Dunkelheit hinter dem Fenster. Wie sollte er diese Zeiten bloß beschreiben? Sollte er alles, was er gehört hatte, unverändert wiedergeben? Stimmte es beispielsweise, daß Satan selbst, der Prinz der Finsternis, mit seinen schwarzgekleideten Legionen aus den Tiefen der Hölle gekommen war, um die menschliche Seele mit Visionen dieses Abgrunds in Versuchung zu führen und zu drangsalieren? Er hatte gehört, daß ein boshaftes Meer von Dämonen, die polternd und wogend das Antlitz der Erde bedeckten, sich damit amüsierte, sich in Schlangen und wilde Tiere zu verwandeln, in Monster mit krummen Gliedern, räudige Bestien und kriechende Kreaturen. Um Mitternacht, hatte man Florence ebenfalls erzählt, war Donnergrollen am Himmel zu hören, und Blitze zuckten über einem Meer aus Köpfen, ausgestreckten Händen und vortretenden Augen, die glasig vor Verzweiflung waren.

Ein anderer Mönch, ein Angehöriger seines Ordens, behauptete, einen Wagen gesehen zu haben, der in rasender Fahrt von Hengsten mit feurigen Augen und fauligem Atem durch die Luft gezogen wurde. In diesem Wagen saß ein grinsendes Skelett mit einer Dornenkrone.

Es war eine Zeit des Mordens. Edward I. war nach Schottland gereist, um dort Wallace, den Anführer der Rebellen, zur Strecke zu bringen, während in Frankreich der silberhaarige Kapetinger, Philipp der Schöne, in seinen Geheimkammern unter dem Louvre-Palast Ränke schmiedete. Er zog seine Armeen zusammen, und die Straßen der Normandie waren mit Kolonnen von Männern verstopft, die sich durchs Land wälzten. Kavallerie, schwerbewaffnete Reiter, Bogenschützen und Speerwerfer zogen nach Norden und drängten sich an der Nordgrenze Frankreichs, wo sie auf den Befehl warteten, in das Königreich Flandern einzufallen und es zu zerstören.

Dieses Gerücht hatte Florence im Refektorium hinter vorgehaltener Hand gehört. Der Abt hatte gerade die Boten des Königs bewirtet, die, staubig und mit Ringen unter den Augen, von der Küste kamen. Diese Kuriere brachten den Generälen des Königs in London die Nachricht von französischen Schiffen auf dem Kanal: Hatte Edward denn nicht prophezeit, daß Philipp einen Schlag gegen Flandern und die Südküste Englands führen würde, wenn die französische Flotte erst einmal ihre Segel gesetzt hätte?

In welche Richtung würden Philipps Armeen zuerst marschieren? Der Papst verkroch sich in Avignon hinter seinem Thron und wartete erst einmal ab. Edward von England warf sich ruhelos auf seinem Soldatenlager hin und her und zerbrach sich über dieses Problem den Kopf. Die Kaufleute in London warteten ebenfalls ab. Falls Philipp Flandern eroberte, dann war dem Handel mit England, den Schiffsladungen Wolle, die zu den Webstühlen und Webern in Gent und Brügge versandt wurden, ein Ende gesetzt. Sie würden ein Vermögen verlieren. Ganz Europa hielt den Atem an. Chronisten wie Florence konnten nur schreckliche Warnungen und Prophezeiungen niederschreiben über das, was vielleicht kommen würde.

In den dunklen Straßen und Gassen von Paris, die auf der anderen Seite der Grand Pont wie ein Spinnennetz zusammenliefen, schmiedeten praktischer veranlagte Männer Pläne, um herauszufinden, was Philipp wirklich vorhatte. Sir Hugh Cor-

bett, der Dienstälteste in der Kanzlei Edwards I. von England, der Meister der Geheimnisse des Königs und der Hüter des Geheimsiegels, hatte seine Agenten in Scharen in die französische Stadt geschickt, Kaufleute, die sich scheinbar nach neuen Märkten umschauten, Mönche und Klosterbrüder, die vorgeblich ihre Mutterhäuser besuchten, Gelehrte, die in den Schulen zu disputieren hofften, Pilger, die offensichtlich auf dem Weg waren, das abgetrennte Haupt des heiligen Denis zu verehren, sogar Kurtisanen, die Zimmer mieteten und in deren Betten die Schreiber und Bediensteten von Philipps geheimer Kanzlei lagen. Ihr Auftrag war nicht ungefährlich, denn William of Nogaret, Corbetts Rivale am französischen Hof, führte zusammen mit Philipps Meisterspion, Amaury de Craon, einen lautlosen, aber blutigen Krieg gegen Corbetts Legion von Spionen. Zwei englische Schreiber waren bereits verschwunden, ihre verstümmelten Leichen hatte man später an den morastigen Ufern der Seine angespült gefunden. Drei von Corbetts »Pilgern« faulten mittlerweile als Kadaver auf dem großen Blutgerüst von Montfaucon. Eine hübsche Kurtisane, die junge Alisia, seidenhäutig und mit einem Gewirr korngelber Haare, war in ihrem Zimmer im »La Lune d'Argent« brutal zu Tode geprügelt worden, in dem viele der Schreiber aus der Kanzlei des französischen Königs zu speisen und zu trinken pflegten.
Eine blutige Schachpartie wurde gespielt. Bauer gegen Bauer, Springer gegen Springer. Es ging um einen Wissensvorsprung. Wann würde Philipp den Marschbefehl geben? Wo in Flandern würden seine Truppen angreifen? Hatte nur Philipp den Überraschungseffekt auf seiner Seite, dann war alles gut, erführe jedoch Edward von England vorher schon etwas, sprach sich das auch unter seinen flämischen Verbündeten herum, die dann Gelegenheit hatten, ihre Truppen gegen Philipps Vormarsch zusammenzuziehen.
In der Öffentlichkeit waren Edward und Philipp jedoch die

besten Freunde und sogar die engsten Verbündeten. Edward hatte Philipps silberhaarige Schwester Margaret geheiratet, und sein eigener Sohn, der Prince of Wales, sollte mit Philipps einziger Tochter Isabella vermählt werden. Die Franzosen sandten Edward ein Paar kostbarer Handschuhe aus Seide, deren Manschetten mit Juwelen besetzt waren. Edward antwortete mit einem Stundenbuch, jede Seite eine schillernde Farborgie. Philipp nannte Edward seinen lieben Vetter. Edward sandte seine Entgegnung mit zärtlichen Grüßen an seinen lieben Bruder in Christus. Und doch führten sie in den Gassen und stickigen Schenken einen lautlosen Krieg.

Im »Fleur de Lys«, an einer Ecke der Rue des Capucines, saß Ranulf-atte-Newgate, Corbetts Diener und angeblich Edwards inoffizieller Abgesandter an den französischen Hof, in einer Ecke der Schankstube zusammen mit Bardolph Rushgate, einem Mann unbestimmbarer Herkunft und undurchsichtiger Vergangenheit, aber mit jungenhaften Zügen und goldenen Schmachtlocken. Er war ewiger Student, der sich von der englischen Staatskasse dafür bezahlen ließ, die eine oder andere Universität zu besuchen. Er hatte Anweisung, keine Examina abzulegen und auch nicht die Geheimnisse des Quadrivium zu studieren, sondern für seine Auftraggeber Informationen zu sammeln. Jetzt lehnte er sich mit geschlossenen Augen gegen die Wand und tat so, als sei er sehr betrunken. Ranulf tat ebenfalls so, als hätte er reichlich gebechert, seine roten Haare waren zerzaust, seine Augen halbgeschlossen, sein Mund war geöffnet. Er hatte sich sogar etwas Kreide in sein fahles Gesicht gerieben, um noch bleicher auszusehen. Allem Anschein nach handelte es sich bei ihnen um zwei Engländer, die die starken Weine Pariser Schenken nicht recht vertrugen.

»Glaubst du, die Hure kommt klar?« murmelte Bardolph.

»Ich hoffe es.«

»Wie viele sind es jetzt?«

Ranulf schaute durch die verrauchte und laute Schenke und betrachtete eine Gruppe von Reliquienhändlern. Sie schienen mehr daran interessiert zu sein zurückzustarren, als den Tand zu verkaufen, der jetzt neben ihnen auf Tabletts auf dem Boden aufgestapelt war.

»Wie viele?« wiederholte Bardolph.

»Sechs«, entgegnete Ranulf.

Er tat, als sei ihm schlecht, während er, wie um sich zu beruhigen, mit der Hand unter dem Tisch nach dem schmalen walisischen Messer in seinem Gürtel und dem Dolch oben in seinen langen Reitstiefeln faßte. Wiederholt griff er auch nach seinem Lederbeutel, der eine kleine Armbrust und ein Bolzenfutteral enthielt.

In einem der engen Verschläge über ihnen, die der Wirt großartig als Kammern bezeichnete, verdiente sich Clothilde, eine dralle Dirne mit einer Haut, glatt und dunkel wie die einer Traube, ihr Silber. Sie flog in einem ramponierten Himmelbett auf und nieder, Arme und Beine um Henri de Savigny geschlungen, einem Chiffreschreiber aus Philipps Kanzlei. Ranulf bearbeitete ihn schon seit Tagen. Der französische Schreiber, geil wie alle brünstigen Hunde, konnte sein Glück kaum fassen, daß ihm eine solch erstklassige Kurtisane schließlich doch ihre Gunst schenkte, nachdem sie ihn zuerst abgewiesen hatte. Da er nicht dumm war, kannte Henri jedoch auch den Preis, den sie dafür von ihm fordern würde: eine Kopie der Chiffre, die Philipp seinen Generälen an den Grenzen Frankreichs geschickt hatte.

Zu Anfang hatte der Schreiber noch abgelehnt, ja sogar damit gedroht, zu Nogaret zu gehen und so alles auffliegen zu lassen. Bardolph Rushgate hatte das verhindern können. Ob eine solche Beichte nicht auch ein teilweises Eingeständnis seiner Schuld sei? De Savigny hatte sich seine fleischigen roten Lippen geleckt, einmal mehr auf Clothildes üppigen Busen geschaut

und ihm zögernd recht gegeben. Der Preis: ein Beutel Münzen und Clothildes Gunst gratis. Was hätte eine Weigerung auch schon bewirkt? Henri hatte die Chiffre gesehen und sie kaum verstanden. Wie sollten die gottverdammten Engländer sie dann erst verstehen? Jetzt hatte er sich ganz in seine Spirale der Lust verloren und ließ seine Hände den glatten Rücken Clothildes hinabgleiten. Er war ganz verzückt, wie sie ihren Kopf zurückwarf. Ihr schwarzes Haar bildete einen Heiligenschein der Leidenschaft, und sie flehte ihn keuchend und flüsternd an, sie noch weiter zu beglücken.
Clothilde schaute über de Savignys Schulter auf die kleine Pergamentrolle, die er auf den Tisch geworfen hatte. Die ließ sie vollkommen kalt. Ranulf-atte-Newgate war eine reizvolle Perspektive gewesen, und das um so mehr, da er ihr einen Beutel Münzen geboten hatte. Genug Silber, um Paris verlassen und in die Provence zurückkehren zu können. Dort wollte sie einen kleinen Hof oder sogar eine Schenke kaufen. Männer waren so dumm! Sie verkauften so viel für eine einzige Nacht mit ihr. Clothilde machte weiter damit, zu stöhnen und ekstatisch zu flüstern. Sie sah, wie sich die Tür öffnete und erstarrte für den Bruchteil einer Sekunde. Ranulf-atte-Newgate glitt wie ein Schatten in ihre Kammer, eilte auf Zehenspitzen zum Tisch hinüber, nahm das Pergament an sich, blinzelte Clothilde zu und ging, leise die Tür hinter sich zuziehend.
»Dürften wir darum bitten, Monsieur?«
Ranulf drehte sich hastig um. Zwei der Reliquienhändler standen oben an der Treppe. Einer hatte sich gegen die Wand gelehnt und kaute auf einem Grashalm, der andere stützte sich aufs Treppengeländer. Ranulf fluchte. Man hatte sie verraten. Er hörte, wie Clothilde im Zimmer hinter ihm kicherte. Ranulf lächelte und nickte.
»Ist das Ihre Schwester?« spottete er. »Sie läßt Sie herzlich grüßen!«

Der Halmkauer bewegte sich, und in diesem Moment erwischte Ranulf den anderen Reliquienhändler mit einem Fausthieb. Ehe der Halmkauer seinen Dolch zücken konnte, hatte Ranulf schon, schnell wie eine Katze, mit seinem eigenen zugestoßen und ihm eine tiefe Halswunde beigebracht. Er donnerte treppab und stürzte in den Schankraum.

»Lauf, Bardolph, lauf!« schrie er.

Den ewigen Studenten mußte man nicht zweimal bitten. Er und Ranulf flohen aus der Schenke, bevor sich die anderen Reliquienhändler noch von ihrem Staunen erholt hatten. Ihr Anführer schob zwei seiner Gefährten auf die Treppe zu.

»Seht nach, was passiert ist!« schnarrte er.

Die beiden Männer stießen ihre Bauchläden beiseite, zogen Armbrüste hervor, die sie umgehängt unter ihren Umhängen verborgen hatten, hasteten durch die Schankstube und die Treppe hinauf. Einer ihrer Gefährten war bewußtlos, der andere lag im Sterben, Blut pulsierte aus einer Halswunde. Sie beachteten ihn nicht weiter, sondern traten krachend mit den Stiefeln die Tür der Kammer ein, die an Lederscharnieren nach innen aufflog. Clothilde und de Savigny schauten erstaunt auf, aber weder der Schreiber noch die Kurtisane hatten Zeit, zu protestieren. Nogarets Männer legten ihre Armbrüste an und jeder jagte einen Bolzen tief in den Hals der beiden Liebenden.

Auf den dunkler werdenden Straßen verfolgte der Rest von Nogarets Männern Ranulf und Bardolph. Die beiden englischen Agenten rannten wie der Sturmwind, wobei sie gelegentlich auf den schmutzigen Pflastersteinen ausrutschten.

»Wer hat uns verraten?« rief Bardolph keuchend.

»Clothilde!« entgegnete Ranulf atemlos. »Wer sonst? Sie hat nur nicht gesagt, wen sie treffen würde, sonst hätte de Savigny die Schenke nie lebend erreicht. Sie hat ihnen vermutlich nur gesagt, daß wir heute abend etwas vorhätten. Sie hat ihre Gunst an beide Seiten verkauft.«

Bardolph blieb an einer Ecke stehen, lehnte sich an eine Mauer und versuchte, wieder zu Atem zu kommen.
»Lügnerin, Schlampe!« brachte er nur mit Mühe heraus. »Ich bring' sie um!«
»Nicht mehr nötig«, entgegnete Ranulf und stieß ihn weiter. »Sie und de Savigny sind bereits tot, und das bist du auch bald, wenn du dich nicht beeilst!«
Die beiden Engländer flohen tiefer in das Gewirr der Gassen. Ranulf hatte für eine solche Eventualität vorgesorgt. Wenn sie das Flußufer erreichten, dann waren sie sicher. Er hatte die wertvolle Manuskriptrolle. Andere im Dienste des Langschädels, wie Ranulf Corbett heimlich nannte, würden schon dafür sorgen, daß sie Boulogne und ein Schiff nach England sicher erreichten.
Anfänglich konnten sie die Rufe ihrer Verfolger noch hören, aber allmählich wurden sie schwächer. Die Straßen waren schwarz, und die gepflasterten Gassen, die von ihnen wegführten, lagen vollkommen im Dunkeln. Der gute Bürger von Paris schlief. Niemand war unterwegs, außer einigen zerlumpten, abstoßenden Bettlern, die vergebens um Almosen baten. Ranulf und Bardolph gewannen langsam den Eindruck, in Sicherheit zu sein. Sie kamen gerade aus einer Straße, die von schmalen Häusern mit hohen Giebeln gesäumt wurde, und hatten bereits einen Platz zur Hälfte überquert, als sie den Ruf hörten:
»Da sind sie! Im Namen des Königs, stehenbleiben!«
Ranulf und Bardolph spurteten zurück in das Gassengewirr. Der Bolzen einer Armbrust schwirrte an ihren Köpfen vorbei, als Bardolph plötzlich aufstöhnte, die Hände hochriß und auf das Pflaster krachte. Ranulf blieb stehen und rannte zurück.
»Laß mich nicht allein!« bat Bardolph. Ranulf strich dem Mann mit der Hand über den Rücken und fühlte den grausamen Widerhaken, der sich in das Ende der Wirbelsäule gegraben hatte. »Eine schwere Verletzung.« Ranulf schaute voller Ver-

zweiflung über den Platz auf die dunklen Gestalten, die auf sie zugerannt kamen.
»Dann laß mich wenigstens nicht lebend zurück!« Bardolph weinte. »Bitte, Ranulf, tu es! Tu es jetzt!«
Er schüttelte seinen schweißnassen Kopf und schaute ihn genauer an.
»Bitte!« beharrte Bardolph. »Sie werden mich sonst noch wochenlang am Leben lassen!«
Ranulf hörte das Geräusch von Leder auf dem Pflaster.
»Schau!« zischte er. »Schau da drüben! Wir sind in Sicherheit!«
Bardolph drehte qualvoll den Kopf zur Seite, und Ranulf schnitt ihm schnell die Kehle durch, hauchte ein Gebet und rannte in die Schatten.

Der Wald hatte immer schon dort gestanden, die Bäume bildeten einen Baldachin, der die Erde vom Himmel schützte. Unter diesem grünen Schleier, der so weit reichte, wie das Auge sehen konnte, hatte der Wald Morde gesehen, so lange, wie er den Menschen selbst kannte. Es fing mit den kleinen dunkelhäutigen Leuten an, die ihre Opfer in hängenden Käfigen verbrannten, um ihre wütenden Kriegsgötter zu besänftigen oder die große Mutter Erde milde zu stimmen, deren Name nie genannt werden durfte. Nach ihnen kamen kriegerischere Gestalten, die ihre Opfer an Eichen oder Ulmen aufhängten, um sie Thor oder dem einäugigen Wotan darzubringen. Diese waren ebenfalls längst zu Staub geworden, doch Männer waren an ihre Stelle getreten, die, obwohl sie dem weißen Christus huldigten, ihren eigenen Mächtigen Tempel bauten.
Die Bäume hatten alles gesehen: die knorrige Eiche und die Ulme, deren Zweige vom Alter gebeugt waren. Der Wald war ein gefährlicher Ort, er lebte, und durch seine grünscheckigen Schatten schlichen maskierte Männer, die die verborgenen Pfade kannten und die heimtückischen Sümpfe zu umgehen wuß-

ten. Nur ein Dummkopf wich von dem Hauptweg ab, der durch den Sherwood Forest führte, entweder nach Norden, nach Barnsleydale oder nach Süden, nach Newark und zur großen Straße hinunter nach London.
Die beiden Steuereinnehmer dachten an die Legenden über den Wald, als sie langsam des Königs Geld in eisenbeschlagenen Truhen, die mit Vorhängeschlössern versehen und auf gedeckten Wagen festgekettet waren, zur Staatskasse nach Westminster transportierten. Sie folgten einer geheimen Route, sie benutzten kaum begangene Wege, so daß nicht einmal der örtliche Sheriff, Sir Eustace Vechey, wußte, wo sie sich befanden. Der Konvoi wurde von einer kleinen Truppe staubbedeckter Bogenschützen begleitet und von einigen berittenen Soldaten, die furchtsam auf beiden Seiten des Wegs zwischen den Bäumen hindurchspähten, ob sie Anzeichen für einen Hinterhalt gewahrten. Es war ein heißer Tag. Die Sonne stand hoch am Himmel, wie eine Scheibe geschmolzenen Goldes, und die Soldaten schwitzten und fluchten in ihren Kettenhemden und unter ihren enganliegenden Eisenhelmen. Wenn sie nur schon Newark, die Sicherheit und die kühlen Mauern der Burg erreicht hätten!
Der oberste Steuereinnehmer, Matthew Willoughby, gab seinem Pferd die Sporen, und sein Gehilfe John Spencer galoppierte hinter ihm her. Die beiden Männer ritten vor der Kolonne her und spähten in die Ferne, wann der heimtückische Wald endlich ein Ende nehmen würde. Alles, was sie sahen, war ein grünes Meer und der mit hellem Staub bedeckte Weg.
»Zumindest ist da keine Menschenseele!« sagte Willoughby mit rauher Stimme.
Spencer schaute zu dem Konvoi zurück. »Glaubt Ihr, daß wir sicher sind?«
»Das müssen wir einfach sein. Der König braucht dieses Geld. Es soll spätestens in einer Woche bei der Staatskasse eintreffen und Ende des Monats in Dover.«

Sie blieben stehen und tätschelten ihre schweißbedeckten Pferde. Sie warteten nicht darauf, daß die Wagen sie einholten. Spencer erhob sich in den Steigbügeln.
»Wir sollten eine Pause machen …«
Der Rest des Satzes verlor sich. Ein langer, mit einer Feder versehener Pfeil zischte zwischen den Bäumen hervor und erwischte ihn voll in der Kehle. Blut spuckend fiel er aus dem Sattel.
Willoughby sah sich entsetzt um. Drei von der Eskorte lagen bereits am Boden, und zwei der Fuhrleute waren blutüberströmt. Sie saßen noch mit den Köpfen im Nacken auf dem Kutschbock, obwohl Pfeile ihnen im Brustkorb oder dem Bauch staken. Eine zweite Pfeilsalve kam geflogen. Einige der Reiter gerieten in Panik, und die Bogenschützen fielen wie Kegel zu Boden, bevor sie noch einen Pfeil an die Bogensehne anlegen konnten.
»Stop!« erschallte eine Stimme aus dem Dunkel der Bäume. »Meister Steuereinnehmer«, fuhr sie fort, »sagt Euren Leuten, sie sollen die Waffen fallen lassen. Fangt selbst damit an.«
Einer der Reiter, der tapferer oder dümmer war als der Rest, zog sein Schwert und gab seinem Pferd die Sporen. Zwei Pfeile erwischten ihn in die Brust und warfen ihn krachend in den Staub. Einer der Bogenschützen hatte einen Pfeil aus seinem Köcher hervorgezogen. Er rannte los, um hinter einem der Karren Deckung zu suchen. Er erreichte ihn nie. Ein Pfeil mit einer Stahlspitze, der eine gute Elle lang war, traf ihn an der Wange und kam auf der anderen Seite seines Gesichts wieder zum Vorschein. Der Mann schrie und wand sich so sehr vor Schmerzen, daß er auf dem Waldweg den Staub aufwirbelte.
»Genug!« rief Willoughby voller Verzweiflung. »Eure Waffen – legt sie zu Boden.«
Er ließ seinen schweißnassen Schwertgriff fahren, und eine Gruppe Männer, die bewaffnet und lincolngrün gekleidet waren

und außer Kapuzen noch schwarze Ledermasken trugen, traten zwischen den Bäumen hervor. Sie bewegten sich lautlos wie Geister oder die Irrlichter, die manchmal über den Marschen auftauchen, so stumm und schrecklich, daß Willoughby schon dachte, es mit Dämonen aus der Rotte der Wilden Jagd zu tun zu haben. Aber es waren keine Geister, sondern Krieger, die Schwerter, Dolche und einen runden Schild sowie einen langen Bogen mit einem Pfeilköcher hatten, den sie entweder über die Schulter gehängt oder an der Seite trugen. Weitere dieser Krieger tauchten auf dem Waldweg auf. Willoughby starrte auf die Bäume. Er zählte voller Angst vierzig oder fünfzig Angreifer. Gott mochte wissen, wie viele sich noch im Dunkel des Waldes verbargen. Er kaute nervös auf seiner Unterlippe. Wie viele waren sie selbst noch? Er schaute den Waldweg zurück. Mindestens sieben waren tot, nur dreizehn lebten noch. Der Mann mit dem Pfeil im Gesicht schrie immer noch. Einer der Räuber ging zu ihm hinüber, faßte ihn bei den Haaren und schnitt ihm schnell die Kehle durch.
»Bei der heiligen Mutter Gottes!« murmelte Willoughby. »Nicht noch mehr Tote!« rief er.
Ein Räuber trat vor. Einer von Willoughbys Leuten zog jedoch plötzlich einen Dolch aus dem Ärmel. Willoughby sah, wie sich schattenhafte Gestalten im Dämmerlicht des Waldes bewegten, und bevor er noch rufen konnte, war schon das Klingen von Bogensehnen zu hören, und der unglückliche Soldat fiel zu Boden. Er erstickte an seinem eigenen Blut. Der Anführer der Räuber trat näher.
»Auf die Knie, Meister Steuereinnehmer.« Seine Stimme war gedämpft. »Seid nicht so dumm, irgendwas zu versuchen. Ihr habt das Leben Eurer restlichen Mannen in Euren Händen.«
Willoughby wischte sich den Schweiß aus dem Gesicht.
»Tut, was er sagt!« rief er. »Keine weiteren Dummheiten!«
Willoughby sah den Räuberhauptmann an, konnte jedoch des-

sen Identität nicht ergründen. Er war groß und hatte einen starken nördlichen Akzent, aber seine Kapuze und seine Maske bedeckten sein Gesicht vollständig.
»Ihr werdet uns folgen!« rief der Räuber. »Alle, die nicht gehorchen, werden hingerichtet.«
Der gesamte Konvoi wendete, und sie waren gezwungen, eine Weile zurückzumarschieren, bevor die Pferde aus dem Halfter und die Truhen von den Wagen genommen wurden und die lange Kolonne der Räuber und ihrer Gefangenen mit dem Gold in der grünen Dunkelheit verschwanden.
Willoughby war noch nie in einem so dichten Wald gewesen. Die Baumkronen schlossen sich über ihm, und die Sonne war nicht mehr zu sehen. Der Beamte konnte sich nur noch hilflos hinter seinen Kerkermeistern einen Pfad zwischen den Bäumen entlang herschleppen, den nur sie kannten. Nur einmal blieben sie stehen, um ihren Durst an einem schmalen Bach zu löschen, dann wurde der Marsch fortgesetzt. Einer der Fuhrleute, der tapfer immer hinterhergestolpert war, obwohl eine Pfeilspitze in seinem Oberschenkel stak, brach schließlich zusammen. Der Räuberhauptmann flüsterte ihm leise etwas ins Ohr. Der Fuhrmann lächelte. Der Räuber trat hinter ihn, und Willoughby sah das Blinken eines Messers. Er hörte ein zischendes Geräusch, und der Fuhrmann wand sich in seinem Blut. Es sprudelte nur so aus ihm heraus.
Stunden vergingen. Es dunkelte bereits, aber der Marsch wurde fortgesetzt. Ab und zu überquerten sie eine Lichtung. Willoughby konnte den sternenübersäten Himmel sehen und einen zunehmenden Mond. Aus dem Unterholz waren da und dort Tierstimmen zu hören. Gelegentlich stürzte sich eine Eule lautlos auf ihre Beute, und ein kurzer Aufschrei störte die sonstige Ruhe des Waldes.
Als Willoughby schon glaubte, keinen Schritt mehr gehen zu können, hatte der Wald plötzlich ein Ende, und sie betra-

ten eine weite, mondbeschienene Lichtung. Fackeln brannten an langen Stangen, die in die Erde gerammt waren. Willoughby sah sich um. An einer Seite der Lichtung erhob sich ein gewaltiger Felsabhang. Die Höhlen an seinem Fuß dienten vermutlich als Quartiere. Unweit von ihnen wurde gerade ein Feuer entzündet, auf das einige Räuber kleinere Baumstämme legten, während sie ihre Gefährten jubelnd begrüßten und die Gefangenen verhöhnten.
»Gäste bei unserem Bankett!« rief einer.
Er trat mit seinem schmutzverkrusteten Gesicht auf Willoughby zu und sah ihn an.
»Reichlich Wildbret«, murmelte er. »Das Wild des Königs. Schaut.« Er zeigte auf einen Rehbock, der gerade an einem nahen Bach ausgenommen und zum Braten vorbereitet wurde.
Der Räuberhauptmann näherte sich.
»Das Bankett ist zu Euren Ehren, Meister Steuereinnehmer!«
»Ich werde nicht mit euch essen«, entgegnete dieser.
Sofort wurden wieder Pfeile an die Bogensehnen gelegt.
»Ihr habt keine Wahl«, erwiderte der Räuberhauptmann gelassen.
»Wie heißt Ihr?« fragte Willoughby.
»Kommt schon, Sir, Ihr kennt meinen Namen und meinen Titel. Ich bin Robin Hood, Robin aus dem Greenwood, der Große Geächtete und Meisterschütze.«
»Ihr seid ein mordender Schurke!« gab Willoughby zurück. »Und außerdem ein Lügner. Ihr habt die Begnadigung des Königs angenommen. Wenn sie Euch schnappen, werdet Ihr hängen.«
Der Räuberhauptmann trat näher und ergriff Willoughby beim Handgelenk. Der Steuereinnehmer zuckte zurück, als er die haßerfüllten Augen hinter der Maske sah.
»Dies ist mein Palast«, fuhr der Geächtete fort. »Dies ist meine Kathedrale. Ich bin der König des Greenwood, und du, Meister

Steuereinnehmer, bist mein Diener. Man muß dir noch den Respekt beibringen, den du mir schuldest. Nehmt seine Hand!«
Sofort sprangen drei Räuber vor und drückten, bevor sich der Steuereinnehmer noch widersetzen konnte, seine offene Hand gegen einen Baumstamm und spreizten die Finger. Der Räuberhauptmann, ein Lied summend, zückte seinen Dolch und schnitt sämtliche Fingerkuppen des Gefangenen säuberlich ab. Willoughby brach schreiend vor Schmerzen auf der Wiese zusammen. Blut pulsierte aus den Stümpfen und befleckte seinen Umhang leuchtend rot.
Der Räuberhauptmann entfernte sich kurz und kam mit einem kleinen Gefäß mit Teer zurück. Man griff erneut nach Willoughbys Hand, und der Mann, der sich als Robin Hood bezeichnete, bedeckte die Stümpfe mit kochendem Teer.
Willoughby konnte es nicht länger ertragen. Er schloß die Augen und schrie, bis er ohnmächtig wurde. Als er wieder zu sich kam, war der qualvolle Schmerz in ein dumpfes Pochen übergegangen. Der Steuereinnehmer drückte seine verletzte Hand gegen seine Brust und sah sich auf der Lichtung um. Die Truhen von den Karren waren jetzt geleert und auf das lodernde Feuer gelegt worden. Die Pferde waren verschwunden. Willoughby sah die Waffen seiner Eskorte auf einem Haufen unter einem Baum liegend, ihre Besitzer saßen in einer langen Reihe beim Feuer, bleich und angsterfüllt im Schein der Fackeln. Jeglicher Kampfgeist hatte sie verlassen. Die Kaltblütigkeit, derer sie Zeuge geworden waren, hatte sie entsetzt.
Der Räuberhauptmann kam und hockte sich vor Willoughby hin. Er drückte ein Stück gebratenen Rehbock in dessen unverletzte Hand und stellte einen Becher mit schwerem Rotwein neben ihn hin. Willoughby schaute weg. Das Fleisch, das über dem Feuer briet, ließ ihm das Wasser im Mund zusammenlaufen, und ihm fiel trotz seiner Schmerzen ein, daß er seit dem Abend zuvor nichts mehr gegessen hatte.

»Es tut mir leid«, murmelte Robin Hood, die Maske immer noch vor dem Gesicht, »aber ich hatte keine Wahl. Schau dich um, Steuereinnehmer, das sind wilde Gesellen, Geächtete. Wenn man sie ließe, würden sie euch alle umbringen. Sie hassen dich, trotz deines königlichen Herrn, und sie finden, daß das Geld aus diesen Truhen rechtmäßig ihnen gehört. Jetzt komm, setz dich zu uns ans Feuer – und sei etwas umgänglich.«

Er zog den Steuereinnehmer, der sich nicht widersetzte, hoch auf die Beine, schubste ihn über die Lichtung und gab ihm einen Platz beim Feuer. Willoughby schaute zu, wie die Räuber große Stücke aus dem glänzenden Braten schnitten. Sie wagten sich nah an die Flammen des Feuers heran, säbelten sich ein großes Stück ab, steckten es fast ganz in den Mund und kauten energisch, bis ihnen der Bratensaft das Kinn hinablief. Willoughby biß, trotz seiner Schmerzen, kleine Stücke von seinem Bratenstück ab und nahm gelegentlich einen Schluck aus seinem Becher Wein. Ob sie wohl vorhatten, ihn umzubringen, überlegte er sich. Würde überhaupt einer von ihnen überleben? Neben ihm saß der Räuberhauptmann und sagte kein Wort.

Am meisten redete ein Riese von einem Mann, den die anderen Little John nannten. Er war offensichtlich der Hauptmann des Anführers und war bei dem Angriff auf den Konvoi nicht dabeigewesen. Er trug ebenfalls eine Maske, wie die Frau zu seiner Rechten. Sie hatte ein lincolngrünes Kleid an, dessen Saum nicht einmal bis an ihre Reitstiefel reichte und das am Busen eng geschnürt war. Sie legt in Gesellschaft von so vielen Männern keinerlei Scham an den Tag, bemerkte der Beamte. Um ihn herum unterhielten sich die Räuber mit lauter Stimme, einige sangen auch. Die Augenlider des Steuereinnehmers wurden schwer, und der Schmerz in seiner Hand nahm zu. Er trank einige große Schlucke, um ihn zu betäuben. Schließlich wurde er schläfrig, verschränkte die Arme und streckte sich, trotz der

spöttischen Rufe der Räuber, im Gras aus. Es war ihm inzwischen egal, was weiter geschehen würde.
Er erwachte am nächsten Morgen. Ihm war kalt, und seine Kleider waren feucht. In seiner verstümmelten Hand pulsierte der Schmerz. Das Feuer war zu einem schwelenden Haufen Asche zusammengesunken. Willoughby schaute sich um, aber die Lichtung war leer. Er kam nur mit Mühe auf die Beine und ging zu den Höhlen hinüber, wo er rohe, provisorische Lagerstätten aus Farn und Ästen sah. Er schaute sich weiter um und stöhnte plötzlich auf, als der Schmerz in seiner Hand zu neuem Leben erwachte.
»Jesu miserere«, wimmerte er. »Nichts.«
Auf der Erde lagen Fleischreste, und über ihm in den Bäumen lärmten die Vögel, die sich schon ihrer Beute beraubt sahen. Willoughby war inzwischen ganz übel vor Schmerz und wohl auch von dem schlechten Wein. Er kniete sich eine Weile hin und schnappte schluchzend nach Luft. Der bittere Geschmack im Mund ließ ihn würgen. Da hörte er, wie ein Zweig brach, und schaute nach oben.
»Wer da?« rief er.
Keine Antwort. Willoughby sah zwischen den Bäumen etwas bunt aufblitzen, aber in seinen Augen standen Tränen, da er so heftig gewürgt hatte. Er hockte auf der Erde, und das Blut pulsierte in seinen Ohren. Alle Glieder taten ihm weh, und seine Kleider waren schmutzig. Von den Räubern keine Spur. Nichts außer den Fleischresten und der schwelenden Asche deutete auf das Gelage vom Abend zuvor hin.
Willoughby saß da, die Arme um die Knie gelegt. Erneut sah er aus den Augenwinkeln etwas bunt aufblitzen, aber er konnte keinen klaren Gedanken fassen. Er war am Ende seiner Kräfte, unfähig, sich zu konzentrieren. Der Schmerz hielt seine Hand wie ein Schraubstock umfangen. Er fieberte und wünschte sich fast, am Tag zuvor schmerzlos gestorben zu sein. Eine riesige

Elster schoß wagemutig aus einem Baumwipfel herab und begann, mit ihrem grausamen Schnabel auf einen fettverkrusteten Fleischbrocken einzupicken. Willoughby stand auf und ging auf den Waldrand zu. Er schaute nach oben. Wieder sah er etwas bunt blitzen. Jetzt starrte er gebannt darauf.

»O nein!« jammerte er. »O Christus, Gnade!«

Er fiel auf die Knie und sah sich um. Andere Farbpunkte zogen seinen Blick auf sich.

»Ihr Bastarde!« murmelte er, fiel zu Boden und rollte sich winselnd und weinend zusammen wie ein Kind. Von den größeren Ästen der Bäume, die die Lichtung umgaben, hing sein gesamtes Gefolge, ihrer Kleider und Stiefel beraubt, am Hals aufgeknüpft, leblos.

# Kapitel 1

Mord, Sir Peter, deswegen hat mich der König nach Norden geschickt!«

Sir Hugh Corbett, der Hüter des Geheimsiegels des Königs, starrte über den Tisch auf Sir Peter Branwood, den Unter-Sheriff von Nottingham, der jetzt nach dem rätselhaften Mord an Sir Eustace Vechey Sheriff geworden war. Corbett stützte die Ellenbogen auf den Tisch und zählte die einzelnen Punkte an den Fingern auf.

»Der Räuber Robin Hood hat gegen die Bedingungen seiner Begnadigung verstoßen. Er hat seine Bande aus Räubern und Geächteten wieder formiert und sich in den Sherwood Forest zurückgezogen. Von dort aus hat er Kaufleute, Pilger und schließlich auch die königlichen Steuereinnehmer angegriffen. Er hat geraubt und geplündert. Jetzt hat er den Beamten des Königs dieser Gegend ermordet! Deswegen, Sir Peter, bin ich hier!«

Der glattrasierte Branwood verzog keine Miene. Er stützte seinen Kopf in die Hände und kratzte die kurzgeschnittenen dunklen Haare.

»Und Ihr, Sir Hugh«, sagte er langsam, »müßt verstehen, daß es für mich eine große persönliche Befriedigung wäre, nähmen wir diesen Übeltäter gefangen. Er hat meinen Freund, Sir Eustace, ermordet und Gefolgsleute und Vertreter der Burg verletzt und getötet. Er behindert unsere Verwaltung. Er hat sogar meinen Landsitz bei Newark on Trent angegriffen und geplündert, er hat meine Kinder verbrannt und mein Vieh geschlachtet.« Branwood leckte sich die Lippen. »Er hat meinen Namen verspottet

und fährt fort damit, mich in meinem Amt zu behindern und dieses Amt und die Krone zu schmähen.« Er stand auf und schaute aus einem der schießschartenbreiten Fenster. »Schaut nur nach draußen, Sir Hugh.«
Corbett stand auf und stellte sich neben ihn.
»Ihr seht die Burg und die Stadtmauer – und was noch?«
»Wald«, entgegnete Corbett.
»Ja.« Branwood seufzte. »Wald! Jagen Sie, Corbett?« Er wartete die Antwort nicht ab. »Wenn man mit einigen berittenen Männern in diesen Wald geht, wie ich das getan habe, und den Weg nur einen Bogenschuß weit verläßt, dann ist die Dunkelheit so groß, daß nicht einmal die hellste Sonne sie durchdringen kann. Verfolgt man ein Reh, gerät man alsbald in Schwierigkeiten. Jagt man einen Räuber, ist es binnen kurzem so, als würde man den Tod selbst jagen.« Branwood ging vom Fenster weg. »Im Sherwood Forest, Bevollmächtigter, wird ganz schnell aus dem Jäger der Gejagte.« Er strich mit den Händen über sein dunkelgrünes Gewand und zog den Schwertgürtel enger. Er hatte eine schmale Hüfte. »Den Soldaten«, fuhr er fort, »die Ihr mitnehmt, könnt Ihr nicht trauen. Einige könnten in Diensten Robin Hoods stehen.«
Er bemerkte den ungläubigen Gesichtsausdruck Corbetts.
»O ja, es gibt sogar hier Sympathisanten. Wie wäre Robin Hood der Mord an Eustace Vechey sonst gelungen? Diese gottverlassene Stadt und Burg stehen auf einer Klippe mit so vielen Geheimgängen und -tunnels, wie ein Kaninchenbau Gänge hat. Einige der Tunnels reichen bis in den Wald.« Branwood hielt inne. »Nehmen wir einmal an, daß Ihr den Soldaten vertraut«, fuhr er fort, »wenn sie einmal im Wald sind, schlägt ihre Stimmung rasch um. Sie sind abergläubisch und haben vor diesem Ort Angst. Sie glauben immer noch, daß dort ein kleinwüchsiges und dunkelhäutiges Volk lebt, das sie verzaubern und ins Land der Elfen entführen könnte. Vor drei Tagen ...« Er drehte sich

um und deutete auf seinen gedrungenen Wachsergeanten, der am Tisch saß. »Erzähl du es ihm, Naylor.«
Der Wachsergeant streckte seine Glieder. Sein schwarzes, nietenbesetztes Wams knirschte, als er die Arme bewegte. Sein knochiges Gesicht und sein fast kahler Schädel erinnerten Corbett an einen Stein, dem nur scharfe und ruhelose Augen Leben gaben.
»Wie Sir Peter schon gesagt hat, sind wir in den Wald hinein.« Der Soldat schaute Corbett kalt an. »Innerhalb einer Viertelstunde, etwa der Zeit, die es dauert, eine Kleinigkeit zu essen, waren zwei meiner Soldaten verschwunden. Weder die Pferde noch die Reiter wurden seither wieder gesehen. Am folgenden Tag kam Robin Hood selbst nach Nottingham und heftete ganz unverschämt eine gereimte Ballade an eines der hinteren Tore der Burg, darüber, daß Sir Eustace Vechey einen sehr passenden Namen hätte, er sei weder als Sheriff noch als Mann zu gebrauchen!«
Naylor schaute von Corbett auf die zwei Diener des Beamten, Ranulf-atte-Newgate und Maltote, einen Boten, die ruhig am Ende des Tisches saßen.
»Und wie«, sagte er höhnisch, »denkt sich unser ehrenwerter König, daß ein Beamter und zwei Diener das alles lösen werden?«
»Ich weiß es nicht«, antwortete Corbett langsam. »Das mag Gott wissen, der König ist damit beschäftigt, daß die Franzosen Flandern bedrohen, aber es kommt trotzdem nicht in Frage, daß man seine Steuereinnehmer und Soldaten wie räudige Hunde henkt und seinen Sheriff unter rätselhaften Umständen ermordet.« Corbett wandte sich an Branwood: »Wann haben diese Überfälle angefangen?«
»Ungefähr vor sechs Monaten.«
»Und der Überfall und die Ermordung der Steuereinnehmer, wann war das?«

»Vor drei Wochen. Ein Bauer fand Willoughby, der wie von Sinnen im Wald umherwanderte, und brachte ihn hierher.«
Corbett nickte und schaute weg. Er hatte Willoughby in London gesehen. Er würde dieses Zusammentreffen nie vergessen: Der einst so stolze Clerk der Staatskasse war nur noch ein zitterndes Wrack. Schmutzig, ungepflegt und schlecht gekleidet starrte er die ganze Zeit auf seine verstümmelte Hand und erzählte immer wieder, wie seine Gefährten umgekommen waren. Der König geriet bei diesem Anblick außer sich vor Wut, und Corbett war gezwungen, einem dieser Rasereiausbrüche beizuwohnen. Er warf Möbelstücke um, schlug mit den Fäusten gegen die Wände, bis seine Hände blutig waren, warf die Papiere von seinem Tisch und riß Gemälde vom Haken. Sogar die königlichen Windhunde waren so klug, sich in eine Ecke zu verkriechen. Corbett hielt sich im Hintergrund, bis die Wut des Königs verraucht war.
»Bin ich der König?« brüllte Edward. »Darf man mich in meinem eigenen Königreich verhöhnen? Ihr werdet nach Norden reisen, Corbett, habt Ihr verstanden? Ihr werdet dieses verdammte Nottingham aufsuchen und dafür sorgen, daß Robin Hood hängt!«
Also war Corbett nach Nottingham gekommen. Er wollte dem Sheriff, Sir Eustace Vechey, die Nachricht von der wütenden Mißbilligung des Königs überbringen, erfuhr aber bei seiner Ankunft auf der Burg, daß Vechey in seinem eigenen Gemach vergiftet worden war.
»Erzählt mir noch einmal«, sagte Corbett, der in Gedanken versunken gewesen war, »wie Sir Eustace starb.«
»Sir Eustace«, begann Branwood gemächlich, »befand sich in der schwärzesten Depression. Mittwoch abend speiste er hier in der Halle. Er sprach kaum ein Wort und aß wenig, obwohl er einiges trank. Schließlich stand er auf, sagte, er wolle früh zu Bett gehen, und nahm, gefolgt von seinem Diener Lecroix, einen Becher Wein mit auf sein Zimmer. Vechey schlief in einem

großen Himmelbett, Lecroix auf einem Strohlager in einer Ecke desselben Raumes.«
»Gab es irgendwelche Lebensmittel im Zimmer?«
Branwood verzog das Gesicht. »Ein wenig. Einen Teller mit Konfekt und natürlich den Becher Wein. Als Vecheys Leiche entdeckt wurde, probierte der Medikus Maigret jedoch das Konfekt und was von dem Wein noch übrig war. Beides erwies sich als harmlos.«
»Hat ihn irgend jemand in der Nacht besucht?«
»Nein. Vechey hatte die Tür abgeschlossen und den Schlüssel steckenlassen. Zwei Soldaten hielten draußen Wache, Vecheys Gefolgsleute. Niemand näherte sich der Kammer.«
»Ihr habt von Geheimgängen geredet?«
»Oh, es gibt vielleicht welche unter der Burg, aber die Kammer von Sir Eustace ist im ersten Stockwerk. Nicht einmal eine Ratte hätte in sie eindringen können.«
»Und die Fenster?«
»Wie hier, Schießscharten.«
»Es ist also so«, sagte Corbett nachdenklich, »daß ein Mann in einem verschlossenen Raum vergiftet wird. Niemand betritt diesen Raum, niemand kann durch ein Fenster eindringen, und Geheimgänge gibt es auch nicht. Und Ihr sagt, daß er das gleiche aß und trank wie Ihr?«
Branwood schnaubte. »Noch besser. Er zwang mich, Lecroix und den Medikus Maigret alles vor ihm zu probieren. Sie müssen verstehen, daß Sir Eustace Alpträume wegen Robin Hood hatte. Er glaubte, daß der Räuber ihn ermorden lassen wollte, wenn nicht mit einem Pfeil oder Dolch, dann mit Gift.«
Corbett schüttelte den Kopf und ging zurück zum Tisch.
»Der Mann steht also kerngesund vom Tisch auf. Er nimmt einen Becher Wein mit nach oben und ißt vielleicht etwas Konfekt, aber beides war ja wohl einwandfrei?«
»Ja«, sagte Branwood leise. »Seht Euch die Kammer selbst an,

Master Clerk. Die Leiche von Sir Eustace hat man natürlich fortgeschafft, aber auf meinen Befehl und den des Medikus Maigret, sonst nichts. Der Wein und das Konfekt sind immer noch da.«

»Ich würde gern den Diener Lecroix befragen.«

»Ich lasse ihn Euch holen, aber er ist ganz sicher nicht verantwortlich dafür«, erklärte Branwood. »Lecroix ist ein einfaches Gemüt und liebte seinen Herrn außerordentlich.«

Ranulf-atte-Newgate, der es müde war, daß ihn Naylor die ganze Zeit anstarrte, sagte mit lauter Stimme: »Aber Ihr habt gesagt, Sir Peter, daß Lecroix in derselben Kammer geschlafen hätte. Beim Todeskampf von Sir Eustace Vechey hätte er doch ganz sicher aufwachen müssen?«

Branwood zuckte mit den Achseln. »Vechey hatte tief in den Becher geschaut und Lecroix auch. Der Bursche schläft wie ein Stein. Und Medikus Maigret zufolge können bestimmte giftige Substanzen schnell und leise töten.«

Corbett rieb sich die Wangen und ging wieder zum Fenster. Der Lärm aus dem darunterliegenden Burghof hatte ihn angezogen. Er schaute hinab auf eine kleine Gruppe von Gefolgsleuten, die sich um eine provisorische Richtstätte versammelt hatte, auf der ein Scharfrichter mit einer roten Maske wartete. Corbett stand wie angewurzelt, als ein Mann die Stufen hinaufgestoßen wurde. Man hatte ihm die Hände auf dem Rücken zusammengebunden. Sein Kopf wurde auf den Block gedrückt, die Axt schwang aus, funkelte in der Sonne und schlug mit einem dumpfen Geräusch auf. Corbett zuckte zusammen und schaute weg, als heißes Blut in einem Bogen auf die Erde spritzte.

»Herr, was ist los?«

Ranulf und Maltote standen vom Tisch auf und schauten über Corbetts Schulter.

»Schau«, flüsterte Ranulf Maltote zu, »die Augenlider flattern noch, und die Lippen bewegen sich.«

Maltote mit seinem runden Gesicht, der den Anblick von Blut nicht ertragen konnte, sei es nun sein eigenes oder das anderer, trat eilig zurück und bat im stillen, nicht ohnmächtig zu werden. Corbett sah den Sheriff an.

»Ein Kapitalverbrechen, Sir Peter?«

»Nein, einfach nur eine Lektion«, entgegnete Branwood und spielte mit einem Ring an seiner schlanken, braunen Hand.

Corbett zuckte wieder zusammen, als die Axt ein weiteres Mal niederging. Er bemerkte den amüsierten Ausdruck in Branwoods Augen.

»Was geht da vor?« Corbett deutete mit dem Kopf in Richtung Fenster.

»Ihr seid zu Besuch hier in Nottingham, Sir Hugh. In der Stadt ist die Pest ausgebrochen.«

Corbett schauderte es, und er wandte sich ab. Gott sei Dank, dachte er, hatte er Maeve und das Baby Eleanor nicht mitgenommen.

»Ein Haus in der Castle Street«, erklärte Branwood, »wurde von der Pest heimgesucht, und eine Gruppe von Nachtwächtern ließ, wie es die Stadtordnung vorsieht, das Gebäude absperren und malte auf Fenster und Türen Kreuze.«

Corbett sagte ein stilles Gebet, denn wenn die Pest ein Haus heimsuchte, litten alle seine Bewohner.

»Ein Mann«, fuhr Branwood fort, »seine Frau, ein Mädchen, ein Junge und zwei Diener wurden für tot erklärt. Die Leichen sollten zu den Kalkgruben vor dem Stadttor gebracht werden. Normalerweise traut sich in diesen Fällen niemand in die Nähe, aber hier erschien dann doch ein neugieriger Verwandter, um den Toten die letzte Ehre zu erweisen. Er hielt sich etwas abseits, bemerkte aber doch, als eine der Leichen aus dem Haus geschleift wurde, daß der Kopf zur Seite fiel: Die Kehle war durchgeschnitten.« Branwood nickte in Richtung Fenster. »Die Nachtwächter waren Mörder. Sie hatten die gesamte Familie

umgebracht und das Haus geplündert. Jetzt zahlen sie dafür den Preis, dem König und Gott.«
Corbett ging an den Tisch zurück. Er versuchte die sich wiederholenden dumpfen Geräusche zu ignorieren, auf die immer ein Gemurmel der kleinen Schar von Zuschauern folgte.
»Ich würde gern die Leiche von Sir Eustace untersuchen«, bat er.
»Man hat sie weggebracht«, sagte Branwood achselzuckend, »wegen der Hitze. In ein Leichenhaus in einem Garten unweit des hinteren Eingangs der Burg.«
»Warum nicht gleich«, sagte Corbett eilig. »Sir Peter, zeigt Ihr uns den Weg?« Der Unter-Sheriff ging voran, Naylor, Ranulf und Maltote folgten ihm. Corbett sah sich genau um. Dafür, daß es sich um eine königliche Burg handelte, war Nottingham fürchterlich vernachlässigt. Die Farbe der Wände war schimmlig und blätterte ab. Die Pflastersteine waren uneben, feucht und gesprungen. Branwood führte sie durch eine schmutzige Küche. Die Wände zeigten die Spuren der Mahlzeiten von Jahrzehnten, und fette Fliegen schwirrten träge über Blutlachen. Ein verschwitzter Koch hackte, unterstützt von seinen schmutzgesichtigen Küchenjungen, auf eine Rinderhälfte ein. Corbett sah einen Bottich mit schaumbedecktem Dreckwasser. Er schluckte und gelobte sich, mit dem Essen hier vorsichtig zu sein. Sie kamen über einen menschenleeren Innenhof, gingen mehrere Gänge entlang und traten in einen kleinen Garten. Vielleicht hatte es hier unter den früheren Sheriffs einmal eine Laube gegeben, aber jetzt war die ramponierte Statue in seiner Mitte fast ganz mit Brombeerranken und Unkraut überwuchert.
»Hier sollte man mal wieder etwas Ordnung schaffen«, murmelte Ranulf.
»Wir sind Beamte des Königs, keine Gärtner!« gab Branwood giftig zurück. »Und dank Robin Hood konnte der arme Vechey kaum in seinen eigenen Angelegenheiten Ordnung halten.«

Sie bahnten sich einen Weg durch das hohe Gras und den Ginster zu einem kleinen Gebäude aus Stein mit flachem Dach, dessen gesprungene Tür schief an Lederscharnieren hing. Branwood zog sie auf und gab Corbett ein Zeichen, einzutreten. Der Gestank war so stark, daß er sich die Nase zuhielt.
»Heute ist Freitag«, murmelte er. »Vechey starb Mittwoch nacht.«
Er sah sich um, nahm eine dicke Talgkerze, die jemand in der Tür stehengelassen hatte, schlug Feuer und bewegte sich tiefer ins Dunkel hinein. Ranulf und Maltote blieben klugerweise draußen. Man hatte den Körper des toten Sheriffs auf den Boden gelegt und ein schmutziges Leintuch über ihn geworfen.
»Es tut mir leid«, rief Branwood durch die halboffene Tür, »aber wir wußten, daß Ihr kommt, Master Corbett, und Medikus Maigret gab uns die Anweisung, die Leiche nicht zu waschen, bis Ihr sie in Augenschein genommen hättet.«
Corbett zog das stinkende Tuch zurück und versuchte, nicht nachzudenken. Falls er damit anfing, würde er vermutlich würgen oder brechen müssen. Vechey war ein Mann mittleren Alters gewesen, etwas kahlköpfig und dicklich, obwohl der Bauch jetzt durch die Gase, die nicht entweichen konnten, aufgebläht war. Seine Augen waren noch halb offen. Corbett versuchte sie nicht anzuschauen, aber er untersuchte die Lippen, die eine purpurne Farbe angenommen hatten, besonders die offenen Stellen an den Mundwinkeln. In jüngeren Jahren war der Beamte beim Militär in Wales gewesen, und er kannte sich so weit mit Medizin aus, daß er wußte, daß das die Folge schlechter Ernährung war, zu viel Fleisch und zu wenig Obst. Er untersuchte sorgfältig die Finger und Nägel des Toten, bemerkte aber nichts Ungewöhnliches, außer daß sich die Haut Vecheys wie nasse Wolle anfühlte. Corbett seufzte, zog das Laken wieder über den Kopf, blies die Kerze aus und ging zurück in den Garten.

»Hat Sir Eustace Familie?«
»Er hat einen Sohn in der Armee des Königs in Schottland und eine Tochter, die in Cornwall mit einem Adeligen verheiratet ist. Er war Witwer. Seine sterbliche Hülle wird wahrscheinlich in einer der Kirchen der Stadt beigesetzt, bis Sir Eustaces Sohn seine Wünsche kundtut.«
»Ihr könnt ihn jetzt fortschaffen lassen«, murmelte Corbett. »Gott weiß, daß er genug gelitten hat!«
Naylor schloß sich ihnen wieder an: Er kam zielstrebig durch das hohe Gras auf sie zu und schien jetzt freundlicher zu sein, denn er grinste Corbett an.
»Sie sind alle bereit. Ich habe sie in die Halle gerufen«, gab er bekannt.
Ranulf, der sich auf einer Mauer sonnte, sah blinzelnd zu dem Sergeanten hoch, den er von Anfang an nicht hatte leiden können. »Wer ist bereit?« fragte er.
Bevor er eine Antwort erhielt, kamen drei weitere Männer durch den Garten: ein Klosterbruder, klein, kahlköpfig und braun, wie eine verschrumpelte Beere, mit einem glänzenden Gesicht, in dessen Fett die Augen fast nicht mehr auszumachen waren. Neben ihm ging ein junger Schreiber, dessen dichtes Haar unangenehm kurz geschnitten war. Er war in ein anliegendes Wams aus Barchent gehüllt, das keine Ärmel hatte und bis zu den Knien reichte. Darunter trug er ein wattiertes Seidenhemd mit Schlitzärmeln. Auf seinem Kopf saß ein Käppchen mit Troddel. Ein Schreiber, dachte Corbett, aber ein Windhund. Trotzdem hatte er eine gewisse Sympathie für diesen Burschen mit seinem jungenhaften Gesicht und seinen lachenden Augen. Neben ihm schritt eine gedrungene Gestalt mit stahlgrauem Haar, einem langen, bleichen Gesicht und einer tiefen Spalte im Kinn. Sie war in einen blauen, wattierten Umhang gehüllt, der am Hals und an den Manschetten mit schwarzer Lammwolle gesäumt war und fast

ganz die dürren Beine verhüllte. Branwood winkte sie heran.

»Sir Hugh Corbett, darf ich Euch drei Angehörige meines Haushalts vorstellen. Bruder Thomas, meinen Schreiber Roteboeuf und Medikus Maigret.«

Man gab sich die Hand. Corbett stellte Ranulf und Maltote vor. Er schaute mißbilligend, als Ranulf verstohlen seinem Gefährten zublinzelte. Corbett wußte, daß sich sein Diener bereits über den Namen des jungen Schreibers lustig machte, der »Roastbeef«, bedeutete, wenn man ihn aus dem Französisch der Normannen übersetzte. Der aufgeweckte junge Mann hatte bemerkt, wie sich die beiden angegrinst hatten.

»Mein Name«, sagte er und lachte laut, »weist auf meine Herkunft hin, aber nicht auf die Qualität der Mahlzeiten, dic hier in der Burg serviert werden.«

Das Gelächter, an dem sich alle beteiligten, außer Maigret und Naylor, der ein finsteres Gesicht machte, wurde von Branwood unterbrochen, der die Hände erhob und mit lauter Stimme erklärte: »Sirs, wir haben Probleme genug, aber ich versichere Euch, entweder ändert der Koch etwas, oder er geht!«

»Wer weiß?« stichelte Roteboeuf. »Sir Eustace, Gott sei seiner Seele gnädig, ist vielleicht von seinem eigenen Koch vergiftet worden.«

»Dann wäre er nicht so schnell gestorben«, gab Maigret zurück, und seine Augen funkelten verärgert, als er sich an der Nasenspitze kratzte. »Sir Eustace ist ermordet worden, und Ihr, Sir Peter, seid nur mit knapper Not davongekommen.«

Corbett bemerkte, wie sich Ärger auf Branwoods düsteren Zügen breitmachte.

»Was meint der Medikus, Sir Peter?«

»In der Nacht, in der Sir Eustace starb, hatten wir in der Halle gespeist. Später kehrte ich zurück, weil ich dort noch einen halbvollen Becher Wein stehen hatte. Ich trank einen Schluck,

aber der Wein schmeckte bitter, und ich schüttete den Rest weg. Nachdem ich auf mein Zimmer gegangen war, begann ich zu würgen und mich zu erbrechen. Ich verbrachte die Nacht in der Latrine. Mein gesamtes Innenleben hatte sich in Wasser verwandelt.« Sir Peter räusperte sich. »Am nächsten Morgen fühlte ich mich schwach. Ich dachte, ich hätte etwas Verdorbenes gegessen, bis man Sir Eustaces Leiche fand, und ich den Medikus Maigret fragte.«
»Er ist vergiftet worden«, erklärte der Doktor triumphierend, als wolle er alle dazu herausfordern, ihm zu widersprechen.
»Womit?« fragte Corbett.
»Ich weiß es nicht, aber falls Sir Peter diesen Becher Wein leergetrunken hätte, wäre er ganz sicher gestorben. Ich verordnete ihm, vierundzwanzig Stunden zu fasten und soviel Wasser aus dem Brunnen der Burg zu trinken wie möglich.«
Corbett sah die anderen an. »Ihr sagtet, jemand warte auf uns?«
»Ja, die beiden Wachen und Lecroix sind in der kleinen Halle.«
»Die beiden, die Sir Eustaces Kammer bewacht haben?«
»Natürlich.«
»Dann sollten wir sie besser nicht warten lassen. Und mir wäre es recht«, fuhr Corbett fort, »wenn alle bei dem Verhör anwesend wären.«
Sie gingen in die Burg zurück und in die kleine Halle. Corbett bemerkte, daß sie ebenfalls die Atmosphäre von Verfall ausstrahlte, die über der gesamten Burg lag. Ein dreckiger, gefliester Raum, dessen schmale Fenster mit Fensterläden aus Holz verschlossen waren. Einige hatten auch Fenster aus einer Art Horn. An der Stichbalkendecke hingen riesige Spinnweben und an der schmutzigen, weißgekalkten Wand staubige Schilde, die mit den Wappen der früheren Sheriffs verziert waren. Der Kamin war ramponiert, und auf dem Rost lag immer noch die Asche des vergangenen Winters. Auf dem Boden lagen keine Teppiche

oder Felle, er war statt dessen dick mit dem Kalk bedeckt, der von den Wänden herabgerieselt war. Es gab zwei Wandbänke, auf denen zwar Kissen lagen, diese waren aber zerschlissen und verblichen. Möbel gab es kaum, außer zwei mit Essensresten bedeckte, grob gezimmerte Tische auf dem Podium und ein paar eilig zusammengehauene Bänke und Hocker. Auf einer Bank, die gegen eine Wand geschoben war, saßen drei trübe Gestalten. Sie erhoben sich, als Corbett eintrat. Die zwei Wachen sahen finster aus und hatten fettige Haare. Lecroix hatte einen Totenschädel unter einer verfilzten schwarzen Mähne, trotzdem war er ziemlich fett und trug einen ungepflegten Bart, der eine Hasenscharte verbergen sollte.
»Machen wir es uns bequem«, schlug Branwood vor.
Bänke und Hocker wurden in Hufeisenform aufgestellt, und alle setzten sich hin. Sir Peter stellte Corbett ein weiteres Mal vor.
»Sir Peter«, begann dieser munter und versuchte die Spannung zu zerstreuen, »erzählt mir noch einmal, was in der Nacht geschah, in der Sir Eustace starb.«
»Wir waren alle hier versammelt. Das Essen war so ekelhaft wie sonst. Der Koch sagte, es sei Schweinebraten, aber das Ganze war irgendwie glitschig und salzig.«
Seine Gefährten quittierten das mit einem Kichern.
»Einige tranken Ale, die anderen Wein.« Sir Peter strich sich übers Kinn und versuchte sich zu erinnern. »Es gab noch Gemüse und etwas Marzipan.«
»Und während des Mahls, keine besonderen Vorfälle?« fragte Corbett.
»Die, die Hunger hatten, aßen, dann saßen wir nur herum und unterhielten uns.«
»Einschließlich Sir Eustace?«
»Ja.«
»Wie lange?«

Corbett studierte die Gesichter derer, die zu Branwoods Haushalt gehörten. Aus ihrem Gesichtsausdruck schloß er, daß der Sheriff die Wahrheit sagte.
»Ungefähr anderthalb Stunden, dann gingen wir zu Bett.«
»Und was passierte danach?«
»Ich stand am nächsten Morgen früh auf. Wie ich schon erklärt habe, war es mir in der Nacht übel gewesen«, fuhr Branwood fort. »Ich ging zur Messe und kam dann hierher, um zu frühstücken. Ich rechnete damit, Sir Eustace zu treffen. Das war nicht der Fall, und ich ging hinauf zu seiner Kammer und fragte die beiden Wachen, ob er bereits aufgestanden sei.«
Sie schüttelten den Kopf, als wüßten sie schon, was Corbett fragen würde.
»Wir hören gar nix«, sagte der eine mit dem breiten Dialekt der Leute vom Land. »Wir hören nix, und also haut Sir Peter gegen die Tür.«
»Und was dann?«
Lecroix erwachte aus seiner Versunkenheit.
»Ich erwachte«, murmelte er. »Verstehen Sie, Sir, ich habe einen schweren Schlaf.«
»Er ist eher ein schwerer Trinker!« fuhr ihn Maigret an.
»Ich hatte einiges getrunken«, sagte Lecroix beleidigt, »aber ich war auch müde!«
Corbett beobachtete ihn genau. Er bemerkte, daß der Mann einen unsteten Blick hatte und daß ihm der Speichel in den verfilzten Bart lief. Dieser Mann ist nicht ganz bei Trost, dachte er, der Verstand eines Kindes im Körper eines Mannes.
»Master Lecroix«, sagte er leise, »niemand macht Euch einen Vorwurf. Erzählt mir nur, was passiert ist.«
»Ich schlief auf dem Strohlager auf der anderen Seite der Kammer. Ich schlafe da immer. Das laute Klopfen von Sir Peter weckte mich, und meine Kopfschmerzen wurden davon noch stärker. Ich ging zu Sir Eustaces Bett und zog die schweren

Vorhänge zurück. Er lag einfach da.« Lecroixs Unterlippe zitterte, und seine Augen füllten sich mit Tränen.

»Fahrt fort«, sagte Corbett beruhigend.

»Ich wußte, daß etwas nicht in Ordnung ist. Der Körper meines Herrn war verkrümmt, und sein Gesicht lag auf der Seite, der Mund stand offen. Seine Augen waren blicklos. Sie erinnerten mich an die eines Hundes, den ich gesehen hatte, nachdem er von einem Karren zermalmt worden war.« Lecroix stützte seinen Kopf in die Hände. »Sir Peter klopfte immer noch, und mein Kopf tat immer noch weh, also ging ich zur Tür und schloß auf.«

»Und Sie traten ein, Sir Peter?« fragte Corbett.

»Wir traten alle ein«, erklärte der Sheriff. »Ich schickte eine der Wachen hier nach unten in die Halle. Naylor, Roteboeuf und natürlich Medikus Maigret schlossen sich mir an.«

»Als ich eintrat«, sagte Maigret, »kniete Lecroix neben dem Bett und weinte.« Er klopfte dem Diener auf die Schulter. »Er war seinem Herrn sehr zugetan. Einer der Bettvorhänge war beiseitegezogen, und alles war genau so, wie Lecroix es beschrieben hat. Sir Eustace lag da, als hätte er einen schrecklichen Anfall gehabt. Nach dem Aussehen seiner Haut, seiner Augen und seines Mundes schloß ich sofort, daß er vergiftet worden war.«

Corbett stand auf und schüttelte ungläubig den Kopf.

»Sirs, laßt mich noch einmal das wirklich Augenfällige wiederholen. Sir Eustace trank und aß beim Abendessen doch genau das gleiche wie Ihr?«

»Ja«, antwortete Sir Peter. »Und, erinnert Euch, Bevollmächtigter, er bestand darauf, daß Lecroix, Maigret und ich alles für ihn probierten.«

»Hat er noch etwas anderes getrunken oder gegessen?«

»Nein«, entgegnete Maigret. »Als er die Halle verließ, ging ich mit ihm zu seiner Kammer. Lecroix trug seinen Becher Wein für ihn. Sir Eustace war in Gedanken versunken. Er war fast außer sich vor Angst wegen Eures Besuchs, Sir Hugh. Er glaubte, der König würde ihn persönlich für den Überfall und die Ermordung der Steuereinnehmer verantwortlich machen. Wie auch immer, ich wünschte ihm eine gute Nacht, nahm Lecroix den Becher Wein ab und drückte ihn ihm in die Hand. Auch dann noch bat mich Vechey, den Wein für ihn zu probieren. Das tat ich auch.«

Corbett wandte sich wieder an den Diener. Er beugte sich über ihn.

»Lecroix«, flüsterte er.

Der Diener schaute hoch, und die Angst machte ihn noch häßlicher.

»In der Bettkammer«, fuhr Corbett fort, »trank dein Herr den Wein. Nahm er sonst noch etwas zu sich?«

»Nur das Konfekt«, murmelte Lecroix. »Er hatte immer einen Teller voll dastehen. Aber ich aß auch davon.«

»Trank er Wasser?«

»Nein.« Maigret hob die Stimme zur Verteidigung. »Es gibt nur eine Schüssel mit Waschwasser. Roteboeuf und ich haben es beide getestet, wir haben auch das Tuch untersucht, an dem er sich abgetrocknet hat. Da war nichts Ungewöhnliches. Ihr könnt das selbst sehen, Sir Hugh, beides ist noch da, und auch das Konfekt und was vom Wein noch übrig ist. Ich habe darauf bestanden, daß das Zimmer versiegelt wird, damit nichts verändert werden kann.«

»Maigret sagt die Wahrheit«, bekräftigte Roteboeuf. »Ich habe etwas von dem Konfekt gegessen. Ich habe sogar das Wasser in der Schüssel untersucht.«

Corbett schaute auf die stockfleckige Wand und schloß einen Moment lang die Augen. Etwas stimmte nicht, dachte er. Wie konnte man einen Mann in einem verschlossenen Zimmer vergiften und doch keine Spur des Giftes, das ihn getötet hatte, zurücklassen? Er seufzte tief.

»Schaut.« Er hob die Hände hoch. »Sir Eustace ist an einer

Vergiftung gestorben. Wie ihm das Gift verabreicht wurde oder wer es ihm gegeben hat, ist mir ein Rätsel. Aber er hat doch sicher Krämpfe bekommen und vor Schmerzen geschrien? Lecroix hätte davon erwachen müssen.«

»Nicht notwendigerweise«, antwortete Maigret schnell. »Gott weiß, was Sir Eustace Vechey getötet hat, aber es gibt Gifte, Sir Hugh, weißes Arsen, Bilsenkraut und Fingerhut, die so schnell töten wie ein Pfeil, der ins Herz trifft. Erinnert Euch, Sir Eustace war kein gesunder Mann. Er hatte Übergewicht, und sein Herz wurde zunehmend schwächer. Er ist vielleicht innerhalb weniger Sekunden gestorben.«

Ranulf, der gegen eine Wand gelehnt dagestanden hatte, breitete die Arme aus und trat vor.

»Ist es möglich«, fragte er, »daß Lecroix oder jemand anderes den Wein oder das Wasser ausgetauscht haben könnte?«

»Nein«, erklärte Maigret. »Dafür habe ich gesorgt. In der Kammer von Sir Eustace sind die Fenster nicht breiter als Schießscharten. Ich habe sie sorgfältig untersucht. Man hat nichts nach draußen geworfen, und selbst wenn das der Fall gewesen wäre, wie hätte es dann ersetzt werden sollen? Es gab im Zimmer kein weiteres Wasser und keinen weiteren Krug mit Wein.«

»Wir haben also«, schlußfolgerte Corbett, »Sir Eustace, der speist und Wein trinkt, aber nur das, was Ihr ebenfalls eßt und trinkt, und selbst dann läßt er es noch vorher von anderen kosten. Er geht mit einem halben Becher voll Wein, der anscheinend einwandfrei war, in sein Zimmer hinauf. Dasselbe gilt für einen Teller Konfekt, der in seinem Zimmer stand, und für das Wasser, mit dem er seine Hände wusch.« Er sah Lecroix an. »Euer Herr wusch sich, bevor er sich hinlegte?«

Der Mann nickte.

»Also. Sir Eustace legte sich in sein Bett in einer verschlossenen Kammer, in deren Tür der Schlüssel von innen steckte?« Er schaute Branwood an, der ihn eingehend beobachtete.

»Ja«, entgegnete Branwood. »Lecroix öffnete die Tür. Ich habe gehört, wie er den Schlüssel umgedreht hat.«
»Und Ihr, Sirs«, Corbett deutete auf die Soldaten, »verließt nie Euren Posten, und keiner besuchte Sir Eustace in dieser Nacht?«
Beide Männer schüttelten den Kopf.
»Am selben Abend«, fuhr Corbett fort, »kehrtet Ihr, Sir Peter, in die Halle zurück, weil Ihr dort noch einen Becher Wein stehen hattet. Wenn wir unserem guten Doktor glauben können, war dieser ebenfalls vergiftet worden. Ein einziger Schluck hatte Euer gesamtes Innenleben in Aufruhr gebracht.« Corbett schaute den Mönch an, der mit den Händen auf den Knien auf einem Hocker saß und vor sich hin döste. »Vater, entschuldigen Sie, wo wart Ihr, als die Leiche von Sir Eustace entdeckt wurde?«
»Ich war in die Kapelle zurückgegangen, um aufzuräumen, nachdem ich die Messe gelesen hatte. Sir Peter schickte einen Diener nach mir. Ich kam nach oben und tat das einzige, was ich tun konnte. Ich salbte die sterbliche Hülle und segnete sie.«
»Habt Ihr schon viele Tote gesehen, Vater?«
Die fröhlichen Augen des Mönchs ruhten auf Corbett.
»Doch, doch, Sir Hugh, mehr als Ihr. Ich diente als Armee-Kaplan des Königs, damals beim Schottlandfeldzug.«
»Und als Ihr den Leichnam saht und salbtet, würdet Ihr sagen, daß Sir Eustace schon seit einigen Stunden tot war, oder war er erst kurze Zeit vorher gestorben, bevor Sir Peter an die Tür klopfte?«
Der Klosterbruder kniff die Augen zusammen.
»Die Leichenstarre setzte bereits ein«, entgegnete er zögernd. »Die Haut gab noch nach, obwohl sich schon eine gewisse Steife der Glieder bemerkbar machte. Sir Eustace begab sich eine Stunde vor Mitternacht zu Bett. Ich salbte seine sterbliche Hülle irgendwann zwischen acht und neun am nächsten Morgen.« Er sah zu Corbett auf. »Um Euch eine ehrliche Antwort zu geben,

Sir Hugh, glaube ich, daß Sir Eustace gut schon um Mitternacht tot gewesen sein kann.« Der Bruder lachte etwas säuerlich. »Der Geisterstunde, in der mehr Seelen zu Gott gehen als zu irgendeiner anderen Stunde des Tages.«
Corbett kratzte sich an der Stirn, er war wirklich einigermaßen durcheinander und sehr müde und erschöpft nach der Reise. Er rieb sich die Augen. Nichts, dachte er, da ist überhaupt nichts, nicht einmal soviel wie ein loser Faden.
»Also«, flüsterte er, »wissen wir nicht, wie Sir Eustace starb und wer ihn ermordete?«
»O doch, das tun wir«, meldete Sir Peter sich zu Wort. »Der Geächtete Robin Hood!«
»Wie hätte er das anfangen sollen?« fragte Corbett. »Eine Burg mitten in der Nacht betreten und einem Mann einen tödlichen Trank verabreichen, der bereits auf der Hut vor ihm ist? Warum sagt Ihr das?«
Sir Peter grub in seiner Brieftasche und warf ein fleckiges Stück Pergament zu Corbett hinüber.
»Weil Robin Hood behauptet, daß er es getan hat.«

# Kapitel 2

Corbett starrte ungläubig auf die hingekritzelten Buchstaben auf dem Pergament:

*Sir Eustace Vechey, Sheriff von Nottingham von eigenen Gnaden, hingerichtet auf Befehl Robin Hoods. Peter Branwood, Un- ter-Sheriff von eigenen Gnaden, hingerichtet auf Befehl Robin Hoods.*

Corbett sprach sich die Worte langsam vor und schaute Branwood an. »Ihr solltet also auch sterben. Aber warum habt Ihr mir das nicht sofort gezeigt?«

»Ich habe Euch gesagt, daß Robin Hood verantwortlich ist! Vechey ist tot, und das sollte ich auch sein. Kein Zweifel, daß der Geächtete seine Sympathisanten in der Burg hat. Ich gedachte«, er hüstelte befangen, »ich gedachte, Euch erst einmal zu beobachten. Mal sehen, zu welchen Schlußfolgerungen Ihr kommt.« Er zuckte mit den Achseln. »Jetzt wißt Ihr es.«

Corbett starrte wieder auf das Pergament. »Beim Gekreuzigten!« fluchte er. »Dieser Räuber maßt sich wirklich einiges an. Er beendet sein Schreiben: ›Ausgefertigt in unserer Residenz im Greenwood.‹«

Corbett warf Branwood das Pergament zurück. »Ich will den Bastard von der Burgmauer hängen sehen! Wo wurde diese Bekanntmachung abgegeben?«

»Sie wurde nicht abgegeben. Sie wurde mit einem Pfeil in den äußeren Hof geschossen.«

Corbett schaute auf ein riesiges Spinnennetz, das von einem der Deckenbalken herabhing.
»Der Brief beweist eines«, sagte er. »In ihm heißt es ›auf Befehl‹, der Giftmischer muß also auf der Burg sein. Ich kann nicht glauben, daß ein Verbrecher die gottgegebene Macht hat, durch Mauern zu gehen.« Corbett machte eine Pause. »Ihr habt gesagt, daß es hier Geheimgänge gibt?«
»Ja, ein beachtliches Netz, unten bei den Verliesen. Die Stadt und die Burg stehen auf einem gewaltigen Felsen. Diese Höhlen und Tunnels waren schon lange vor den Römern bewohnt.«
»Aber warum?« Ranulf trat vor. Er kümmerte sich nicht um die Überraschung von Sir Peters Gefolge. »Warum sollte ein Räuber einen der Sheriffs des Königs ermorden und versuchen, einen weiteren aus dem Weg zu räumen? Er muß doch gewußt haben, daß er damit nur den Zorn des Königs auf sich zieht.«
Corbett nickte. Ranulf hatte recht. Der Räuber und seine Bande konnten durch den Wald streifen und Reisende überfallen, wann immer es ihnen gefiel. Andere Räuber taten das überall im gesamten Königreich auch. Warum sollte er also so die Aufmerksamkeit auf sich lenken?
»Sir Peter, die Frage meines Dieners ist wichtig.«
Der Unter-Sheriff zuckte mit den Achseln und breitete die Hände aus.
»Zum einen hat Sir Eustace bekanntmachen lassen, daß Robin of Locksley oder Robin Hood ohne Vorwarnung getötet werden soll. Er hat ihn außerdem Feigling, Schurke und Verräter geschimpft. Der Räuber hat gefordert, daß Sir Eustace entweder diese Bemerkungen öffentlich zurücknehme oder mit schlimmen Folgen zu rechnen habe. Sir Eustace hat sich geweigert und ...« Er verstummte.
»Aber warum Gift?« beharrte Corbett. »Warum nicht in der Öffentlichkeit, beispielsweise wenn Sir Eustace durch die Stadt ritt?«

»Bevollmächtigter, Ihr habt doch als Soldat gedient?«
»Ja.«
»Ihr habt gesehen, wie Männer ihren Mut verloren haben? Nun, das ist bei Sir Eustace ebenfalls passiert. Er weigerte sich, die Burg zu verlassen. Er war wie besessen von dem Gedanken, daß ein Verräter hier auf der Burg sein könnte, vielleicht sogar in seinem Gefolge. Vechey veränderte sich. Er war nervös, aufgeregt, vernachlässigte sich und trank viel zuviel.«
Corbett sah die anderen an. Zu viele Zuhörer, dachte er. Er lehnte sich zur Seite und flüsterte etwas in Sir Peters Ohr. Der Sheriff sah Lecroix und die Wachen an.
»Ihr könnt gehen.«
Die Soldaten eilten aus der Halle, aber Lecroix zögerte noch. Er zog an seinem wuchernden Schnurrbart, schlurfte durch die Tür und drehte sich dann unvermittelt um.
»Mein Herr war ordentlich«, erklärte er, als wollte er Ranulfs und Branwoods Äußerungen zurückweisen.
»Was meinst du damit?« fragte Corbett.
»Nichts«, entgegnete Lecroix. »Er war eben ordentlich, besonders in seiner eigenen Kammer.« Er schlurfte nach draußen.
Corbett wartete, bis sich die Tür geschlossen hatte und wandte sich dann an Roteboeuf.
»Ihr seid der Schreiber der Burg und wart gleichzeitig Vecheys Sekretär?«
Der junge Mann nickte fröhlich.
»Hat er etwas zu Euch gesagt? Egal was?«
»Nein. Sir Eustace war ein sehr verschlossener Mensch, der vor sich hin stierte oder allen finstere Blicke zuwarf.«
»Ich versuchte mit ihm zu sprechen«, warf Bruder Thomas ein. »Aber er meinte, ich solle mich um meine eigenen Angelegenheiten kümmern. Er würde sich um seine kümmern.«
»Und Ihr, Sir Peter, warum sollte Robin Hood versuchen, Euch

zu ermorden?« Corbett bemerkte den Haß in den Augen des Mannes. »Sir Peter?«
Der Sheriff betrachtete eingehend seine Handflächen.
»Vor acht Jahren ritt ich durch Barnsleydale nach Norden. Ich hoffte damals wie heute, Lady Margaret Percy zu heiraten. Ich hatte ihr ein Stück Seidenstoff gekauft, teuer und sehr kostbar. Robin Hood und seine Räuber hielten mich an, nahmen mir die Geschenke ab, zogen mich aus, fesselten mich auf mein Pferd und überließen mich dem allgemeinen Spott.«
Ihr haßt gründlich, dachte Corbett, und bemerkte, daß Branwood einen nervösen Tick hatte. Der Unter-Sheriff schluckte.
»Als Sir Eustace seine Erklärung abgab, forderte ich Robin Hood öffentlich heraus, ich schmähte ihn einen Feigling, einen hasenfüßigen Schurken und einen unehelichen Sohn eines Kleinbauern. Ich forderte ihn zu einem Duell *à outrance* auf dem High Pavement von Nottingham heraus.« Er verzog das Gesicht. »Wißt Ihr, was der Räuber antwortete?«
»Seid Ihr Euch sicher«, fragte Corbett und wechselte damit unvermittelt das Thema, »daß der Räuber selbst nie nach Nottingham kommt?«
»Warum fragt Ihr?«
»Weil ich denke, daß man ihn eher mit List fängt als mit Gewalt. Seine königliche Hoheit bestehen darauf, daß er gefangengenommen wird. Wenn diese Bedrohung aus der Welt ist, beabsichtigt Edward gegen den schottischen Rebellen William Wallace zu Felde zu ziehen.« Corbett sah Ranulf an. Ihm gingen die seltsamen Worte durch den Kopf, die auf dem Pergament standen, das sein Diener aus Paris mitgebracht hatte. Er blinzelte. »Ja, wie gesagt, es ist dem König wichtig, daß die Straßen nach Norden für seine Soldaten und für den Nachschub frei sind. Robin Hood muß getötet werden.«
»Wie?« fragte Branwood mit einem höhnischen Lächeln. »Etwa von Euch und Euren zwei Dienern?«

»Nein«, entgegnete Corbett, aufs äußerste provoziert. »Habt Ihr von Sir Guy of Gisborne gehört?«
»Ja, er besitzt das Land in der Nähe von Stifford an der Grenze zu Lancashire. Er war hier Sheriff, während Robin Hood seine ersten Raubzüge unternahm.«
»Nun«, sagte Corbett. »Guy hat dem König seine Dienste angeboten, und dieser hat angenommen. Keiner kennt den Wald besser als er. Er ist im Augenblick in Southwell mit einem Dutzend kundiger Förster und sechzig Bogenschützen.« Corbett freute sich, als er sah, wie die Überheblichkeit aus Branwoods Zügen verschwand. »Sagt mir«, fuhr er eilig fort, »was wißt Ihr über den Räuber?«
Branwood schien von der Bemerkung über Gisborne aus der Fassung gebracht worden zu sein, und Corbett verfluchte seine eigene Ungeschicklichkeit. Es konnte der Eindruck entstehen, daß der König Branwood nicht vertraute. Außerdem sollte Gisbornes Anwesenheit ein Geheimnis bleiben.
»Robin of Locksley«, begann Branwood bedächtig und versuchte sich zu sammeln, »wurde als freier Bauer geboren. Er erbte das kleine Gut Locksley, das aus einigen Äckern und Weiderechten besteht. Als junger Mann kämpfte er mit der Armee des Königs in Wales, wo er mit dem Langbogen umzugehen lernte.«
Corbett nickte. Er hatte gesehen, was diese Waffe ausrichten konnte, die immer häufiger von den englischen Bogenschützen statt der Armbrust benutzt wurde. Sie war so lang wie ein Mann und aus poliertem Eibenholz. Ein geübter Bogenschütze konnte mit ihr innerhalb einer Minute vier armlange Pfeile abschießen, die einen Kettenpanzer zu durchschlagen vermochten.
»Robin of Locksley wurde als Krieger geboren«, sagte Branwood. »Ein guter Soldat, der den Wald wie seine Westentasche kennt. Dort schlossen sich ihm Lady Mary of Lydsford und ein Franziskaner mit dem Spitznamen Bruder Tuck an.«
Corbett sah Bruder Thomas an. Der lächelte zurück.

»Nicht alle Brüder sind Gottesmänner«, spottete er. »Der alte Tuck war ein Lebemann, dessen Mönchszelle in Copmanhurst in der Nähe von Fountaindale lag. Als der König Robin Hood begnadigte, schickte man Tuck in eines unserer Ordenshäuser in Cornwall, wo er bei Wasser und Brot fastete und bald darauf starb.«
»Was weiter?« fragte Corbett.
»Andere schlossen sich Robin an«, ergriff Roteboeuf das Wort. »Ein Riese von einem Mann, größer noch als Naylor, der John Little hieß und den Spitznamen Little John trug, ein ehemaliger Soldat und ein gewalttätiger Mann. Robins zweiter Leutnant war Will Scathelock oder Scarlett.«
»Versteht Ihr«, unterbrach Branwood, »Robin of Locksley war einzigartig. Er sorgte bei seiner Bande für Disziplin und achtete darauf, den Bauern nicht zu nahe zu treten oder anderen, die ihn verraten könnten. Er überfiel Kirchenmänner oder Edelleute, und diejenigen, die er nicht einschüchtern konnte, bestach er.« Branwood zuckte mit den Achseln. »Ihr kennt den Rest der Geschichte. Vor sechs Jahren kamen Seine Hoheit, der König, nach Norden. Er begnadigte Robin und seine Männer und gab«, seine Stimme klang verbittert, »dem Geächteten sogar einen Platz in seinem Kabinett. Robin diente mit seinem Gefolge im schottischen Krieg.«
Corbett hob die Hand. »Ich habe ihn gesehen«, murmelte er. »Ein großer, braungebrannter Mann mit rabenschwarzem Haar. Er trug immer Lincolngrün unter seinem Wappenrock des Königs. Er war Kapitän einer Kompanie von Bogenschützen. Er hatte scharfe Züge.« Corbetts Gesicht wurde nachdenklich. »Er erinnerte mich an einen Jagdfalken. Aber genug«, sagte er abschließend. »Sir Peter, was schlagt Ihr jetzt vor?«
»Morgen früh«, entgegnete der Unter-Sheriff, »beabsichtige ich, mit einer Kompanie in den Sherwood Forest zu reiten. Ich schlage vor, Sir Hugh, daß Ihr mich begleitet.«

»Ist das nicht gefährlich?« fragte Corbett.
»Nein, Bevollmächtigter. Aber was soll ich tun? Mich wie eine trauernde Witwe in der Burg einschließen? Ich bin der Beamte des Königs hier in der Gegend. Ich kann nicht zulassen, daß sich Robin Hood rücksichtslos über die Autorität des Königs hinwegsetzt.«
»Sollten wir nicht auf Gisborne warten?«
»Gisborne kann machen, was er will!« sagte Branwood kurz angebunden. »Also, Ihr wünschtet Vecheys Kammer zu sehen?«
Corbett nickte, und Branwood, der die anderen außer Naylor entließ, führte ihn eine Wendeltreppe hinauf in den ersten Stock. Das Zimmer des toten Sheriffs war immer noch verschlossen und versiegelt. Branwood entfernte das Siegel, öffnete die Tür und gab Corbett ein Zeichen, einzutreten.
Die Schlafkammer war so dürftig eingerichtet wie der Rest der Burg. Ein großes, etwas mitgenommenes Himmelbett mit Vorhängen aus einem dicken Wollstoff beherrschte das Zimmer. Eine riesige, eisenbeschlagene Truhe stand am Fußende des Bettes. Die Einrichtung bestand weiterhin aus einem Tisch, einigen Hockern, zwei weiteren Truhen und in einer Ecke einem stabilen Lavabo, auf dem eine große Zinnschüssel stand. An die Wand am anderen Ende des Zimmers hatte man ein Bett mit einer Strohmatratze und einigen Wolldecken gerückt.
»Da schlief wohl Lecroix?« fragte Corbett.
Branwood nickte. Corbett stieß die schmutzigen Binsen mit dem Fuß zur Seite und stellte sich in die Mitte des Zimmers. Es war kahl und erinnerte an eine Klosterzelle. Die Wände waren gekalkt, und das einzige Licht kam durch drei Schießscharten an der Schmalseite des Raumes. Branwood entzündete die billige Öllampe und reichte sie Corbett, der zum Bett ging und die Vorhänge zurückschlug. Das Bett war schmutzig und roch muffig, das Keilkissen, die Laken und Decken waren verblichen und verfleckt. Branwood hatte recht gehabt. Daß Sir Eustace sich

selbst vernachlässigt hatte, war mehr als offensichtlich. Corbett untersuchte die Laken, Keilkissen und Decken, nahm jedoch nichts anderes als alten Schweiß und überhaupt Körpergeruch wahr. Er begutachtete dann den Becher, in dem sich immer noch ein Rest Wein befand, aber dieser schien ebenso harmlos wie das Konfekt auf einem Zinnteller in der Mitte des Tisches zu sein. Die Fliegen hatten sich ausgiebig mit ihm befaßt. Corbett nahm seinen ganzen Mut zusammen, schloß die Augen, schob ein Stück in den Mund und kaute bedächtig. Als er die eklige Süße nicht mehr ertragen konnte, ging er zu einem der Schießschartenfenster, spuckte aus und wischte sich mit dem Handrücken über den Mund.

»Ranulf! Maltote!« befahl er. »Untersucht die Binsen!«

Während sie damit beschäftigt waren, testete er das Wasser, das inzwischen abgestanden und verschmutzt war.

»Herr«, rief Ranulf, »zwischen den Binsen liegt nichts.«

Corbett sah Branwood düster an.

»Ihr habt recht, Sir Peter. Hier ist nichts. Wie wurde Vechey dann vergiftet?«

»Ich bin kein Arzt. Maigret sagt, daß das Gift sehr stark gewesen sein muß. Bilsenkraut, Arsen oder Fingerhut.«

Corbett nahm das Tuch vom Lavabo. An ihm hatte sich jemand die Finger abgewischt, und Corbett meinte süßlichen Geruch wahrzunehmen: Zucker und Konfekt. Er erinnerte sich an die Wunden, die Vechey in den Mundwinkeln gehabt hatte.

»Was passiert, Ranulf, wenn du einen Schorf hast und dir den Mund mit einem Tuch abwischst?«

»Das Tuch löst ihn ab, und es blutet von neuem.«

»Nun denn, dieses Tuch wurde mit Sicherheit von Vechey benutzt. Auf ihm sind winzige Blutflecke.« Corbett fuhr verärgert mit den Händen durch die Luft. »Hier ist nichts«, murmelte er. »Gott allein weiß, wie Vechey ermordet wurde.«

»Kommt«, rief Sir Peter fast gönnerhaft. »Sir Hugh, Ihr müßt

müde sein. Ich werde Euch den Rest der Burg zeigen, dann könnt Ihr Euch vielleicht zur Ruhe begeben.«
Corbett hätte fast abgelehnt, machte sich dann aber klar, daß er diese Informationen benötigte, und alle folgten Branwood, als er sie die drei Stockwerke des Bergfrieds hinaufführte, auf die Zinnen. Sir Peter stand am Brustwehr, und Corbett hörte mit halbem Ohr zu, als er die übrige Burg beschrieb. Der Beamte genoß die kühle Brise und erfreute sich an einem beginnenden, atemberaubenden Sonnenuntergang. Da machte ihn eine Äußerung Sir Peters stutzig. Corbett folgte Branwoods richtungweisender Hand mit dem Blick und starrte nach Norden. Hinter den dichtgedrängten Häusern und engen Straßen von Nottingham erstreckte sich das grüne Meer des Waldes, so weit das Auge reichte.
»Ihr versteht das Problem, Sir Hugh? Wie soll man einen Mann in einem so riesigen Wald jagen? Reiter sind nutzlos, Fußsoldaten fast gelähmt vor Furcht. Eine Armee kann sich in diesem Wald verstecken, und man bemerkt nichts, bis man in die Falle stolpert.«
»Haben die Räuber Pferde?«
Sir Peter lächelte maliziös. »Das ist die eine Schwäche des Räubers. Er ist ein schlechter Reiter und zieht es in jedem Fall vor, zu Fuß zu gehen. Zwischen den Bäumen ist ein Soldat zu Pferde natürlich nutzlos.«
Er führte schließlich Corbett und seine Leute wieder die drei Stockwerke des großen Bergfrieds hinunter, dann staubige Gänge entlang, unter Bögen mit Hundszahnornamenten hindurch und auf die vernachlässigten Innenhöfe hinaus. Auf dem inneren Hof wurde die provisorische Richtstätte gerade gereinigt. Neben ihr stieß man die geköpften Leichen der Verbrecher in Truhen, in denen normalerweise Pfeile aufbewahrt wurden. Dann wurden die Deckel zugenagelt, und die Toten konnten auf einem der städtischen Friedhöfe begraben werden. Eine grau-

haarige Frau klagte neben einer dieser Truhen um die Toten, und ein hartgesottener Soldat nahm einen der abgetrennten Köpfe und rammte ihn wie einen Kürbis auf einen Pfosten. Er sollte auf der Burgmauer aufgepflanzt werden.
Halbnackte Kinder spielten im Dreck, das Grauen um sie herum berührte sie nicht. Hufschmiede gingen ihrer Arbeit nach, und die Feuer der Schmiedeöfen glühten rot und heiß. Der Lärm von Hammer und Amboß war ohrenbetäubend. Hühner suchten nach Körnern und stritten sich mit mageren, schmutzigen Schweinen um die karge Kost. Eine Gruppe von Frauen aus der Burg wusch in Bottichen mit trübem Wasser Kleider, und ein mit einem Stock bewaffnetes Mädchen versuchte eine Herde Gänse zur Räson zu bringen, die von dem Knurren eines Mastiffs aus der Ruhe gebracht worden waren. Im äußeren Hof exerzierten einige Soldaten eher halbherzig, bis Naylor auftauchte, und sie energisch Fechtbewegungen machten und einige ausgestopfte Figuren anfielen, die an Pfosten hingen.
Die Burg war ein von Mauern umgebener Militärstützpunkt, dessen Mittelpunkt der große Bergfried bildete. Die Garnison schlief mit ihren Familien in Gebäuden und Räumen, die an die Außenmauer angebaut waren. Für alles war gesorgt: Corbett sah Geflügelkäfige und Kaninchengehege, deren Löcher bereits mit Netzen abgedeckt waren; der Hegemeister jagte gerade einen frischen Braten. In der Ecke eines kleinen Obstgartens stand ein großer Taubenschlag. Obwohl die Garnison geschäftig war, und alle den Eindruck erweckten, sie wüßten, was sie taten, hatte Corbett das Gefühl, daß die Burg belagert würde, und die Garnison sich nicht aus den Toren hinauswagte.
»Wie viele Soldaten habt Ihr hier?«
Branwood blieb stehen und schaute in den Himmel, der sich rotgolden verfärbt hatte.
»Eine komplette Truppe. Einen Ritter, fünf Sergeanten, die von Naylor angeführt werden, zwanzig berittene Hellebardiere,

dreißig Fußsoldaten und ungefähr dieselbe Zahl Bogenschützen.«
Corbett sah zur Burgmauer hoch, an der Sir Peters Wimpel, drei goldene Burgen auf Sarsenett, frech in der Abendbrise flatterte.
»Haltet Ihr es für klug, morgen in den Wald zu ziehen?«
»Wie gesagt«, gab Branwood kurz angebunden zurück, »ich habe keine Wahl. Ich muß dem Räuber zeigen, daß ich mich nicht einschüchtern lasse. Aber kommt, ich will Euch die Keller zeigen.«
Er führte sie zurück in den Bergfried, durch eine eisenbeschlagene Tür und in die dunklen, höhlenartigen Keller, die sich unter dem Bergfried befanden und so hoch waren, daß ein Mann in ihnen gut stehen konnte. Von ihnen gingen kleine Alkoven oder Nischen ab; zwei räudige Katzen huschten in der Dunkelheit davon, als Sir Peter die Männer an Wein- und Bierfässern, Säcken voll Getreide und an anderen Vorräten vorbeiführte.
»Ihr sagtet, es gebe geheime Zugänge?« fragte Corbett.
Sir Peter, der einen Wandleuchter ergriffen hatte, gab ihnen ein Zeichen, ihm in eine der Nischen zu folgen. Er zog einen Sack Getreide beiseite und zeigte ihnen eine Falltür.
»Wie ich gesagt habe, liegt die Burg auf einem Felsen, der von Gängen und Tunnels durchzogen wird. Dies ist einer der Eingänge, aber es könnte noch andere geben, von denen wir nichts wissen.«
»Machen sie die Burg nicht verwundbar?«
»Nein. Würde eine Belagerung beginnen, würden diese Falltüren verschlossen.«
Er führte sie wieder die Treppe hinauf und befahl Naylor, ihnen ihre Kammer zu zeigen, er sagte, er müsse sich um andere dringende Angelegenheiten kümmern.
Corbett ignorierte die höfliche Abfuhr. Naylor führte sie zu ihrem Zimmer im ersten Stockwerk des Bergfrieds, das am selben Gang lag wie die Kammer Sir Eustaces. Es war lang,

niedrig und hatte eine schwarze Balkendecke, war aber ziemlich sauber. Der Steinfußboden war gefegt und mit frischen Binsen ausgelegt, einige von ihnen waren noch grün und biegsam. Die Laken und Decken auf den Feldbetten waren sauber. Truhen und Kästchen standen herum, zum Teil verschlossen, außerdem ein Tisch, ein Sessel, eine Bank und eine Reihe Hocker. Die Wände waren eben erst gekalkt worden, das jedoch ziemlich nachlässig. Die Arbeiter hatten, ohne die Fliegenleichen zu entfernen, nur unzureichend das krakelige Bild eines Löwen übermalt, das ein Künstler vor langen Jahren einmal gezeichnet hatte. Es gab Haken für ihre Kleider und ein großes schwarzes Kruzifix mit der verkrümmten, gemarterten Figur des toten Christus.

Als Naylor gegangen war, kam ein Diener mit einem Holztablett, auf dem ein Krug mit kaltem Ale und einige Becher standen. Die drei tranken durstig und begannen dann, ihre Satteltaschen auszupacken. Corbett sah, wie Maltote sein Schwertgehenk hochhob, um es auf sein Bett zu werfen.

»Nein, Maltote!« befahl er.

Der Bote ließ es fallen, als hätte er sich die Finger verbrannt, und Ranulf grinste.

»Ich habe dir doch bereits gesagt«, flüsterte er, »Meister Langschädel haßt es, wenn du Waffen anfaßt.«

»Das habe ich gehört, Ranulf«, rief Corbett über seine Schulter. »Maltote, du bist einer der besten Reiter, denen ich je begegnet bin, aber du kennst meine Anweisung. Faß in meiner Gegenwart nie ein Schwert oder einen Dolch an. Du bist gefährlicher als ein betrunkener Sergeant, der in einer überfüllten Schenke sein Schwert durch die Luft schwenkt.« Corbett starrte ihn mißtrauisch an. »Du hast doch nicht etwa einen Dolch bei dir?«

Der treuherzige Bote schaute erschrocken auf, seine Kinderaugen waren furchtsam geweitet.

»Nein, Herr.«

»Gut!« murmelte Corbett. »Dann pack weiter aus. Geh runter in die Vorratskammer, stehle oder erbettele etwas zu essen und zu trinken und reite dann nach Southwell. Ich habe dir den Weg gezeigt, als wir nach Nottingham kamen. Reite bis zur Kreuzung und dann die Landstraße entlang nach Newark in Richtung Süden. Du findest Sir Guy of Gisborne im Gasthof »The Serpent«. Sag ihm, daß wir in Nottingham eingetroffen sind und morgen in den Wald reiten. Er soll jedoch nichts unternehmen, bis er mit mir geredet hat. Bring ihn mit, aber nicht in die Burg, sondern bitte ihn, in der Schenke am Fuß des Felsens Quartier zu nehmen. Wie hieß sie noch gleich?«
»The Trip to Jerusalem«, antwortete Ranulf. Er hatte ein Auge für jedes Ale-Haus, an dem sie vorbeikamen. Hier löschte er seinen Durst, verwickelte die Arglosen in ein Würfelspiel oder verkaufte seine »Wundermedizin« an die, die dumm genug waren.
»Bring ihn hierher«, befahl Corbett.
Maltote nickte, wusch sich Hände und Gesicht im Lavabo und eilte fort.
»Ihr seid zu streng mit ihm, Herr«, sagte Ranulf grinsend. »Er setzt seinen ganzen Ehrgeiz darein, Schwertfechter zu werden.«
»Nur über meine Leiche«, murmelte Corbett. »Ranulf, er gefährdet nur sich selbst. Hast du ihn während des Abendessens bei Lady Maeve beobachtet, bevor wir Bread Street verlassen haben? Er schnitt sich ein Stück Fleisch ab und erwischte dabei beinahe auch noch seine Finger.« Corbett wandte sich wieder seinen Satteltaschen zu. »Und wer ist dieser Meister Langschädel?«
»Niemand«, entgegnete Ranulf mit schlechtem Gewissen. »Jemand, den wir beide kennen.«
Corbett grinste verstohlen, legte seine letzten Kleider in eine der Truhen und hängte seine beiden Roben an einen Haken. Er versuchte, nicht an seine Frau Maeve zu denken, die ordentlich

alles zusammengefaltet und dabei wie eine Elster geplappert hatte, um ihr Unbehagen bei der Abreise ihres Ehemannes zu verbergen. Ihr Bild tauchte vor Corbetts innerem Auge auf: elfenbeinweiße Haut, tiefblaue Augen und ein wunderschönes Gesicht, das von goldenem Haar umrahmt wurde.
»Ich sollte jetzt bei ihr sein«, murmelte er. »Ich sollte mit ihr, der kleinen Eleanor und Onkel Morgan in unser Haus nach Leighton ziehen.«
Corbett öffnete eine seiner Satteltaschen, nahm seinen kleinen Reisesekretär heraus, und baute Pergament, Tintenfaß, Messer und Feder ordentlich auf. Dann schaute er nach oben. Ranulf starrte schlecht gelaunt durch eines der Schießschartenfenster.
»Komm schon!« drängte ihn Corbett und setzte sich in den Sessel. »Laß uns die Rätsel hier lösen, oder hast du einen besseren Vorschlag?«
Ranulf bewegte sich nicht, also zuckte Corbett mit den Achseln, nahm eine Feder und tauchte sie in die blaugrüne Tinte.
»Primo«, sagte er, »die Geschäfte des Königs in London.«
Er entrollte das fleckige Pergament, das sein Diener aus Paris mitgebracht hatte, und glättete es vorsichtig. Bardolph hatte dafür mit seinem Leben bezahlt, und Corbett erinnerte sich voller Schuldgefühle daran, wie er die Frau des Toten in Grubbe Street in der Nähe von Cripplegate besucht hatte. Der König hatte ihr eine Rente ausgesetzt, aber die Frau schrie nur und verfluchte ihn, bis er sich wieder auf den Weg gemacht hatte.
»Wofür ist Bardolph nur gestorben?« sagte er mit lauter Stimme. »Was bedeutet diese Chiffre? ›Les trois rois vont au tour des deux fous avec deux chevaliers.‹«
»Die drei Könige«, übersetzte Corbett, »gehen zum Turm der beiden Toren mit zwei Rittern.«
Corbett schloß die Augen und versuchte sich die ungenaue Karte von Nordfrankreich vorzustellen, die die Schreiber in Westminster gezeichnet hatten. Philipp hatte hier jetzt seine Ar-

meen zusammengezogen, Zehntausende Infanteristen, Schwadron nach Schwadron schwer gepanzerter Ritter, Karren voller Vorräte. Nach Ende der Ernte würde diese Armee in Flandern einfallen. Aber wo? War mit dieser Chiffre dieses Rätsel zu lösen?
»Wo werden sie ihren ersten Schlag führen?« fragte Corbett mehr sich selbst. »Wird die französische Armee vorwärtsrollen wie eine Welle, oder wird sie sich wie eine Speerspitze formieren, eine bestimmte Straße benutzen und eine Stadt zuerst angreifen?« Edwards flämische Verbündete hatten inständig um solche Informationen gebettelt. Wenn sie erst Philipps Marschroute kannten, seinen Schlachtplan, dann konnten sie zum Gegenschlag rüsten. Aber so war ihre Armee viel zu klein, zu verstreut, um auf alle Eventualitäten gefaßt sein zu können.
Corbett erinnerte sich an den König in Westminster. Er war vor Wut bleich geworden.
»Wir sind wie eine Katze, die tausend Mauselöcher gleichzeitig bewacht. Wo wird dieser französische Bastard seinen ersten Schlag führen?«
Corbett hatte darauf reagiert, indem er seine unzähligen Agenten in Paris gedrängt hatte, das Geheimnis zu lüften. Jetzt hatte er die Information, konnte mit ihr jedoch nichts anfangen.
»Was bedeutet das?« hatte der König geschrien. »Beim Barte des Propheten, was bedeutet das?«
Corbett hatte gelassen erklärt, daß die Chiffre neu sei, daß einer von Philipps wichtigsten Schreibern sie ausgeheckt hätte. Nur der König würde sie kennen, der innere Kreis der Ratgeber und die Generäle an der französischen Grenze.
»Warum kannst du sie nicht knacken?« hatte ihn der König angefleht.
»Weil sie in nichts irgend etwas ähnelt, was wir bisher in Händen hatten.«
Der König hatte gewütet und ihn nachgeäfft.
»Euer Hoheit«, hatte Corbett mit ruhiger Stimme beharrt und

einen berühmten Lehrsatz aus der Logik zitiert, »jedes Problem trägt bereits den Kern seiner Lösung in sich.«
»Oh, Gott sei gedankt!« hatte Edward gefaucht und Corbett weiter mit seinen verrückten, blutunterlaufenen Augen angestarrt. »Und was passiert, wenn Ihr die Chiffre entschlüsselt, Beamter? Philipp weiß, daß wir sie haben. Der Bastard ändert sie vielleicht!«
Corbett stimmte ihm nicht zu. »Ihr wißt, daß Philipp das nicht tun kann. Die militärischen Vorbereitungen sind bereits getroffen, jede Änderung des Plans würde zu einem fürchterlichen Chaos führen. Er hat die Zeit auf seiner Seite, er kann jederzeit im Juli angreifen.«
»In diesem Fall«, hatte der König gebrüllt, »habt Ihr nur wenige Tage!«
Corbett schloß die Augen. Bevor er Westminster verließ, erwies sich seine Mutmaßung über Philipp als zutreffend. Die Franzosen hatten Vorsichtsmaßregeln wegen der Chiffre ergriffen, die für ihn tödliche Konsequenzen haben konnten. Corbett seufzte, öffnete wieder die Augen und starrte erneut auf die Chiffre. Je kürzer solche Mitteilungen waren, um so schwerer war es, sie zu entschlüsseln.
»›Die drei Könige gehen zum Turm der beiden Toren mit den beiden Rittern.‹ Was bedeutet das, Ranulf?«
Sein Diener schaute immer noch mißmutig aus dem Fenster.
»Fehlt dir London?« fragte Corbett. »Oder hast du immer noch Liebeskummer wegen Lady Mary Neville?«
Ranulf hörte seinen Herrn, starrte aber weiter bedrückt in den Sonnenuntergang. Er versuchte, seine kochende Wut zu unterdrücken. Er hatte Lady Mary Neville mit jeder Faser seines Herzens geliebt, ihr dunkles, glänzendes Haar, diese Lippen, an die er seine gepreßt hatte, als sie ihn in ihr Bett gebeten hatte. Ihre kühlen, weißen Glieder hatten die seinen umschlungen. Dann hatte sie ihn weggeworfen, wie sie eine Nadelarbeit weg-

werfen würde, mit der sie unzufrieden war. Sie hatte mit einem nervösen und koketten Blinzeln zu ihm gesagt, daß sie jetzt wirklich mit Ralph Dacre, den sie als einen entfernten Verwandten bezeichnete, nach Norden zurückkehren müsse. Ranulf wußte, daß es sich anders verhielt. Dacre war eine Hofschranze mit gelockten, geschniegelten Haaren, engen Kniehosen, Schnallenschuhen und einem blauen, gefütterten Wams, das bis knapp über seinen kunstvollen Hosenbeutel reichte. So war Lady Mary wieder aus seinem Leben getrippelt und hatte ihn voller Unzufriedenheit zurückgelassen. Ranulf schaute finster über seine Schulter Corbett an. Herzensdinge waren seine persönliche Angelegenheit.

»Es ist nicht nur wegen Lady Mary!« murrte er.

»Du redest von dem Amt eines Beamten?«

»Ja, Herr. Dank Euch beherrsche ich Französisch, Spanisch und das Protokoll, aber der König weigert sich immer noch, mich in das Amt eines Beamten zu erheben.«

»Er spielt mit dir«, entgegnete Corbett. »Er will dich prüfen.«

Ranulf lachte verächtlich. »Danke, Herr, aber ich habe den Verdacht, daß mir das Schreiberamt ebenso leicht durch die Finger gleitet wie Lady Mary Neville.«

Corbett durchschritt das Zimmer, nahm seinen Diener bei den Schultern und riß ihn herum.

»Ist das der berühmte Ranulf-atte-Newgate, der Frauenheld, der ausgelassene Junge? Ich brauche dich, Ranulf, und du lehnst hier gegen die Wand wie ein liebeskrankes Pferd!«

Ranulfs grüne Katzenaugen sprühten vor Wut.

»Das ist wahr!« fauchte Corbett. Er ging zum Kruzifix hinüber, legte eine Hand auf die Christusfigur und hob die andere, um einen Eid abzulegen. »Ich, Sir Hugh Corbett, Hüter des Geheimsiegels des Königs, schwöre feierlich, daß du, Ranulf-atte-Newgate, einer Messe in der St. Stephen's Chapel, Westminster, beiwohnen und als Schreiber eingesetzt wirst und dein Lehensgut und deine Robe erhältst, wenn du diese verdammungswürdige Chiffre entschlüsselst.«

Ranulf wußte eine Gelegenheit beim Schopf zu packen, wenn sie sich ihm bot. Er grinste.

»Warum verschwendet Ihr Eure Zeit, Herr? Es war vollkommen unnötig, zu schwören.«

»O doch!« entgegnete Corbett. Er setzte sich wieder an den Tisch. »Aber lassen wir jetzt die Chiffre und konzentrieren wir uns auf dringlichere Angelegenheiten.« Er nahm ein unbeschriebenes Stück Pergament und begann zu schreiben.

»Punkt eins – Robin of Locksley, Robin Greenwood, Robin Hood war, ist ein Räuber. Er ist ein geübter Bogenschütze, ein guter Kriegsführer, er ist einmal begnadigt worden und alsbald in den Wald zurückgekehrt, um seine Raubzüge fortzusetzen. Willoughby zufolge wurde er von einer Frau begleitet und von einem Riesen von einem Mann. Diese Lady Mary of Lydsford und sein früherer Gefährte John Little müssen sich ihm also wieder angeschlossen haben.«

Ranulf setzte sich ihm gegenüber.

»Dieser Robin«, unterbrach er, »ist aber mit Macht zurückgekehrt. Er raubt nicht nur, sondern mordet und verstümmelt auch. Der Angriff auf die Steuereinnehmer war besonders mordlüstern. Er war an dem Mord an Eustace Vechey beteiligt und hat versucht, Branwood umzubringen.«

»Aber warum?« fragte Corbett nachdenklich. »Warum diese Morde? Warum diese persönliche Rachsucht?«

»Vielleicht hatte Robin nach seiner Begnadigung mehr erwartet?«

»Punkt zwei – die Leute in der Burg«, fuhr Corbett fort. »Was hältst du von ihnen, Ranulf?«

»Branwood haßt Robin. Naylor ist ein übellauniger Bastard. Bruder Thomas ...« Ranulf zuckte mit den Achseln. »Ihr kennt diese Priester. Es ist Roteboeuf, aus dem ich nicht schlau werde.

Habt Ihr bemerkt, Herr, daß er an zwei Fingern seiner rechten Hand eine dicke Hornhaut hat und einen Handgelenkschutz aus Leder an der linken trägt?«

»Mit anderen Worten, ein professioneller Bogenschütze?«

»Und Lecroix?« fragte Corbett.

»Ein tumber Tor, der seinem Herrn vollkommen ergeben war.«

»Und Vecheys Tod?«

»Gott weiß, Herr, wie er vergiftet wurde. Aber ich glaube auch, daß sich in der Burg ein Verräter aufhält. Branwood weiß das vielleicht, möglicherweise auch Naylor, Bruder Thomas oder auch unser guter Freund Roteboeuf.«

Corbett streckte die Hand nach einer weiteren Feder aus und hörte in diesem Moment Rufe von den Wehrgängen. Gleichzeitig spürte er einen Luftzug, und eine Pfeilspitze aus Stahl prallte an die Wand des Zimmers. Corbett saß einfach nur überrascht da, die Rufe draußen wurden lauter, und weitere Pfeile zischten in den Raum. Ranulf ergriff seinen Herrn am Arm und warf ihn zu Boden. Draußen auf den Gängen hörten sie Leute rennen. Ranulf sah hoch zum Fenster. Er hörte etwas dumpf gegen die Wand schlagen und sah Blutspritzer auf der Fensterbank. Männer rannten jetzt den Gang vor ihrer Kammer entlang, und Naylor rief vor ihrer Tür: »Sir Hugh Corbett, um Gottes willen, die Burg wird angegriffen!«

# Kapitel 3

Corbett und Ranulf öffneten die Tür, schnallten sich eilig ihr Schwertgehenk um und folgten Naylor, der lärmend die Treppe hinunterlief. Auf dem inneren Hof war ein großes Durcheinander. Schreiende Frauen griffen sich widerstrebende Kinder. Hunde bellten in dem äußeren Hof unweit der Ställe, einer drehte sich wild jaulend um, ein Pfeil stak in seinem Rücken. Branwood kam eilig nach draußen, nur in einer halben Rüstung, doch das Schwert gezogen.

»Der Bastard!« rief er. Er war bleich. »Dieser Räuberbastard ist so dreist, uns hier anzugreifen! Sir Hugh, um Gottes willen, bleiben Sie drinnen!«

Und bevor Corbett und Ranulf noch protestieren konnten, stieß er sie wieder zurück in die Burg. Sie standen in der heißen Dunkelheit und sahen, wie die Schatten länger wurden. Branwood, Naylor und die anderen Offiziere der Garnison versuchten die Ordnung wiederherzustellen. Die Höfe wurden geräumt und die Qualen des heulenden Hundes beendet. Zwei Soldaten traten ein. Sie trugen einen dritten zwischen sich, dem ein Pfeil in der Schulter steckte. Eine Stunde verging, bevor Branwood wieder auftauchte. Sein Gesicht war schmutzig, und ihm stand der Schweiß auf der Stirn. In der Hand trug er ein dreckiges Laken.

»Der Angriff ist vorbei«, murmelte er und grinste freudlos. »Ein Soldat verwundet, ein Hund getötet. Den größten Schaden hat unser Stolz erlitten. Und das.« Er führte sie in die Halle, legte das Laken auf den Fußboden und öffnete es vorsichtig. Corbett würgte, und Ranulf fluchte leise. Ein abgetrennter Kopf lag vor ihnen. Eine Seite des Gesichts war ziemlich malträtiert, die Augen waren verdreht, und das Haar war blutverkrustet. Es war schwierig, zu schätzen, wie alt das Opfer gewesen war oder wie es einmal lebend ausgesehen hatte. Am Hals hingen Hautfetzen und Muskelfasern.

»Um der Liebe Christi willen!« hauchte Corbett. »Sir Peter, ich habe genug gesehen. Wer ist das?«

»Hobwell. Mein Knappe.« Branwood stieß das blutgetränkte Bündel mit dem Fuß weg. Er ging zu einem kleinen Tisch hinüber und goß Wein in drei Becher. Gleichzeitig brüllte er nach Naylor. Dieser sollte kommen und den Kopf wegschaffen.

»Wohin?« fragte der Sergeant.

»Verdammt noch mal, Mann!« schrie Branwood. »Wen kümmert das? Begrab ihn halt!«

Als Naylor wieder gegangen war, servierte Branwood den Wein. Sie setzten sich auf eine Bank an den Tisch auf dem Podium.

»Wer war Hobwell?« fragte Corbett. »Euer Knappe, das weiß ich jetzt, aber warum so was?«

»Vor einer Woche«, begann Branwood, »gab Hobwell vor, ein Räuber zu sein. Er brachte sich im Wald in Sicherheit. Er sollte sich der Räuberbande anschließen.« Der Unter-Sheriff zuckte mit den Schultern. »Den Rest könnt Ihr Euch denken. Hobwell wurde verraten, und Robin Hood hat seine Antwort geschickt.«

Ein Sergeant eilte in die Halle. »Sir Peter«, rief er atemlos, »eine Nachricht aus der Stadt. Fünf oder sechs Räuber haben maskiert von einem Karren aus angegriffen. Sie hatten unter einigen Strohballen eine Steinschleudermaschine verborgen.«

»Ein Katapult«, flüsterte Sir Peter.

Der Soldat zuckte hilflos mit den Schultern. »Der Karren ist immer noch da, aber die Räuber sind geflohen.«

Der Soldat ging wieder. Sir Peter saß da, den Kopf in die Hände gestützt.

»Also«, sagte Corbett, »Hobwell wurde verraten, die Räuber köpften ihn und warfen seinen Kopf zurück in die Burg. Gleichzeitig überzogen sie uns mit einem Pfeilregen. Zwei dieser Pfeile hätten uns beinahe erwischt.«
Sir Peter hob den Kopf. »Willkommen in Nottingham. Ein Gruß Robin Hoods an den Bevollmächtigten des Königs.« Er sah sich in der Halle um. »Schaut«, flüsterte er mit verzweifelter Stimme. »Schaut, wie dunkel es wird.«
Corbett folgte seinem Blick und bemerkte, daß durch die Schießschartenfenster die letzten Sonnenstrahlen fielen.
»Ich hasse diesen Ort«, fuhr Branwood fort. »Er ist verflucht. Hier gehen Geister um. Er hat niemandem Glück gebracht. Vor hundert Jahren hat der Großvater des gegenwärtigen Königs hier achtundzwanzig walisische Jungen hängen lassen, Geiseln, weil es in Wales einen Aufstand gab. Sie hingen von den Mauern herab, und man sagt, daß ihre Geister immer noch umgehen und Unglück bringen. Guy of Gisborne wird das bestätigen können. Deswegen hat Sir Eustace gelitten, und jetzt bin ich an der Reihe.«
Branwoods düstere Rede wurde von Naylor unterbrochen, der in die Halle stürmte.
»Um Gottes willen, kommt!«
»Was ist los, Mann?«
Er lehnte sich gegen die Wand und versuchte, wieder zu Atem zu kommen.
»Im Keller, Lecroix hat sich erhängt!«
Sie gingen hinter Naylor die Treppe hinunter und betraten den dunklen Keller.
»Ich kam herunter, weil ich ein Bierfaß anstechen wollte«, erklärte Naylor und zeigte auf eine Kerze in einer Nische.
Im flackernden Licht sah Lecroix' Körper noch geisterhafter aus, wie er so von einem Deckenbalken herabhing. Er schien einen makabren Tanz aufzuführen. Corbett und Ranulf waren

sprachlos, das groteske Aussehen des Dieners erfüllte sie mit Schrecken. Die Augen quollen hervor, die Zunge steckte zwischen den Zähnen, Hals und Kopf waren verdreht, und die Beinkleider waren von Urin verfleckt.
»Holt Medikus Maigret und Bruder Thomas!« befahl Branwood.
»Um Gottes willen!« fauchte Ranulf. »Herr, haltet den Körper fest.«
Corbett schloß die Augen und faßte die Leiche um die Hüfte, und Ranulf durchtrennte das Seil mit seinem Schwert. Sie legten den Toten vorsichtig auf den feuchten Boden aus Erde, gerade als der Mönch und Maigret eintraten. Der Arzt warf einen Blick auf die Leiche und wandte sich dann, mit der Hand vor dem Mund, ab.
»Tot wie ein Nagel!« erklärte er.
»Wie lange schon?« fragte Corbett.
Maigret kniete sich hin und fühlte an Wange und Hals des Toten mit dem Handrücken. »Ungefähr eine Stunde.«
»Er muß also während des Angriffs gestorben sein?« fragte Corbett.
»Das würde ich einmal annehmen«, sagte Maigret kurz angebunden und verzog verächtlich die Nase.
Corbett ging auf der einen Seite der Leiche in die Hocke, Bruder Thomas auf der anderen. Der Geistliche flüsterte Worte der Buße ins Ohr des Toten und machte ein Segenszeichen, während Corbett sorgfältig den Leichnam untersuchte. Er überzeugte sich davon, daß Hand- und Fußgelenke keine Abdrücke eines Seils aufwiesen, und öffnete dann den Gürtel des Toten. Über ihn gebeugt roch er an Lecroix' Mund, sehr wohl bemüht, nicht den trocknenden Speichel im Bart des Toten wahrzunehmen. Corbett hielt sich die Nase zu und sah zu Branwood hoch.
»Er war betrunken, als er sich umbrachte. Er riecht nach abgestandenem Wein.«

Naylor, der damit beschäftigt gewesen war, die Wandleuchter zu entzünden, ging weiter in den Keller.
»Hier ist ein frisch geöffnetes Weinfaß.«
Corbett starrte in den Keller. Er sah ein Faß, das etwas schief stand, daneben einen Zinnbecher.
»Er war ein Säufer«, erklärte Maigret.
Corbett nickte und starrte nach oben auf das Seilende, das immer noch um den Deckenbalken geschlungen war, dann auf das Faß und auf den Becher, der auf dem Boden lag.
»Hat ihn jemand von Euch heute abend gesehen?« fragte er.
»Ich«, entgegnete Bruder Thomas und war auf einmal ganz ernst. »Kurz vor dem Angriff traf ich ihn auf der Treppe. Er hatte sehr tief ins Glas geschaut.«
Corbett untersuchte die Leiche ein weiteres Mal. Besondere Aufmerksamkeit widmete er den Fingern und bemerkte, daß die der linken Hand Hornhaut hatten.
»War er Linkshänder?« fragte er.
»Jaja«, murmelte Branwood. »Sir Eustace schimpfte nämlich immer mit ihm, weil er von der falschen Seite bediente.«
Corbett stand auf. Er wischte sich die Hände an seinem Umhang ab.
»Gott weiß warum«, gab er bekannt, »aber vielleicht hat ihn der Angriff um seinen Verstand gebracht. Ich würde sagen, daß Lecroix hier herunterkam, um sich zu verstecken. Er öffnete ein Weinfaß und beschloß volltrunken, sich das Leben zu nehmen. Er stellte sich auf diese Kiste, knotete das Seil an den Balken und legte sich die Schlinge um den Hals. Dann trat er die Kiste beiseite, und sein Leben verlöschte wie die Flamme einer Kerze.«
Corbett schaute nach unten. Etwas stimmte nicht, er wußte nur nicht, was. Er schloß die Augen. Er hatte für einen Tag genug gesehen. Nach der heißen, staubigen Reise die alte Römerstraße entlang, war er erschöpft. Branwoods Enthüllun-

gen, Vecheys Tod, der blutige Angriff auf die Burg, und jetzt das.
»Sir Peter«, sagte Corbett matt, »Ihr habt recht, diese Burg ist verflucht.«
»Nun«, entgegnete Branwood, »morgen werden wir diesen Fluch zurück in den Wald tragen. Ich werde den Räuber lebendig gefangennehmen und auf dem Markt aufknüpfen. Naylor, schaff die Leiche weg!«
»Wohin?«
»In die Leichenkapelle, neben seinen Herrn. Bruder Thomas, bewahrt bitte darüber Stillschweigen. Niemand wird den armen Lecroix vermissen, und wen kümmert es schon, daß es ein Selbstmord war? Er und sein Herr können zusammen beerdigt werden.«
Der Sheriff führte sie aus dem Keller und zurück in die Halle. Hier deckten die Küchenjungen bereits die große Tafel für das Abendessen. Neben dem Portal der Halle warteten Diener mit Schüsseln voll Wasser und mit Handtüchern. Alle wuschen sich sorgfältig und nahmen an der großen Tafel Platz. Bruder Thomas sprach ein Dankgebet, und Sir Peter befahl, daß das abendliche Mahl aufgetragen werde. Corbett und Ranulf war es noch ein wenig übel von dem, was sie im Keller und bei ihrem Besuch in der Küche etwas früher an diesem Tag gesehen hatten, aber das Essen war delikat; es gab zartes Spanferkel, das mit einer Zitronensoße serviert wurde. Sir Peter füllte großzügig die Becher aller mit gekühltem Wein aus dem Elsaß.
»Ich kann nicht dafür garantieren, daß das Essen und die Getränke nicht vergiftet sind, aber eine bewaffnete Wache steht in der Küche. Ich habe geschworen, daß der Koch und die Küchenjungen hängen werden, wenn noch jemand stirbt.«
»Medikus Maigret«, sagte Corbett mit eindringlicher Stimme, »entschuldigt, daß ich das schon wieder frage, aber wißt Ihr, welches Gift Vechey getötet hat?«

Der Arzt riß die Augen auf. »Nein, aber ich vermute eine Mischung aus getrockneten Giftpflanzen, Bilsenkraut oder Tollkirsche.«
Corbett trank in kleinen Schlucken aus seinem Becher. »Und habt Ihr eine Vermutung, wie das Gift verabreicht wurde?«
»Ich habe Euch bereits gesagt«, entgegnete der Arzt, »daß wir alles untersucht haben, was Vechey an dieser Tafel oder in seiner Kammer aß oder trank. Warum fragt Ihr jetzt?«
»Ich dachte an Lecroix. Könnte er der Täter gewesen sein? Könnte es eine Privatfehde zwischen ihm und seinem Herrn gegeben haben, nach der Lecroix sich dann, von Gewissensbissen übermannt, das Leben genommen hat?«
»Daran habe ich selbst auch schon gedacht«, posaunte Maigret.
»Aber warum?« unterbrach Bruder Thomas. »Lecroix war ein einfaches Gemüt. Er wußte kaum, wie man Wein in einen Becher einschenkt, ganz zu schweigen davon, wo man einen tödlichen Trank kauft und so verabreicht, daß niemand eine Spur findet.«
Corbett nippte an seinem Wein. Lecroix, dachte er, war vielleicht der Mörder, aber im Keller war etwas, etwas, das er zwar gesehen, doch nicht gestimmt hatte, und während sich die Unterhaltung wieder dem letzten Angriff der Räuber auf die Burg zuwandte, dachte er darüber nach, was er übersehen haben könnte.
Weitere Gänge wurden serviert: Fisch in einer scharfen Soße, Roastbeef mit einem Zwiebelgemüse, kleine Weißbrote. Corbett aß schweigend und lauschte mit halbem Ohr Sir Peters Plänen für den folgenden Morgen. Seine Augenlider wurden schwer. Bilder von Maeve tauchten vor seinem inneren Auge auf, dann Onkel Morgan, der mit lauter Stimme ein walisisches Lied sang, Edward, der ihn von seinem Thron in Westminster herab anbrüllte wegen dieser verdammten Chiffre, drei Könige, die den

Turm der beiden Toren mit den zwei Rittern besuchen ... ein grinsender Ranulf stieß ihn an, und er erwachte.
»Herr!«
Corbett lächelte und hob seinen Becher Wein. Sein Magen war wohlgefüllt, es war eine dieser seltenen Gelegenheiten, bei denen er viel zuviel gegessen und zu schnell getrunken hatte. Corbett öffnete seinen Gürtel, um es sich bequemer zu machen, dann sprang er auf.
»Natürlich!« flüsterte er seinem erschreckten Gefährten zu. »Natürlich!«
»Was ist los, Mann?« rief Branwood.
Corbett sah ihn an. »Sir Peter, ich muß mich entschuldigen, aber mir ist gerade klargeworden, daß Lecroix ermordet worden ist.«
»Was meint Ihr damit?« schnauzte Branwood.
»Nichts«, entgegnete Corbett etwas säuerlich. »Außer, daß man sich anschauen sollte, wie jemand seinen Gürtel umlegt. Wo ist die Leiche von Lecroix jetzt?«
»Wo sie war, unter Laken im Keller. Ihr kennt doch die Soldaten, Sir Hugh, sie sind abergläubisch und weigern sich, die Leiche eines Selbstmörders nach Sonnenuntergang fortzuschaffen.«
»Dann sollten wir besser nach unten gehen«, sagte Corbett drängend.
Auf Branwoods Befehl erschienen Soldaten mit Fackeln und gingen in den Keller voraus. Corbett kniete sich im Schein der Fackeln hin und zog die Laken zurück, mit denen die Leiche bedeckt war.
»Lecroix war Linkshänder?« fragte er.
»Ist das notwendig?« fragte Roteboeuf etwas gelangweilt. »Alles, was recht ist, Mann! Lecroix anzuschauen, solange er noch lebte, konnte einem schon den Appetit verderben!«
Corbett beachtete das Gekicher nicht weiter. »Die Leiche hat keiner angefaßt?«
»Natürlich nicht.«

»Gut«, sagte Corbett, »schaut Euch den Gürtel an.«
»Himmel, was denn noch?« sagte Branwood ungehalten.
Corbett tippte auf Lecroix' Gürtel.
»Seht Ihr, daß das lose Ende des Gürtels auf der linken Seite liegt?«
»Und?«
»Lecroix war Linkshänder. Ich stellte das fest, als ich vorhin die Leiche untersuchte. Dieser Gürtel müßte andersherum liegen, er müßte in der anderen Richtung durch die Schnalle gezogen sein, wobei das Ende nach rechts hängen sollte.«
»Er war doch volltrunken, verdammt noch mal«, murmelte Naylor, »ein Wunder, daß er ihn überhaupt zugekriegt hat.«
Corbett zuckte mit den Schultern. »Darüber habe ich mir auch Gedanken gemacht, bis ich mich an etwas anderes erinnerte. Seht Ihr, wie dieser Gürtel befestigt ist?« Er löste ihn vorsichtig und hielt ihn nach oben. »Alle Löcher in diesem Gürtel, bis auf eines, sind unbeschädigt, und zwar aus dem einfachen Grund, daß sie nie benutzt worden sind. Ein Gürtel ist ein sehr persönliches Kleidungsstück. Wir legen ihn jeden Tag auf dieselbe Art um, außer natürlich, wenn wir dicker werden.« Corbett bewegte seinen Finger zu einem Loch weiter oben, in einem deutlichen Abstand zu dem, das Lecroix benutzt hatte. »Seht Ihr, daß dieses Loch etwas eingerissen, etwas ausgeweitet ist? Man kann es den Pünktchen auf dem weichen Leder ansehen, daß das gerade erst passiert sein muß.« Er legte den Gürtel hin und stand auf. »Ich frage Euch also zum einen, warum Lecroix seinen Gürtel falschherum angelegt hat? Zum anderen haben wir doch das Loch, das er immer benutzt hat, alle gesehen, warum ist dann dieses eine, viel weiter oben, erst unlängst beschädigt worden?«
Alle sahen ihn an, Sir Peter mit offenem Mund und Naylor blinzelnd, als könnte er Corbetts Argumentation nicht folgen. Bruder Thomas sah erwartungsvoll aus, und Corbett bemerkte einen Schimmer des Verstehens in Roteboeufs Augen.

»Meiner Meinung nach«, schloß Corbett, »wurde dieser Gürtel Lecroix bei einer Gelegenheit abgenommen und dazu verwendet, etwas zusammenzuhalten, was gegen den Gürtel drückte. Deswegen ist das zweite Loch auch etwas ausgeleiert. Ich würde sogar noch weitergehen. Dieser Gürtel wurde Lecroix umgelegt, nachdem er bereits tot war. Oder sollte ich sagen, ermordet?« Corbett kniete ein weiteres Mal neben der Leiche nieder und schob den Ärmel des verschlissenen Hemdes des Toten zurück. »Laßt uns, um der Argumentation willen, einmal nachschauen, einmal annehmen, daß Lecroix ermordet worden ist. Jemand hat ihn entweder hier heruntergeschafft oder ihn hier unten im Rausch gefunden. Erinnert Euch, Lecroix war nicht der klügsten einer auf Gottes schöner Erde, Gott sei seiner Seele gnädig, und er fiel auch ohne Wein oft in einen sehr tiefen Schlaf. Hatte er jedoch so viel Wein intus, dann bezweifle ich, daß er sich noch an seinen eigenen Namen erinnern konnte. Das würde bedeuten«, sagte Corbett abschließend, »erst als Lecroix volltrunken war, nahm der Mörder dem Armen dessen Gürtel ab und legte ihn so um ihn herum, daß er die Arme nicht mehr bewegen konnte.« Corbett nahm den Gürtel und legte ihn vorsichtig um den Leichnam. Er zog die Schnalle an, so daß Lecroix' Arme fest an seinen Körper gepreßt wurden.
Ranulf hörte, wie die anderen zustimmend murmelten, und lächelte. Der alte Meister Langschädel hatte es ihnen wieder einmal bewiesen, daß er kein Dummkopf war, denn die Schnalle saß genau dort, wo das Loch vor nicht allzu langer Zeit ausgeweitet worden war.
»Könnt Ihr mir folgen?« Corbett sah die anderen an. Im Schein der Fackeln nickten alle, angespannt und wachsam.
»Schaut«, wiederholte er, »der Gürtel sitzt jetzt über den Armen. Lecroix ist so betrunken, daß er die Hände nicht bewegen kann. Unser Mörder nimmt also den betrunkenen Lecroix, stellt ihn auf die Kiste, stülpt ihm die vorbereitete Schlinge über und tritt

die Kiste weg. Lecroix tritt nach allen Seiten und bekommt allmählich keine Luft mehr. Als ich das erste Mal hier war, dachte ich an diese Möglichkeit und untersuchte deswegen sorgfältig die Handgelenke.« Corbett machte den Gürtel los und schob die Hemdsärmel noch weiter zurück. Er zeigte auf die bösen Schwellungen, die an beiden Armen etwas unterhalb der Ellenbogen waren.

»Er wurde ermordet!« erklärte Branwood.

»O ja«, fuhr Corbett fort. »Ein schrecklicher Tod, meine Herren. Es kann minutenlang gedauert haben, bis Lecroix gestorben war. Erst als er tot war, kam der Mörder schnell wieder aus den Schatten hervor, nahm den Gürtel ab und legte ihn der Leiche um die Hüfte. Der Mörder war jedoch Rechtshänder, und der Gürtel wurde anders befestigt, als Lecroix ihn befestigt hätte. Wem würde das schon auffallen? Wer würde schon das Loch im Gürtel oder die Schwellungen an den Armen bemerken? Oder falls es jemand doch täte, würde er auch den Zusammenhang erkennen?« Corbett stand auf und schüttelte den Kopf. »Ich begriff das auch erst, als ich meinen eigenen Gürtel in der Halle öffnete.«

»Aber warum?« Roteboeuf beugte sich vor.

Corbett bemerkte, daß der Schreiber bleich war und daß Schweißtropfen auf seiner Stirn standen.

»Warum sollte jemand den armen Lecroix ermorden?«

»Aus zwei Gründen«, antwortete Ranulf und zwinkerte seinem Herrn zu. »Ist es nicht offensichtlich, Sirs? Erstens, wenn Lecroix Selbstmord begangen hätte, wäre es doch nur zu natürlich, den Schluß zu ziehen, daß er Gewissensbisse gehabt hätte wegen des Mordes an seinem Herrn. Ein solcher Tod würde von der Wahrheit ablenken.«

»Und die ist?« fragte Branwood etwas ungehalten.

»Ich weiß, was Ranulf sagen will«, mischte sich Corbett ein. »Lecroix dachte über den Tod seines Herrn nach. Vielleicht sah

er etwas oder erinnerte sich an etwas, was in der Kammer nicht gestimmt hatte, und der Mörder begriff das. Aber was kann es sein?« Corbett sah die anderen an. »Hat der Mann etwas zu irgendeinem hier gesagt?«
»Er sprach mit mir«, rief Roteboeuf aus seiner dunklen Ecke. »Er sagte immer wieder, sein Herr sei ordentlich gewesen.«
»Was meinte er damit?«
»Ich weiß es nicht. Er hat immer wieder nur gemurmelt, wie ordentlich sein Herr war.«
»Aber das war er doch nicht!« Ranulf schrie fast. »Ich meine, diese Burg hat es nötig, mal saubergemacht und gestrichen zu werden.« Seine Stimme ging in dem erbosten Gemurmel unter, das seine Worte ausgelöst hatten.
»Was Ranulf meint«, sagte Corbett taktvoll, »ist nur, daß die Überfälle des Geächteten Sir Eustace um den Verstand brachten. Wichtiger ist, daß Lecroix ermordet wurde, weil er etwas gesehen hatte, was den Mörder seines Herrn hätte entlarven können. Und damit, Sirs, wünsche ich Euch eine gute Nacht.«
Corbett verließ den Keller, und Ranulf folgte ihm. Erst als sich die Tür hinter ihnen geschlossen hatte, erlaubte Corbett sich ein Lächeln. Er öffnete seinen Gürtel und warf ihn aufs Bett.
»Nun, nun«, sagte er grinsend. »Wir haben jetzt also die Katze zwischen den Tauben ausgesetzt! Mit Vecheys Mord haben wir uns abfinden müssen, aber jetzt haben wir einen Sieg errungen. Der Mörder weiß, daß wir nicht so dumm sind, wie er geglaubt hat.« Er setzte sich aufs Bett und sah Ranulf an. »Ich will dir eins sagen, Ranulf-atte-Newgate, treuer Diener und angehender Beamter. Wenn es uns gelingt, den Mörder von Lecroix oder Vechey zu finden, dann haben wir auch Robin Hood.«
Corbett ging zur Truhe am Fußende seines Bettes. Er nahm ein eisenbeschlagenes Kästchen heraus, das etwa einen Fuß lang und mit drei Schlössern verschlossen war, die er mit einem Schlüssel öffnete, der an seinem Gürtel hing.

»Herr?«
»Ja, Ranulf?«
»Ich bin mit dem, was Ihr sagt, einverstanden, sehe es aber trotzdem etwas anders. Wir sind hier allein in einer Burg, umgeben von Mördern. Was nützt es uns, wenn wir Bescheid wissen, wenn das doch nur zu unserem eigenen Tod führt?«
Corbett wühlte in dem Kästchen, nahm eine Pergamentrolle heraus und warf sie Ranulf zu.
»Wahrlich, wahrlich«, murmelte er. »Aber ist das nicht immer so, Ranulf? Jetzt laß mich jedoch deine Sorgen noch vermehren: Robin Hood könnte nicht der einzige sein, der auf unseren Tod aus ist.«
»Ihr meint den Mörder, der sich in der Burg befindet?«
»Nein, da könnte noch jemand sein.«
Ranulf wurde bleich, und er sank auf das Bett und ließ den Kopf hängen.
»Oh, süße Himmelsgöttin, hilf uns!« Er schaute auf das Pergament, das Corbett ihm zugeworfen hatte. »Hat es irgendwas damit zu tun?«
»Nein, schlimmer.« Corbett holte tief Atem. »Bevor wir Westminster verließen, nach unserer Audienz beim König, erinnerst du dich, daß er uns in den Hof begleitete und mich beiseite nahm?«
»Ja«, entgegnete Ranulf. »Ihr und der König seid in den kleinen Rosengarten gegangen und habt Euch dort eine Zeitlang aufgehalten. Ich habe mich damals schon gefragt, was nicht in Ordnung sein könnte. Euer Wohlgeboren haben mich damals aber nicht nur nicht beachtet, selbst Euer Busenfreund, der Earl of Surrey, mußte sich die Beine in den Bauch stehen.«
»Das war wegen der Chiffre«, sagte Corbett hastig und schien sich zu schämen, »ich hätte dir das schon früher sagen sollen.«
»Was? Weiß der König etwa, was das mit dem Turm der Toren,

den drei Königen und den beiden Rittern zu bedeuten hat?« fragte Ranulf entrüstet.
»Nein, die Chiffre ist für ihn ein ebenso großes Rätsel wie für mich.« Corbett fuhr sich mit der Zunge über die Lippen. »Der französische König und seine beiden Meuchelmörder von Ratgebern, unsere alten Freunde Sir Amaury de Craon, möge Gott ihn verdammen, und Nogaret, wissen, daß wir die Chiffre haben. Sie wissen aber auch, daß wir uns darüber im klaren sind, daß sie die Zeit auf ihrer Seite haben. Bald werden Philipps Armeen in Flandern einfallen. Wir wissen«, fuhr Corbett sarkastisch fort, »daß die Franzosen alles tun werden, um uns daran zu hindern, die Chiffre zu knacken. Du bist doch ein Spieler, Ranulf. Um es etwas vereinfacht auszudrücken, die Franzosen haben sich dazu entschlossen, ihren Einsatz zu schützen. Sie haben einen Meuchelmörder, einen erfahrenen Killer, einen Mörder, den wir nur unter dem Namen kennen, den einer der Unterteufel des Satans führt: Achitophel.« Corbett sah seinen Diener jetzt direkt an. »Nun, Amaury de Craon und seinesgleichen gehen davon aus, daß die Chiffre mir anvertraut worden ist. Einer unserer Spione im Louvre übersandte unserem edlen Edward die äußerst unbehagliche Nachricht, daß Achitophel nach England geschickt worden ist, um mich zu ermorden. Und, falls das notwendig sein sollte, auch die, die mich unterstützen.«
Ranulf bekam den Mund nicht mehr zu. Er starrte seinen Herrn sprachlos an. Er hatte keine Angst vor der Gefahr, schließlich war er ein geborener Kämpfer, der in den stinkenden Gassen und Rinnsteinen Southwarks aufgewachsen war. Aber falls Sir Hugh Corbett irgend etwas passierte, wer würde sich dann um ihn kümmern? Wer hatte noch ein Anliegen, daß er jemals Schreiber oder überhaupt in den Dienst des Königs befördert würde?
»Wer könnte das sein?« stammelte er.
»Jeder. Ein Glücksspieler, ein Geistlicher, ein Bettler an einer

Straßenecke. Oder schlimmer, Achitophel bleibt immer etwas abseits. Wir wissen, daß er für den Tod von mindestens einem Dutzend unserer Agenten in Frankreich und in den Niederlanden verantwortlich ist. Manchmal führt er – es könnte aber ebensogut eine Frau sein – diese Taten selbst aus. Bei anderen Gelegenheiten heuert er jemanden an, die Aufgabe auszuführen. Achitophel könnte sich jetzt in dieser Burg aufhalten, oder er könnte gutes Silber dafür gegeben haben, um sich die Dienste von einem hier zu kaufen. Sie werden nur eine Aufgabe haben, und die heißt: mich umzubringen.«
Ranulf lehnte sich auf dem Bett zurück und stöhnte.
»Achitophel«, murmelte er, »ein Meuchelmörder in der Burg, Räuber im Wald, ein König, der wegen einer Chiffre, die keiner versteht, Anfälle bekommt!« Seine Stimme wurde lauter. »Die drei Könige gehen zum Turm der beiden Toren mit den beiden Rittern.« Er schloß die Augen. »Verdammt, Herr!«
»Laß uns das einen Augenblick vergessen«, sagte Corbett energisch und stand auf. Er nahm seine Schreibgeräte, glättete ein Stück Pergament auf dem Tisch und zog die Kerze heran. »Übe lieber Lesen, Ranulf. Lies mir noch einmal vor, was der Schreiber in Westminster über Robin Hood zu sagen hatte.«
Ranulf stand auf und rollte das Pergament auf, das Corbett ihm gegeben hatte. Er studierte es sorgfältig und bewegte die Lippen. Ranulf war stolz darauf, daß er lesen konnte, und versäumte keine Gelegenheit, diese Fähigkeit seinem Herrn vorzuführen.
»Sir Peter Branwood hat uns schon das meiste gesagt«, begann er. »Der Räuber wurde als Robin of Locksley geboren. Im Alter von sechzehn oder siebzehn kämpfte er mit Simon de Montfort gegen den König.«
»Stopp!«
Corbett schaute von dem Pergament auf und durch die Schießschartenfenster auf den Streifen Nachthimmel. Ihm war unbehaglich zumute. In Westminster war der König eilig darüber

hinweggegangen. Gab es etwas, was ihm Edward nicht erzählt hatte? Simon de Montfort, Earl of Leicester, hatte vor vierzig Jahren eine schwerwiegende Rebellion gegen den König angeführt und war erst in einer blutigen Schlacht bei Evesham geschlagen worden. Hatte Robin Hood noch eine alte Rechnung offen?

»Wie alt ist Robin Hood dann heute?« fragte Corbett unvermittelt.

Ranulf kniff, sich konzentrierend, die Augen zusammen.

»Evesham war 1265, der Räuber muß also über fünfzig sein, ungefähr fünfundfünfzig oder sechsundfünfzig.«

»Hm.« Corbett war nachdenklich. »Alt, was nichts heißen will, der König und seine Generäle sind viel älter und durchaus in der Lage, die anstrengendsten Feldzüge in den wilden Tälern Schottlands anzuführen.«

Ranulf schüttelte den Kopf. »Was ich nicht verstehe, Herr, ist, daß diesem Schreiber zufolge Robin Hood ein Räuber war, der nur die Reichen überfiel. Er war wegen seiner Großzügigkeit berühmt, besonders den Armen gegenüber, die ihn offen unterstützten und beschützten. Es stimmt schon, es ist im Wald schon einmal zu Gefechten gekommen, aber sinnlose Morde oder Meuchelmorde, wie die an den Steuereinnehmern oder an dem armen Vechey, hat es nie gegeben. Warum also jetzt?«

Ranulf warf das Pergament müde wieder aufs Bett zurück.

»Herr, ich bin müde. Der Tag war jetzt lang genug.«

Er begann sich zu entkleiden, und Corbett, der merkte, daß seine Augenlider schwer wurden, tat das ebenfalls. Er blies die Kerzen aus und lag eine Weile da, in die Dunkelheit starrend. Bilder tauchten vor seinem inneren Auge auf. Die Chiffre. Maeves Antlitz, als sie ihm Lebewohl gesagt hatte, der alte König außer sich vor Wut. Lecroix, der an einem Balken gehangen, und Vecheys Leiche, die kalt und vergessen in einer Totenkapelle gelegen hatte. Draußen heulte ein Hund den Sommermond an, und Fledermäuse flatterten um die Burgmauern. Aus einem nahegelegenen Hain hörte man eine Eule kläglich schreien. Corbett erschauderte, drehte sich auf die Seite und schlief mit den Gedanken an den nächsten Tag ein.

Vor den Mauern der Burg saß der Mörder Achitophel und trank in The Trip to Jerusalem. Der Mörder, der das Blut von zahlreichen Feinden Philipps an den Händen hatte, nippte an seinem Wein und sah sich in der gutbesuchten Schenke um, in der Soldaten und Bedienstete der Burg saßen. Achitophel hielt sich im Hintergrund. Er schaute durch das offene Fenster auf den dunklen Koloß der Burg und plante sorgfältig Corbetts Tod.

# Kapitel 4

Am nächsten Morgen frühstückten Corbett und Ranulf einen Krug Ale und einen Laib Brot frisch aus der Burgbäckerei. Dann gingen sie hinunter in den Hof. Der Himmel war bedeckt, dicke schwarze Wolken zogen sich zusammen, und es sah nach Regen aus. Branwood kam dazu, er hatte ein Kettenhemd an und dessen Kappe über den Kopf gezogen. In den Armen hielt er einen Helm mit Visier.

»Ich hoffe, es regnet nicht«, sagte er mit einem Stöhnen. »Wenn es anfängt, müssen wir umkehren.«

»Ist das klug?« fragte Corbett.

»Noch einmal, ja. Wir haben keine andere Wahl.«

Ein Soldat kam die Treppe des Bergfrieds heruntergerannt. Er trug ein kleines Banner mit Branwoods Wappen.

»Auch wenn nur die Bewohner der Stadt sehen, daß wir den Wald betreten und zurückkehren können, ist das ein Sieg.«

Branwood drehte sich um und rief einige Befehle. Auf dem Hof wurde es auf einmal geschäftig. Stallburschen führten Pferde heran, Männer stiegen auf, und Sergeanten sorgten dafür, daß alles bereit war. Frauen mit Kindern an der Hand kamen, um sich zu verabschieden. Corbett rechnete, daß ihre Streitmacht etwa aus dreißig Berittenen bestand und aus der gleichen Anzahl Bogenschützen. Schließlich rief Sir Peter den Befehl zum Abmarsch.

Naylor blies ein schrilles Signal auf dem Horn, die Tore wurden geöffnet, und sie verließen die Burg. Sie schlugen den etwas verschlungenen Weg unterhalb des Torhauses ein, durch Brewhouse Yard in die Castle Street und weiter die Friary Lane hinauf, die auf den Markt führte. Sir Peter ritt voran, Corbett und Ranulf folgten, und Naylor galoppierte an der Kolonne auf und ab, um für Ordnung zu sorgen. Die Stadtbewohner blickten teilweise mürrisch drein, als sie an ihnen vorbeiritten, die meisten riefen ihnen jedoch gute Wünsche zu, und Corbett hatte den Eindruck, daß Branwood trotz seines Amtes ziemlich beliebt in der Stadt war.

Sie kamen auf den Markt und an den Häusern und Ständen der Gilde der Geflügelhändler vorbei, die sich auf einen geschäftigen Tag vorbereiteten. Federn wurden von einer leichten Brise aufgewirbelt, denn Frauen und Kinder waren dabei, die toten Tiere zu rupfen. Diese wurden dann an die Lehrjungen weitergereicht, die sie ausnahmen, bevor sie in riesigen Trögen mit kochendem Wasser gewaschen und an den Ständen zum Verkauf aufgehängt wurden. Bettler und Hunde prügelten sich um die Innereien, die in dreckigen Pfützen landeten.

Zwei Kinder schrien vor Begeisterung. Sie versuchten, auf einem Schwein zu reiten. Ein Hund biß eines der beiden Kinder und wurde sofort von einigen Bogenschützen aus Branwoods Kolonne gejagt, wobei er mehrere Fußtritte erhielt, bevor er jaulend in einer Gasse verschwand.

Eine Gruppe wilder Gesellen in Lumpen und mit grün- und braunbemalten Gesichtern führte einen seltsamen Tanz um den Schädel einer Ziege herum auf, der auf einem Pfosten steckte. Sie beachteten Branwoods Befehl nicht, den Weg freizumachen, und zogen sich erst zurück, als Naylor mit blankem Schwert auf sie losging. Die Kolonne überquerte den gepflasterten Marktplatz und bog in eine Straße ein, die zum St. Peter's Gate führte. Hier wurden die Menschenmassen dichter, und die Luft stank nach Schweiß. Die Bürger gingen von Stand zu Stand und feilschten lautstark mit den Kesselflickern, ihren Gesellen und Lehrlingen.

Einen Moment lang mußte die Kolonne ausweichen. Eine Viehherde, die verängstigt muhte, wurde in Richtung Schlachthaus getrieben. Ihr folgte, bewacht von zwei Gerichtsdienern, ein Geistlicher, der mit einer Hure ertappt worden war und nun zur öffentlichen Demütigung durch die Straßen geführt wurde. Sowohl er als auch sein Liebchen waren so vieler Kleidungsstücke beraubt, wie es der Anstand gerade noch zuließ, und Rücken an Rücken zusammengebunden. Die Soldaten lachten wie alle anderen und wandten sich erst um, als ein Verrückter auf den Stand eines Kurzwarenhändlers sprang. Der Bursche trug ein Paar schmutzige, zusammengeflickte Stiefel, einen zerrissenen Umhang und einen langen Stab aus Eschenholz. Seine Augen, wild wie die eines Tieres, ruhten auf den Soldaten, als er mit lauter Stimme erklärte, er sei der Engel Gabriel, von Gott gesandt, um sie vor dem bevorstehenden Jüngsten Gericht zu warnen. Die Soldaten glaubten ihm natürlich nicht, und so ging die wichtige Nachricht des Engels in Spott- und Hohnrufen unter. Naylor, der einen Eisenhelm auf dem Kopf hatte, hinter dessen breitem Halbvisier fast sein ganzes Gesicht verschwand, befahl brüllend Ruhe und bahnte sich mit gezogenem Schwert einen Weg durch die Menge.
Schließlich erreichten sie das Stadttor, und die Kolonne betrat die mit weißlichem Staub bedeckte Landstraße, die sich jenseits der Stadtmauer durch die weiten Felder dahinschlängelte. Vor ihnen lag Sherwood Forest, und sein dunkles Grün berührte fast die niedrig hängenden schwarzen Wolken. Corbett sah zu Ranulf hinüber und bemerkte, wie hohläugig sein Diener aussah. Er war bleich vor Furcht.
»Hast du gut geschlafen, Ranulf?«
Der Diener wandte den Kopf ab und spuckte zu Boden.
»Ein bißchen unruhig. Ich hasse Wälder«, murmelte er. »Die Dunkelheit, die Geräusche. Die dunklen Gassen Southwarks dagegen – kein Problem.«

Corbett versuchte, ihm Mut zu machen, aber als sie den Wald betraten, fing er an, Ranulfs Gefühle zu teilen. Sir Peter ließ auf einer kleinen Lichtung anhalten und sandte auf beiden Seiten des Weges Späher voraus, die vor einem möglichen Hinterhalt warnen sollten. Dann wurde der gesamten Kolonne Marsch befohlen. Kaum hatte die grüne Dunkelheit sie wieder verschluckt, wurden sie sich unbehaglich der unheimlichen Ruhe bewußt. Der Himmel verschwand. Corbett nahm jedes Geräusch wahr, das die Männer und Pferde auf dem Weg machten und das aus dem Dunkel der Bäume kam, die sie umgaben. Der Schweiß lief ihm den Nacken hinunter, und er begann, in den Wald zu beiden Seiten zu spähen. Seine Phantasie wurde noch mehr dadurch angestachelt, weil kein einziger Vogel sang. Man hörte nur abbrechende Farnzweige und seltsam scharrende Geräusche aus dem Unterholz. Corbett gab seinem Pferd die Sporen.

»Wie tief reiten wir in den Wald hinein, Sir Peter?«

»Vielleicht eine Stunde oder zwei. Dann machen wir einen Bogen und marschieren zurück. Wir jagen ja niemanden.« Der Sheriff sprach, während er ebenfalls in die Dunkelheit zu beiden Seiten spähte. »Wir müssen zeigen, daß wir nicht nur Besucher aus der Burg sind.« Er zuckte mit den Achseln. »Wer weiß? Vielleicht haben wir Glück und scheuchen irgendwas aus dem Unterholz heraus.«

Der Marsch nahm seinen Fortgang, die Späher kamen gelegentlich zurück und machten Branwood Meldung. Ab und zu überquerten sie eine willkommene Lichtung. Corbett mußte an die Geschichten denken, die man sich nur hinter vorgehaltener Hand erzählte: Über die dunklen Waldmenschen, die kleinen Leute, die unheimlichen Alptraumgeschichten über Kobolde und Elfen. Er war sich bewußt, daß er sich in einer Welt befand, die seiner eigenen vollkommen fremd war. Die Bekanntmachungen und Gesetze des Königs hatten mit diesem Wald nichts zu tun. Corbett starrte nach vorn, und sein Inneres zog sich zusammen, als vor ihm ein großer Hirsch mit erhobenem Geweih aus den Bäumen hervorbrach. Das Tier schaute arrogant auf die Reiter und verschwand dann ohne einen Laut wieder tiefer im Wald.

Sir Peter hob die Hand, die Kolonne hielt an, und er drehte sich um.

»Versteht Ihr, was ich meine, Sir Hugh?«

Er wollte gerade weiterreden, als aus den dunklen Tiefen des Waldes das traurige, trällernde Signal eines Jagdhorns erklang. Die Soldaten murrten und zogen die Schwerter. Das Zischen des Stahls war unnatürlich laut. Die Pferde tänzelten vor Angst. Die Bogenschützen nahmen ihre Bogen von der Schulter. Das Hornsignal erstarb, begann dann erneut, dieses Mal jedoch näher und stärker und von einer anderen Seite des Waldes. Pfeile zischten ihnen um die Köpfe. Sir Peter zog sein Schwert. Corbett ebenfalls. Ranulf war fast außer sich vor Angst. Naylor rief Befehle, und die Bogenschützen gingen in Stellung, während die berittenen Soldaten versuchten, sich hinter ihren langen, ovalen Schilden zu schützen. Ranulf saß ab und spähte zwischen den ausschlagenden Pferden hindurch.

»Nichts!« rief er. »Ich kann keinen der Bastarde sehen!«

Auf seinen Ruf folgte ein schwirrendes Geräusch, wie die Flügel eines Vogels, der aus dem Himmel herabschießt. Einer der Soldaten, der dumm genug war, seinen Schild einen Augenblick sinken zu lassen, wurde von einem gefiederten Pfeil voll in der Brust erwischt. Und die stille, kühle Luft füllte sich mit schwirrendem, geflügeltem Tod. Ein Reiter fiel, und seine Augenlider flatterten, der Pfeil hatte seine Kehle durchbohrt. Corbett wendete sein Pferd.

»Sir Peter!« brüllte er. »Schnell!«

Er bemerkte Schatten, die durch die Bäume eilten. Corbett bot den schwirrenden Pfeilen die Stirn, stellte sich in die Steigbügel

und streckte die Hand aus. Branwood, dessen Kopf von dem großen Helm umschlossen wurde, folgte Corbetts Blick.
»Wir werden umzingelt!« rief Branwood.
Er nahm seinen Helm ab und befahl Naylor, drei kurze Hornsignale zu geben, das Zeichen zum Rückzug. Man mußte die Kolonne kein zweites Mal bitten. Ranulf saß wieder auf und folgte Corbett den Waldweg entlang; Pfeile schwirrten um ihn herum, einer prallte sogar von Ranulfs hohem Sattelknauf ab. Corbetts Warnung war prophetisch gewesen, denn die Räuber kamen näher und versuchten, sie von der Kolonne zu trennen. Die Bogenschützen des Sheriffs rannten ebenfalls oder versuchten, die Steigbügel der Reiter zu ergreifen. Das Durcheinander war unbeschreiblich. Ein Pferd, außer sich vor Furcht, stellte sich auf die Hinterbeine und warf seinen Reiter ab. Dieser kam mit Mühe wieder auf die Beine und stand vor Schrecken wie angewurzelt da, bis ihn ein Pfeil in den Mund erwischte.
Schließlich gelang es der Kolonne, in vollkommener Auflösung begriffen, sich vom Ort des Hinterhalts zu entfernen. Doch Sir Peter befahl allen, stehenzubleiben, bis auf Naylor, der den Weg entlang zurückgaloppierte, um die wenigen Nachzügler anzuspornen.
»Wir können hier nicht stehenbleiben, Sir Peter!« sagte Corbett atemlos.
»Wir werden einen geordneten Rückzug antreten«, entgegnete der Unter-Sheriff, der sich um eine kleine Wunde auf seinem Handrücken kümmerte.
Naylor kam zurück. Die Reiter bildeten einen Ring um die Bogenschützen, und Sir Peter führte seine blutbefleckte, ungeordnete Truppe aus dem lichter werdenden Wald. Sie hielten nicht wieder an, bevor sie die Bäume hinter sich hatten. Dann lagerten sie auf einer mit Gänseblümchen übersäten Wiese. Ein kurzer Zählappell fand statt, und die Soldaten verbanden ihre Wunden und überprüften ihre Waffen. Schließlich starrten sie

unwillig auf Corbett und Ranulf, die immer noch auf ihren Pferden saßen.
»Bevollmächtigter, Ihr werdet doch wohl nicht behaupten, ich hätte es Euch nicht vorher gesagt?«
»Wie viele Männer haben wir verloren?« gab Corbett kurz angebunden zurück.
»Alles in allem«, entgegnete Naylor, »hätte es schlimmer ausgehen können. Ein Hellebardier, zwei Bogenschützen und drei Reiter fehlen.«
Sir Peter fluchte. »Sag den Männern, sie sollen ihre Pferde führen. Wir werden die Stadt umgehen und die Burg durch das hintere Tor betreten.«
Corbett und Ranulf gingen wie alle anderen zu Fuß. Sir Peters Soldaten schleppten sich die Wege entlang, die Pferde waren erschöpft und mit Schaum bedeckt. Die Männer waren in keinem besseren Zustand. Einer war tödlich verwundet, die anderen hatten kleinere Wunden und waren von Ästen zerschrammt. Der verletzte Soldat, den ein Pfeil gerade unterhalb des Knies erwischt hatte, war gezwungen, im Sattel zu sitzen. Er war bleich, einer Ohnmacht nahe und wäre sicher heruntergefallen, hätten seine Gefährten nicht die Pfeilspitze mit dem Messer entfernt, die klaffende Wunde mit etwas saurem Wein gereinigt und den blutenden Krater fest mit Stoffstreifen umwunden.
Corbett war dankbar, daß er unverschrt war. Ranulf schien erleichtert zu sein, den Wald wieder verlassen zu dürfen.
»Ihr seht fürchterlich aus«, flüsterte er Corbett zu und starrte auf die zerzausten Haare seines Herrn und dessen Gesicht, das von Ästen zerkratzt war.
»Wir hätten alle sterben können!« sagte Corbett. »Das war eine Dummheit. Und außerdem war das kein zufälliges Zusammentreffen. Diese Räuber haben auf uns gewartet.« Dann rief er: »Sir Peter!«

Der Sheriff kam zu ihm herüber.
»Dieser Hinterhalt«, sagte Corbett, »wer könnte es ihnen gesagt haben?«
Branwood schüttelte den Kopf. »Ich weiß es nicht, Sir Hugh. Aber wenn ich es herausfinde, dann sage ich es Euch, bevor ich den Bastard hängen lasse!«
Trotz Branwoods Route sah man sie, wie sie in die Burg zurückkehrten, und erfuhr so von ihrer Niederlage. Die Nachricht war ihnen irgendwie vorausgeeilt, denn die Stadtbewohner hatten sich auf beiden Seiten des gepflasterten Weges aufgestellt, der zum hinteren Eingang der Burg führte. Corbett nahm das mit Gleichmut, empfand jedoch Mitgefühl mit dem Unter-Sheriff, dem das Gekicher und gedämpfte Gelächter nicht entgehen konnten. Sir Peters Demütigung war vollständig. Er ritt mehr wie ein Mann, der seinem Todesurteil entgegengeht, als ein Vertreter des Königs.
Zurück in der Burg kamen ihnen Medikus Maigret und Bruder Thomas entgegen. Der Arzt kümmerte sich um die Verwundeten, und der Geistliche widmete sich Sir Peter, führte ihn beiseite und flüsterte ihm leise etwas zu, als wollte er einen Schuljungen trösten, der eine Niederlage erlitten hat. Corbett warf seine Zügel einem Stallburschen zu und stand eine Weile mit Ranulf da und sah zu, wie die Soldaten ihren Pferden die Sättel abnahmen und ihre Waffen wegräumten. Als es sich unter der Bevölkerung herumgesprochen hatte, daß sie auch Verluste erlitten hatten, begannen das Trauern und Totenklagen. Corbett wandte sich angeekelt ab.
»Komm schon, Ranulf. Dies ist eine königliche Burg in der Domäne des Königs von Nottingham, nicht etwa ein Heerlager auf einem Feldzug nach Schottland.«
Sie gingen in ihre Kammer zurück, wuschen sich und reinigten ihre Wunden.
»Jetzt ist es ratsam, besonnen vorzugehen«, sagte Corbett und

legte sich aufs Bett. »Ich denke nicht, daß uns Sir Peter heute noch sehen will.«
Ranulf setzte sich auf einen Hocker und kaute auf seiner Unterlippe.
»Herr, wer könnte der Verräter sein?«
»Jeder«, entgegnete Corbett. »Jeder in der Burg, der wußte, daß wir aufbrechen. Sir Peter mußte seine Autorität unter Beweis stellen, aber war es das wirklich wert?«
»Aber wie kann man den Räuber überhaupt fangen?« fragte Ranulf. Er ging zum Fenster, stellte sich jedoch, vorsichtig wie er war, nicht direkt davor, denn er hatte den Angriff vom Vortag nicht vergessen.
»Unser süßer Robin«, sagte Corbett sarkastisch, »wird sich nicht dadurch fangen lassen, daß wir durch den Wald streifen. Ich habe nicht die Absicht, dorthin zurückzukehren und darauf zu warten, daß mich ein Pfeil im Hals erwischt. Man muß den Geächteten hervorlocken, aber was könnten wir als Köder verwenden?«
»Es gibt noch eine andere Methode«, entgegnete Ranulf. »Falls Ihr seinen Spion hier entdecken könntet ...«
Corbett setzte sich kerzengerade hin. »Seltsam, daß du gerade das sagst. Hast du bemerkt, daß Naylor mit uns in den Wald gezogen ist, Maigret und Bruder Thomas auf unsere Rückkehr gewartet haben, aber keine Spur von Roteboeuf zu entdecken war?«
»Meint Ihr, daß er der Verräter sein könnte?«
»Ja, vielleicht. Ihn schien auch der Tod Sir Eustaces nicht weiter zu bekümmern, und, wie du bereits festgestellt hast, ist er in der Lage, Waffen zu tragen. Warum hat er uns dann nicht begleitet oder zumindest auf unsere Rückkehr gewartet?« Corbett nagte an seinem Daumennagel, dann grinste er seinen zerzausten und bleichen Diener an. »Mach dir keine Sorgen, Ranulf, es ist nicht sehr wahrscheinlich, daß wir noch einmal in den Wald zurück-

kehren, aber du hast recht. Wenn wir den Verräter fangen, entfernen wir damit Robin Hoods wichtigsten Parteigänger, und, was noch wichtiger ist, wir können dann wahrscheinlich den Mörder sowohl von Sir Eustace als auch von dem armen Lecroix hängen lassen.« Corbett schwang seine Beine vom Bett. »Laß uns weitermachen, Ranulf.«
»Womit?«
»Nun, Lecroix können wir nicht mehr befragen, er steht bereits vor dem Antlitz seines Herrgotts. Laß uns also so tun, als wären wir zwei Schauspieler in einem Stück, und laß uns die Schritte nachvollziehen, die Vechey in jener Nacht machte, in der er starb. Wir werden dazu noch Roteboeuf holen lassen.«
Corbett goß sich Wein ein und ging hinunter in die Halle. Außer dem Diener, den Corbett losschickte, um Roteboeuf zu holen, war dort niemand. Die Garnison hatte sich in Gruppen im Hof versammelt, um die Katastrophe im Wald zu besprechen und um sich um die Verletzten zu kümmern, oder sie schmollte übellaunig wie Sir Peter in einer dunklen Ecke und leckte sich die Wunden.
Corbett ging zur Tafel auf dem Podium hinauf. »Nach allem, was wir wissen, verließ Vechey die Halle, und Lecroix und Maigret folgten ihm.« Er ging zur Tür. »Unser toter Sheriff hatte einen Becher Wein in der Hand, der an der Tafel bereits gekostet worden war, wie alles, was er zu sich nahm. Er ging hinauf in seine Kammer. Keiner aus seinem Umkreis war sonst betroffen, außer Sir Peter, der zurückging, um seinen eigenen Becher Wein zu holen. Er schmeckte ziemlich seltsam, also schüttete er ihn weg.« Dann ging Corbett nach oben, und Ranulf folgte ihm zögernd. Sie blieben vor Vecheys Kammer stehen. »Was passierte als nächstes?«
»Unserem guten Arzt zufolge ließ Vechey diesen den Wein ein weiteres Mal probieren. Der Sheriff ging dann in seine Kam-

mer«, fuhr Ranulf fort, »und Lecroix mit ihm. Die Tür wurde von innen verschlossen, und zwei Soldaten standen Wache.«
»Das bedeutet«, folgerte Corbett, »daß Maigret, Bruder Thomas, Peter Branwood, Roteboeuf oder in der Tat jeder in der Burg Gelegenheit hatte, in die Halle zurückzugehen und Branwoods Wein zu vergiften.«
»Stimmt.« Corbett stieß die Tür auf und betrat die Kammer des Todes. Sie war immer noch in einem traurigen Zustand und außerdem dunkel. Die schmutzigen Binsen waren zu Haufen zusammengeschoben, die Bettvorhänge halb vorgezogen, Decken und Laken durcheinander. Der Becher mit dem abgestandenen Weinrest war unberührt, das schaumbedeckte Wasser in der Waschschüssel ebenfalls. Über dem Teller mit dem Konfekt schwirrten Fliegen. Ranulf durchquerte das Zimmer und setzte sich auf Lecroix' Strohmatratze, während Corbett versuchte, genau das zu wiederholen, was Vechey getan haben mußte. Er achtete jedoch darauf, nicht wirklich von dem Wein zu trinken, ins Wasser zu fassen oder von dem verrottenden Konfekt etwas abzubeißen. Er tat auch nur so, als würde er sich waschen und danach Gesicht und Hände abtrocknen, wobei er tunlichst vermied, das blutbefleckte Tuch zu berühren. Dann legte er sich auf die muffig riechenden Decken.
»Habe ich etwas vergessen?« rief er.
Ranulf schüttelte den Kopf.
»Dann in Gottes Namen ...«
Er kam nicht weiter, denn die Tür wurde aufgestoßen, und Roteboeuf betrat mit ängstlicher Miene die Kammer.
»Ist Sir Eustaces Tod immer noch ein Rätsel, Sir Hugh?«
»Alles ist ein Rätsel«, gab Corbett unfreundlich zurück und stand auf.
»Warum ging Robin in den Wald zurück? Warum mordet er? Wie wurden Sir Eustace und Lecroix ermordet? Und vor allem, wer war der Verräter, der uns alle im Wald umbringen lassen

wollte?« Corbett sah Roteboeuf finster an. »Deswegen habe ich Euch rufen lassen.«
Roteboeuf trat einen Schritt zurück.
»Warum habt Ihr uns eigentlich nicht begleitet?« fragte Ranulf herausfordernd. Er deutete auf den Handgelenkschutz, der unter einem von Roteboeufs Ärmeln hervorschaute. »Ihr seid ein hervorragender Bogenschütze.«
»Ich bin Beamter.«
»Das bin ich auch!« erwiderte Corbett ungehalten.
Roteboeuf kratzte sich am Kopf und setzte sich auf einen Hocker, seine Beinkleider spannten so sehr, daß Ranulf schon dachte, sie müßten reißen.
»Warum seid Ihr nicht mitgekommen?« wiederholte Corbett.
»Wenn es denn unbedingt sein muß«, sagte Roteboeuf seufzend. »Mit einem Wort, Sir Hugh, ich bin ein Feigling. Nein, das ist nicht richtig. Ich hasse den Wald und habe kein Verlangen, dort zu sterben.«
»Ihr seid in Nottingham geboren?« fragte Corbett. Er beachtete Roteboeufs Ausflüchte nicht weiter.
»Ja, ich wurde in seinen Mauern geboren.«
»Ihr kennt also die Geschichten und Legenden von Robin Hood?«
»Die kennen doch alle.« Roteboeuf stand auf und schaute sich ängstlich um. Corbett hatte das Gefühl, daß er unter seinem fröhlichen Äußeren mißtrauisch und besorgt war.
»Was ist los?« fragte Ranulf spöttisch. »Niemand stirbt schon gern, besonders nicht mit einem Pfeil in der Kehle in irgendeinem gottverlassenen Wald. Wovor habt Ihr jetzt eigentlich Angst?«
Roteboeuf lächelte gezwungen. »Nichts! Mir tut nur einfach Sir Peter leid. Wir gehen alle davon aus, daß es hier in der Burg einen Verräter gibt, und alle stehen in Verdacht.« Er ging zu Corbett hinüber. »Aber wenn Ihr wirklich etwas über Robin

Hood erfahren wollt«, flüsterte er, »warum fragt Ihr mich? Geht zum Haus der Brüder, das am Fuß des Burgfelsens liegt. Fragt den Bruder Prior, ob Ihr mit Will Scarlett sprechen könnt, der dort Laienbruder ist.«

»Scarlett? Robins Leutnant aus alten Tagen?«

»Genau der. Versteht Ihr, Robin war ein sehr junger Mann, als er das erste Mal in den Wald floh. Scarlett war viel älter. Als die Räuber die Amnestie des Königs annahmen, zog Scarlett nach Hause, aber seine Frau starb an der Pest. Er sah das als ein Gottesurteil, und jetzt tut er hinter den Mauern der Bruderschaft Buße.«

»Warum hat uns Sir Peter Branwood nichts davon erzählt?«

Roteboeuf schaute sich etwas verschreckt um. »Was spielt das für eine Rolle, Sir Hugh? Scarlett hat den Frieden des Königs jetzt angenommen. Falls Vechey oder Branwood etwas anderes zu Ohren gekommen wäre, hätten sie ihn aus dem Kloster geschleift und einfach nur so von der Burgmauer gehängt. Ich erzähle Euch das, weil Ihr ihn, als Bevollmächtigter des Königs, darüber beruhigen könnt.« Roteboeuf schaute sie an, zuckte mit den Achseln und verließ leise das Zimmer.

Corbett schaute auf die halboffene Tür.

»Da geht ein sehr beunruhigter Mann«, sagte er. »Gut, Ranulf, verlassen wir diese verdammte Burg und schmieden wir das Eisen, solange es noch heiß ist. Laß uns diesen Mann Scarlett aufsuchen.«

»Und was ist mit Achitophel?« warnte Ranulf. »Falls er Euch jagt, dann ist er doch sicher bereits in der Stadt und wartet auf eine günstige Gelegenheit.«

Corbett lächelte. »De Craon hat es schon seit Jahren auf meinen Kopf abgesehen. Bisher hat er ihn, Gott sei Dank, nie erwischt.«

Sie verließen die Burg durch eine Hintertür und folgten einem gewundenen Pfad, der den Felsen hinabführte, vorbei an dunk-

len Höhleneingängen. Corbett blieb vor der Schenke, The Trip to Jerusalem, stehen.
»Noch keine Spur von Maltote«, bemerkte er und betrachtete den geschäftigen Innenhof voller Pferde. Reisende, Kesselflicker, Hausierer und Kaufleute strömten herbei, um die Einnahmen des morgendlichen Handels auszugeben.
Sie gingen eine schmale Seitenstraße entlang, und die Giebel der Häuser stießen über ihnen fast zusammen. Kinder wateten knietief in der Gosse und warfen Hunden Aasstücke zu oder wehrten Schweine mit spitzen Stöcken ab. Sie bogen um eine Ecke, kamen in eine kleine Gasse und blieben schließlich vor dem Haupttor des Klosters stehen.
Ein mürrischer Laienbruder öffnete auf das schrille Ertönen der Glocke hin und führte sie einige gepflasterte Gänge entlang zum Zimmer von Vater Prior. Dieser empfing sie alles andere als mit offenen Armen. Prior Joachim, ein großer Mann, der Entschlossenheit ausstrahlte, betrachtete Corbett und Ranulf mit außerordentlichem Mißtrauen. Erst als Corbett Briefe und Vollmachten des Königs hervorzog, wurde der Prior etwas gelassener und bot Erfrischungen an, die Corbett höflich ablehnte.
»Also«, Prior Joachim legte seine Fingerspitzen gegeneinander und beugte sich über den Tisch. »Ihr wünscht, Bruder William zu sehen?«
Corbett streckte die Beine aus. »Vater Prior, was ist eigentlich los? Ich bin der Bevollmächtigte des Königs. Bruder William hat von mir nichts zu befürchten.«
Der Prior kramte in einigen Papieren auf seinem Tisch.
»Bruder William hat jetzt den Frieden des Königs angenommen«, beharrte Corbett. »Er hat nichts zu befürchten.«
»Er denkt anders darüber.« Der Prior warf den Kopf zurück. »In den letzten Monaten, seit die Räuber in den Wald zurückgekehrt sind, hat sich Bruder William geweigert, Besucher zu empfangen oder Geschenke anzunehmen. Ihr müßt verstehen, Sir

Hugh, daß Bruder William eines der berühmtesten Mitglieder unserer Gemeinde ist. Seine Taten mit Robin Hood sind schon Legende.«
»Aber jetzt empfängt er niemanden?«
»Genau.«
»Warum?«
»Ich weiß es nicht.« Der Prior biß sich auf die Lippen. »Wir leben in unruhigen und gefährlichen Zeiten. Vielleicht sollte Bruder William auf diese Frage selbst antworten.«
Er führte sie tiefer ins Kloster hinein, über den Innenhof, am Portal der kleinen Kirche vorbei und in die Gärten. Ein stämmiger Gärtner beugte sich über ein Kräuterbeet, schaute sie finster an und wandte ihnen dann den Rücken zu. Der Prior führte seine Besucher zu einer kleinen Klosterzelle, die für sich am Rand eines kleinen Obstgartens stand. Er klopfte an die Tür. »Wer ist da?« ließ sich eine dünne Stimme vernehmen.
Der Prior erklärte. Corbett hörte schlurfende Schritte, ein Schlüssel wurde im Schloß umgedreht und die Tür von einem großen Mann in einer dunklen Kutte aufgerissen. Er hatte einen langen, mageren Hals und ein kleines, wettergegerbtes Gesicht. Seine Augen waren überraschend leuchtend und wachsam. Prior Joachim stellte die Männer murmelnd einander vor. Er sagte, er wolle draußen warten, und Bruder William führte Corbett und Ranulf in eine kleine, weißgekalkte Kammer, kahl und wenig einladend. Das Zimmer wurde von einem großen Kruzifix beherrscht und war kaum möbliert. Corbett bemerkte, daß der Bruder die Tür wieder hinter ihnen abschloß, bevor er ihnen ein Zeichen gab, sich auf eine Bank zu setzen. Er selbst nahm auf einem Bett mit einer äußerst dünnen Strohmatratze Platz.
»Ich habe nichts, was ich Euch anbieten könnte.« Bruder William breitete entschuldigend die Hände aus.
»Wir sind nicht gekommen, um zu essen und zu trinken.«

Der Bruder lächelte, faßte an sein weißes Haar und blinzelte Ranulf zu.
»Wißt Ihr, es war einmal so rot wie Eures, daher auch mein Name.« Sein Lächeln verschwand von seinen Zügen, und seine Augen wurden wachsam. »Ihr seid hier, um Fragen zu stellen?«
»Ja, Bruder, und die erste ist, warum seid Ihr hier?«
»Um für meine Sünden zu büßen, zu Gott zu beten und zur Gottesmutter, um die Torheiten meiner Jugend zu sühnen.«
»Was für Torheiten, Bruder?«
Der Mönch brachte ein halbes Grinsen zustande und schaute dann weg.
»Über die Stränge schlagen wie die Hirsche des Königs«, murmelte er nachdenklich. »Ein ausgelassener Junge im Wald. Ich habe mir genommen, was ich wollte, und ich habe mich nicht um den nächsten Tag gekümmert. Jetzt hat mich Gott in die Knie gezwungen. Meine Frau ist tot, und der Herr hat seine Hand gegen mich erhoben. Wenn ich sterbe«, fuhr er fort, als spräche er mit sich selbst, »dann will ich nicht hier begraben werden, sondern neben ihr unter der alten Eberesche auf dem Dorffriedhof.«
»Aber warum versteckt Ihr Euch jetzt?«
»Um es einfach zu sagen, Sir Hugh, ich habe Angst. Ich habe mit Robin zusammengelebt, bin mit ihm herumgezogen, habe an seiner Seite gegen die Soldaten des Königs gekämpft, ich hatte Frauen und habe getrunken. Aber jetzt ...« Seine Stimme verlor sich.
Corbett saß da und schaute Will Scarlett an, der sich über sein glattrasiertes Kinn strich und auf den Fußboden starrte.
»Zuerst«, begann er wieder langsam, »kämpften wir alle für Simon de Montfort, den Earl of Leicester, der die Herren über Grund und Boden für das verantwortlich machen wollte, was sie taten. Nach seiner Niederlage in Evesham blieben ich und die anderen, Robin, Little John, Bruder Tuck, der gerade ordiniert

worden war, und Allan-a-Dale im Wald. Ich war der älteste, hatte just dreißig Sommer hinter mir, aber das Blut floß immer noch heiß in meinen Adern. Wir kämpften gegen die Steuereinnehmer und die fetten Äbte, denn Robin hatte den Kopf voll mit de Montforts Ideen: Daß Adam und Eva nackt vor Gott geboren worden seien, in allem gleich.« Der Bruder zuckte mit seinen mageren Schultern. »Also beraubten wir die Reichen und gaben den Armen.« Er sah auf und lächelte. »Nun, nicht immer alles. Wir behielten schon das eine oder andere für uns, den Rest gaben wir jedoch fort. Wir fühlten uns dadurch nicht nur gut, es machte uns auch sicher. Wir bestachen die Förster und Wildhüter, und alle hielten den Mund.« Er kaute auf seiner Unterlippe. »Robin traf Lady Mary – Marion wurde sie später von allen genannt –, und ein Jahr ums andere verging. Dann starb der alte König, und Edward kam wie ein Alexander mit goldenem Haar nach Norden. Er verteilte Gold und Begnadigungen wie Äpfel von einem Baum. Robin nahm an. Er wurde in das Kabinett des Königs aufgenommen und kämpfte in seinen Kriegen.« Der Mönch hatte auf einmal einen wilden Gesichtsausdruck. »Ich nahm die Begnadigung ebenfalls an, ließ mich jedoch nicht kaufen. Ich blieb in Nottingham, während sich der Rest zerstreute, und als meine Frau starb, kam ich hierher.«
»Warum habt Ihr dann Angst?«
Bruder William stand auf und schaute aus dem Fenster. »Seid Ihr jemals von Geistern verfolgt worden, Corbett? Wißt Ihr, wie man sich fühlt, wenn sich die Geister hinter Eurem Rücken versammeln? Rachsüchtige Geister, die die Hölle ausgespuckt hat? Das passiert gerade jetzt.« Er drehte sich um. »O ja, Robin ist wieder im Wald. Little John scheint sich ihm wieder angeschlossen zu haben. Vielleicht hat sogar Lady Mary die Kirklees Priory verlassen.«
»Warum ist sie dorthin gegangen?« unterbrach Ranulf, bevor ihn Corbett noch daran hindern konnte.

»Gott weiß«, entgegnete der alte Klosterbruder. »Sie und Robin hatten eine ernsthafte Auseinandersetzung. Sie fand, daß er viele von uns verraten hätte, indem er die Amnestie des Königs annahm. Vielleicht hatte sie recht. Jetzt verstecke ich mich hinter den Mauern dieses Klosters, weil ich mich vor einem Robin fürchte, der, scheinbar aus einer Laune heraus, ehemalige Mitglieder seiner Bande umbringt.«
»Stimmt das?« fragte Corbett.
»O ja. Gelegentlich erfahren wir hier etwas. Much, der Müllerjunge, wurde ertränkt in einem Fluß gefunden. Hick Haywain erdrosselt auf einer Wiese. Und wer weiß?« fügte er mit leiser Stimme hinzu: »Vielleicht ist der alte Will Scarlett als nächster an der Reihe?«
»Wenn das so ist«, erwiderte Corbett, »dann sagt uns, wie wir ihn töten können.«
Der alte Klosterbruder wandte sich ihnen zu. In seinen Augen standen Tränen. »Das kann ich nicht«, flüsterte er, »denn ich kenne diesen Robin nicht.«

# Kapitel 5

Kurze Zeit später verließen Corbett und Ranulf das Kloster und begaben sich auf den Marktplatz von Nottingham. Corbett ging etwas voraus, er rätselte über das eben Gehörte. Warum war Robin zurückgekehrt? Und warum hatte sich sein Verhalten so verändert? Er kam an der Pethick Lane vorbei, in der normalerweise die Prostituierten standen, aber wegen der Pest in der Stadt war die Straße mit schweren Balken, die durch Eisenketten zusammengehalten wurden, verbarrikadiert.

Ein Leichenzug mit drei Pestopfern kam von der St. Mary's Church. Die Särge aus Ulmenholz schwankten auf den Schultern der schwitzenden Totenträger. Der Geistliche ging mit einer brennenden Kerze voran. Seine Totengebete waren kaum zu hören, da ein Wilder seine Possen riß. Er war von Kopf bis Fuß in Schwarz gehüllt, hatte auf seine Kleidung die Umrisse eines Skeletts gemalt und tanzte vor der Prozession her, wild eine Glocke schwingend.

Corbett kam auf den Marktplatz, auf dem die Leute kauften und verkauften. Der Tod um sie herum schien sie nichts anzugehen. Der Lärm war ohrenbetäubend. Berge von Unrat, die zwischen den Ständen lagen oder die tiefen Abflußrinnen verstopften, die das Pflaster durchzogen, stanken in der heißen Sommersonne. Der Gestank war so unerträglich, daß alle Gesicht und Nase bedecken mußten. Lehrlinge riefen: »Lincoln Tuch!« Andere wieder schrien: »Gute Eier!« Eine kleine Gruppe hatte zwei Fischweiber umringt, die auf dem Boden herumrollten und sich an Haaren und Kleidern rissen, wie es immer bei einem Krakeel in der Stadt der Fall zu sein pflegte. Der Kampf hatte sofort ein Ende, als ein Karren mit zwei Gerichtsdienern auf den Markt rumpelte, an dem ein Bäcker angebunden war. Seine Beinkleider waren bis über die Knöchel herabgezogen, und ein verschwitzter Amtmann prügelte auf das riesige Hinterteil des Gefangenen ein. Eine in Rot geschriebene Notiz, die gezwungenermaßen einer seiner Lehrlinge trug, besagte, daß er das Fleisch von Ratten in seine Pasteten getan hatte. Andere Bestrafungen fanden ebenfalls statt. Zwei Männer wurden in eisernem Zaumzeug zum Fluß geführt, auf Hockern festgebunden und im schmutzigen Wasser untergetaucht.

Corbett und Ranulf standen da und schauten zu. Das Feilschen hörte allmählich auf, denn die Menge drehte sich um und drängte sich um die Schandpfähle, an denen zwei Schwerverbrecher festgebunden waren, die wie am Spieß schrien, während ihre Ohren barbarisch beschnitten wurden. Neben ihnen saß ein Färber, der Pferdepisse in das Ale seines Konkurrenten gegossen hatte.

»Warum schauen wir eigentlich zu?« flüsterte Ranulf.

»Wenn Bestrafungen stattfinden«, murmelte Corbett, »kommt der Abschaum immer aus der Gosse.«

Corbetts Vorhersage erwies sich als korrekt. Das Treibgut Nottinghams erschien: die Taschendiebe, die Prostituierten, die Halsabschneider und die stark geschminkten Huren in ihren seltsamen Perücken. Sie standen herum und genossen die Bestrafungen und hatten gleichzeitig ein scharfes Auge auf jedes mögliche arglose Opfer. Einige Männer, die zum Haushalt eines reichen Kaufherrn gehörten und betrunken waren, drängten sich in schmutziger Livree, laut ein obszönes Lied singend, durch die Menge. Ein Ablaßkrämer kreischte, er habe einen der Steine, mit denen der heilige Stefan getötet worden sei. Ein buckliger Harfenspieler zog Pergamentblätter aus seinem Wams und rief, er habe Balladen zu verkaufen.

»Die Schurken versammeln sich«, sagte Ranulf.
»Sieh sie dir genau an«, riet Corbett, »ob welche dabei sind, die ein scharfes Auge haben oder einen Handgelenkschutz tragen.«
»Ihr meint, daß sich die Räuber aus dem Sherwood Forest hierherwagen?«
»Möglich. Denk nur an den Angriff auf die Burg.«
Ranulf, der stolz darauf war, einen Schurken auch auf einer belebten Straße zu entdecken, betrachtete den Mob genau, sah jedoch niemanden, auf den Corbetts Beschreibung gepaßt hätte. Als die Bestrafungen vorbei waren, zerstreute sich die Menge wieder, und alle gingen zurück zu den Ständen. Plötzlich war hinter Corbett und Ranulf eine laute Stimme zu hören.
»Ich fordere Euch heraus, Sirs, ich, Rahere of Lincoln, Rätselmeister und Hüter der Geheimnisse nördlich und südlich des Trent, vor dem kein Geheimnis sicher ist. Ich fordere Euch heraus!«
Corbett und Ranulf drehten sich um und sahen einen jungen Mann, der eine lange gelbbraune mit Rattenpelz gefütterte Robe trug, ein blutrotes Hemd und lincolngrüne Beinkleider. Er stand auf einem Faß und schrie seine Forderung über den Marktplatz. Er hatte helles Haar, eine gesunde Gesichtsfarbe und freche Augen, eine spitze Nase und eine Stimme, die so resonant war wie die eines Predigers. Er drehte eine Silbermünze zwischen den Fingern und wiederholte seine Herausforderung. Ranulf grinste. Er kannte diese Typen schon von früher, Gentlemen der Straße, die jedes Rätsel lösen und auch welche stellen konnten, bei denen selbst die größten Gelehrten sich in alle Ewigkeit die Haare rauften.
Ranulf schaute auf die junge Frau, die neben dem Faß stand. Sie trug ein braunes Kleid, das am Hals und an den Manschetten mit weißer Lammwolle abgesetzt war. Ihr Gesicht war unter einer Haube verborgen, aber plötzlich zog sie diese zurück, und Ranulfs Herz setzte einen Schlag aus. Alle Trauer um Lady Mary

Neville hatte ein abruptes Ende, denn diese Frau war atemberaubend schön. Ihr ovales Gesicht hatte die Farbe von Elfenbein, ihre Nase eine perfekte Form, ihre Lippen waren voll, und über ihrem kastanienbraunen Haar lag ein Schleier aus weißem Leinen; doch erst diese Augen: ein feuriges Eisblau. Ranulf konnte seinen Blick nicht von ihren spitzen Brüsten abwenden, die sich unter ihrem enganliegenden Kleid abzeichneten. Ihre schmale Taille hätte man mit zwei Händen umfassen können. Hier wurde ihr Kleid von einer silbernen Kordel zusammengehalten. Rote Lederstiefel schauten unter dem Saum hervor. Sie strich sich das Haar aus dem Gesicht mit einer Bewegung, die so anmutig und wunderschön war wie die eines Schmetterlings.

»Ihr, Sir!«

Ranulf konnte nur mit Mühe seine Augen abwenden. Er schaute zu dem Rätselmeister hoch.

»Sagt mir ein Rätsel, und wenn ich es nicht innerhalb von zwanzig von Euren Herzschlägen beantworten kann, gehört diese Münze Euch.«

»Was passiert, wenn es zwei Antworten gibt?« fragte Ranulf im Scherz zurück und stieß Corbett an.

»Solange meine Antwort stimmt, behalte ich die Münze.«

»Was hat zwei Beine, dann drei und schließlich gar keins?« rief Ranulf. Er bemerkte, daß sich die Menge um sie drängte.

»Nun, der Mensch!« antwortete der Rätselmeister schnell. »Denn wir werden alle mit zwei Beinen geboren, im Alter am Stock haben wir drei, und im Bett, wenn wir sterben, keines mehr.«

Ranulf grinste und nickte.

»Sagt mir noch eins!«

»Es ist etwas mit der Form einer Birne, feucht in der Mitte und von Haaren umgeben, und gelegentlich schmeckt es auch salzig«, rezitierte Ranulf.

»Sehr gut!« rief der Rätselmeister. »Das Auge des Menschen!«

Ranulf stimmte zu, und dann wurde Raheres Gesicht mit einem Mal ernst.
»Ich gebe Euch einen Krug Ale aus, Sir.« Er schaute Corbett mißtrauisch an. »Aber nicht Eurem nüchternen Gefährten. Rahere, der Rätselmeister aus Lincoln, weigert sich mit einem Mann zu trinken, der nie lächelt!«
Corbett wand sich vor Verlegenheit und zog Ranulf am Ärmel. »Komm schon!« flüsterte er, als jetzt die anderen begannen, ebenfalls Rätsel zu rufen. »Laß uns zur Burg zurückgehen.«
Sie bahnten sich einen Weg durch die Menge.
»He, Meister Rotschopf!«
Ranulf drehte sich um.
»Nicht vergessen«, rief der Rätselmeister, »meine Schwester Amisia und ich schulden Euch einen Krug Ale. Ihr trefft uns in der Schankstube des Cock and Hoop.«
Ranulf wollte gerade den Kopf schütteln, da lächelte die junge Frau ihn an. Er wandte sich zögernd ab und folgte seinem Herrn durch die Menge zur Friary Lane. Sie waren fast am Fuß des Felsens, und die große Burg von Nottingham ragte über ihnen auf, als Corbett stehenblieb.
»Du solltest zurückgehen.«
»Was meint Ihr, Herr?«
»Zum Cock and Hoop.« Corbett grinste. »Ranulf, Ranulf«, flüsterte er, »du kannst drei Dingen einfach nicht widerstehen: einem Becher Wein, einem Würfelspiel und einem schönen Gesicht.«
Ranulf ließ sich nicht zweimal bitten und rannte die Gasse entlang zurück. Corbett sah ihm hinterher.
»Das tut dir gut«, rief er, aber Ranulf war schon außer Hörweite und hielt bereits Passanten an, um sich nach dem Weg zum Cock and Hoop zu erkundigen.
Schließlich fand er die Schenke gegenüber dem St.-Peter-Friedhof. Er stürmte in die stickige Schankstube, rief dem Wirt zu, daß er bedient werden wolle, und gab ihm einen Penny für das

Privileg, an einem Tisch neben dem einzigen Fenster des Lokals sitzen zu dürfen. Ranulf bestellte einen Krug Ale und genoß in kleinen Schlucken dessen kühle Bitterkeit, während er versuchte, seine Erregung unter Kontrolle zu halten. Er war müde, seine Augenlider waren schwer, der Überfall im Wald steckte ihm noch in den Knochen.

»Ich hasse diese verdammten Bäume«, murmelte er halblaut.

Er lehnte sich gegen die Wand und beobachtete einen Kürschner, der mit übergeschlagenen Beinen neben der Tür der Schenke saß und säuberlich einige Maulwurfspelze zusammennähte. Ranulf schloß die Augen. Es machte ihm nichts aus, in Southwark in einer dunklen Gasse zu stehen, aber dieser Wald mit seiner grünen Düsternis und seinen unheimlichen Geräuschen würde ihn immer um den Verstand bringen. Er ließ seine Gedanken schweifen, dachte an die Todesfälle auf der Burg und dann an den geheimnisvollen Refrain, der in der Chiffre enthalten war: Drei Könige gehen zum Turm der beiden Toren mit den beiden Rittern. »Wenn ich das Geheimnis doch nur lösen könnte«, murmelte Ranulf vor sich hin. Er dachte an den Rätselmeister, öffnete seine Augen und mußte plötzlich über einen Einfall grinsen.

»Ihr seid also doch wegen des Krugs Ale gekommen?«

Ranulf schaute auf, als sich Rahere auf den Hocker ihm gegenüber setzte. Seine Schwester nahm wortlos neben ihm Platz.

»Ihr bewegt Euch wie Schatten«, sagte Ranulf und streckte die Hand aus.

»Gelegentlich müssen wir das auch. Euer Name, Fremder?«

»Ranulf-atte-Newgate, Diener im Gefolge von Sir Hugh Corbett.«

»Nie von ihm gehört.«

Neben Rahere kicherte Amisia plötzlich, ihre Augen blickten spöttisch. Ranulf vermochte kaum sie anzuschauen, so schön war sie. Rahere schnalzte mit den Fingern.

»Zwei Krüge Ale, Euer bestes, und ein Glas Weißwein, nicht den Bodensatz, und er muß kalt sein.«
Der unterwürfige Wirt wischte sich mit der Hand über sein schweißnasses Gesicht. Er verbeugte sich, als hätte er einen Nobelmann vor sich.
»Er kennt Euch gut?« fragte Ranulf.
»Das sollte er besser auch. Wir haben die besten Zimmer, und er nimmt uns ziemlich was dafür ab.«
»Ihr verdient so viel mit Euren Rätseln?«
Rahere breitete die Hände aus, und Ranulf bemerkte plötzlich, daß er ein grünes und ein braunes Auge hatte und ein wenig schielte. Das gab dem Rätselmeister ein etwas trauriges Aussehen.
»Jeder schätzt ein Rätsel, ein Geheimnis oder eine knifflige Frage.«
Der Wirt kam mit dem Ale und dem Wein herbeigeeilt.
»Sagt mir«, Rahere faßte Ranulf vertraulich am Arm, »von wem habt Ihr das Rätsel mit dem Auge gehört?«
»Von meiner Mutter.«
Rahere lehnte sich zurück und nahm einen Schluck aus seinem Krug. »Du hast es doch auch noch nie gehört, Amisia?«
»Nein, Bruder.«
Die Stimme der jungen Frau war weich und melodisch, sie trank in kleinen Schlucken aus ihrem Becher, und Ranulf starrte sie verlangend an. Sie war zart und zerbrechlich und erinnerte ihn an eine wunderschöne Elfenbeinstatue, die er im Gemach des Königs gesehen hatte. Und diese Augen ... Noch nie hatte Ranulf so viel Feuer in einem so eisigen Blau gesehen. Er schaute weg und schüttelte sich.
»Kennt Ihr noch mehr Rätsel?« fragte Rahere. »Ich muß Euch sagen, Ranulf, daß wir immer demjenigen einen Krug Ale spendieren, der ein Rätsel stellt, das wir noch nie gehört haben, und es ist drei Jahre her, daß das zuletzt passiert ist. Ich werde mit

Eurem nach Norden reisen«, fuhr er fort. Wir wollen den Michaelitag am Hof meines Herrn, Anthony de Bec, dem Bischof von Durham, verbringen.«
»Da ist noch ein Rätsel«, sagte Ranulf zögernd. »Ein geheimes Sprichwort.«
Rahere hielt seinen Krug mit beiden Händen und beugte sich vor. Seine seltsamen Augen leuchteten vor Begeisterung.
»Sagt es mir.«
»Es ist ein Sprichwort, hinter dem sich ein Geheimnis verbirgt.« Ranulf schloß die Augen. »Die drei Könige gehen zum Turm der beiden Toren mit den beiden Rittern.«
Rahere verzog das Gesicht. »Zur Hölle! Ist das alles?«
Ranulf zuckte mit den Achseln. »Alles, zumindest, was ich weiß.«
»Wer hat sich das ausgedacht?«
»Ich weiß es nicht«, log Ranulf. »Aber wenn Ihr das Geheimnis lösen könntet oder irgendeine Idee hättet, was das Ganze bedeuten könnte ...« Er öffnete seine Geldbörse und legte zwei Silbermünzen auf den Tisch. »Diese würden dann Euch gehören.«
Der Rätselmeister streckte die Hand aus. »Da, Ranulf, Ihr habt mein Wort.«
Ranulf schüttelte ihm herzlich die Hand, steckte die Münzen wieder ein und rief dem Wirt zu, mehr zu trinken zu bringen. Er kam sich gerissen vor, war zufrieden und mußte sich Mühe geben, seine Aufregung zu verbergen. Der Rätselmeister konnte ihnen vielleicht helfen. Wenn er das tat, würde Ranulf davon profitieren, und falls er das nicht tat, auch dann würde Ranulf noch immer profitieren: Er hätte eine Entschuldigung, sich von Meister Langschädel loszueisen und der schönen Amisia den Hof zu machen.

Am folgenden Morgen stand Corbett früh auf. Er schaute mißtrauisch auf den schlafenden Ranulf. Sein Diener war am Abend zuvor etwas betrunken nach Hause gekommen. Er war die Gänge der Burg entlanggeschwankt und hatte die dreckigsten Lieder gesungen, die Corbett jemals gehört hatte. Es war ihm nur mit Mühe gelungen, Ranulf von einem Würfelspiel mit einigen mürrischen Burgsoldaten loszueisen, die immer weniger glauben konnten, daß Ranulf bei jedem Wurf Glück haben sollte. Sein Diener lag, alle viere von sich gestreckt, da, nur halb angekleidet, und an seinem Schnarchen war zu hören, daß er mindestens eine Gallone Ale getrunken haben mußte. Corbett kleidete sich fertig an, ging auf Zehenspitzen aus der Kammer und dann nach unten, um zu frühstücken.

Branwood, Naylor, Roteboeuf, Bruder Thomas und der Medikus Maigret saßen bereits dort. Der Unter-Sheriff kaute Brotstücke und trank aus einem Krug. Corbetts Gruß wurde von Gemurmel und finsteren Blicken erwidert. Die Gesellschaft litt offensichtlich noch unter dem Angriff des Vortags. Corbett setzte sich auf eine Bank neben Maigret und schnitt sich ein paar Stücke von einem frischgebackenen Laib Brot ab. Er fühlte sich ausgeruht und dachte über den nicht lange zurückliegenden Angriff nach.

»Seltsam«, murmelte er halblaut, bevor er noch innehalten konnte.

»Was?« fauchte Naylor. Seine Schweinsaugen waren rotgerändert vor Müdigkeit.

»Gestern im Wald hätten uns die Räuber alle umbringen können, und doch sind wir entkommen. Es ist fast, als ob …«

»Sie uns eine Warnung zukommen lassen wollten?« beendete Roteboeuf den Satz.

»Ja.« Corbett biß ein Stück Brot ab. Irgend etwas stimmt hier nicht, dachte er. Es war, als schaute man in trübes Wasser und sähe etwas Wertvolles auf dem Grund funkeln.

»Sir Peter«, fragte er, »wünscht Ihr, daß Euch der König als Sheriff bestätigt?«

Sir Peter zuckte mit den Achseln. »Das ist das Vorrecht des

Königs. Er hat mich zum Unter-Sheriff ernannt.« Er lächelte säuerlich. »Vielleicht besteht er darauf, daß ich in Vecheys Fußstapfen trete?«
Corbett nickte diplomatisch und wollte gerade etwas entgegnen, als Maigret hustete und sich räusperte.
»Ich habe darüber nachgedacht, was Ihr mich gefragt habt, Sir Hugh, das mit Sir Eustaces Tod.« Die flinken Augen des Arztes huschten über die anderen, als wollte er sie davor warnen, ihm zu widersprechen. »Das Gift«, fuhr er fort, »hätte tödliche Tollkirsche sein können oder ein Extrakt aus Pilzen, aus diesen giftigen, die unter Eichen und Ulmen wachsen. Sie sind hochgiftig, besonders wenn man sie im Herbst bei Vollmond sammelt.«
»Sie töten sofort?«
»Wenn der Extrakt stark genug ist, ja.«
»Sir Peter! Sir Peter!«
Jede Unterhaltung erstarb, als ein junger Soldat, ein Knabe, der nicht mehr als sechzehn Sommer alt war, mit wirrem Haar und schreckerfüllten Augen hereinstürzte.
»Was ist los, Mann?«
»Ich habe sie gesehen! Zwei der Männer, die gestern im Wald verlorengingen.« Die Stimme des Soldaten brach. »Sie sind hingerichtet worden!«
»Sir Peter sprang von der Tafel auf, und die anderen folgten ihm. Branwood befahl Roteboeuf und Maigret, in der Burg zu bleiben.
»Sir Hugh! Bruder Thomas! Naylor!«
Sie eilten in den Hof, wo einige Gefolgsleute bereits ihre Pferde sattelten. Der Sheriff, der den Soldaten wüst beschimpfte, befahl ihm, irgend jemandem einen alten Gaul abzunehmen und sie zu dem Ort der Hinrichtung zu führen.
Die Sonne war noch nicht aufgegangen, aber der graublaue Himmel wurde bereits heller mit roten Streifen im Osten, als sie

durch die Burgtore galoppierten, den gewundenen Weg hinunter und in die Stadt, in der noch alles schlief.
Branwood ritt wie ein Besessener. Corbett hatte Schwierigkeiten, mitzuhalten. Er bemerkte mit sarkastischer Heiterkeit, daß Bruder Thomas ein besserer Reiter war als Naylor, der kaum Halt im Sattel fand.
Ich frage mich, wann Maltote wohl zurückkehrt, dachte Corbett plötzlich, als sie am Trip to Jerusalem vorbei- und in die Friary Lane hineinritten. Alle weiteren Mutmaßungen hatten ein Ende: Er hatte Mühe, sein Pferd nicht in die Abflußrinne straucheln zu lassen und nebenbei auf die Schilder der Schenken sowie auf die vergoldeten Geschäftszeichen der Kürschner, Weber und Goldschmiede zu achten. Glücklicherweise waren nur wenige Leute unterwegs, und diese preßten sich ängstlich gegen die Mauern der Häuser, als Sir Peter und seine Gesellschaft vorbeidonnerten. Lehrlinge, die die Waren für den Tag ausbreiteten, sahen oder hörten die Reiter, flohen in Sicherheit und schlugen die Türen der Geschäfte hastig hinter sich zu. Zwei Männer, deren Karren zur Hälfte mit stinkenden Fäkalien gefüllt waren, blockierten den Weg, bis Sir Peter sie mit der Breitseite seines Schwerts beiseite prügelte.
Die Stadttore wurden eilig geöffnet, und Branwood ritt über betaute Wiesen voraus. Er folgte demselben Weg, auf dem sie am Vortag aus dem Wald gekommen waren und der pfeilgerade auf den düsteren Waldrand zulief. Corbett spürte seine Angst im Magen. Um Gottes willen, nur nicht wieder dorthin, dachte er.
»Sir Peter!« rief er. »Was soll der Unsinn?«
Branwood hörte ihn nicht und spornte sein Pferd noch weiter an. Corbett versuchte verbissen, Schritt zu halten, da zügelte Branwood plötzlich sein Pferd und rief ihnen zu, ebenfalls anzuhalten.
»Wo jetzt, Mann?« brüllte er den Soldaten an, der so aussah, als hätte der Ritt alle seine Knochen durcheinandergebracht. Der

junge Mann blinzelte und schaute hinüber zum Wald. Dann wendete er sein Pferd und galoppierte den Waldsaum entlang, Branwood und der Rest hinterher. Plötzlich hielt der Führer an und zeigte mit einem kurzen, dreckigen Finger in die Luft.

»Ich habe sie gesehen«, sagte er atemlos, »ich habe sie gesehen, als ich von einem Besuch bei meiner Mutter im Dorf zurückkam.«

Corbett gab sich alle Mühe, sah aber nichts. Da beugte sich Sir Peter zu ihm herüber und ergriff sein Handgelenk.

»Schaut, Sir Hugh!« flüsterte er heiser. »Schaut in den Baum, in die riesige Ulme!«

Corbett folgte seinem Blick. Die weißen Schatten, die er schon früher wahrgenommen hatte, wurden jetzt deutlicher. Zwei Leichen, ihre schmutzigweiße Haut schimmerte wie die Unterseite eines Hechts, der am Ufer liegt. Man hatte sie an einem der oberen Äste des Baumes gehenkt. Bruder Thomas gab seinem Pferd die Sporen, und Branwood und Corbett folgten ihm. Der junge Soldat hing über den Hals seines Pferdes, würgte und erbrach sich. Die Körper wirkten im Tod grotesk. Bis auf Lendentücher waren sie nackt, und ihre Gesichtshaut war fleckig. Ihre Zunge, auf die sie sich gebissen hatten, hing ihnen geschwollen aus dem Mund. Ihre glasigen Augen starrten ins Leere.

»Zwei der Soldaten«, murmelte Sir Peter, »die gestern verschollen sind.«

Die Pferde witterten die Leichen, wieherten und wurden unruhig. Corbett wandte sich angeekelt ab, und Sir Peter rief Naylor den Befehl zu, die Männer herunterzuschneiden, einen Karren aus der Burg zu holen und die Kadaver heimzuschaffen.

»Laßt uns zurückreiten«, meinte der Sheriff mißmutig.

»Ich kann nicht«, sagte Bruder Thomas mit lauter Stimme. »Ich muß meine Kirche besuchen. Sir Hugh, wollt Ihr mich begleiten?«

Corbett stimmte bereitwillig zu. Sir Peter war schon unter normalen Umständen keine sehr angenehme Gesellschaft, aber jetzt sah er aus wie ein Mann, der auf sein Todesurteil wartet. Bruder Thomas murmelte ein Gebet, breitete in Richtung der Leichen die Arme zum Segen aus und führte Corbett dann zu seiner kleinen Gemeindekirche. Diese lag etwa zwei Meilen von Nottingham entfernt an der Straße, die westlich nach Newark führte. Um die Kirche herum standen Häuser, teils aus Holz, teils aus Stein und mit winzigen Gärten, die den Zinsbauern und freien Bauern gehörten.
»Die meisten Bauern sind frei«, erklärte Bruder Thomas stolz. »Oder fast frei. Sie bauen ihr eigenes Getreide an und müssen nur zwei Tage auf dem Land des Gutsbesitzers arbeiten.«
Corbett nickte. Alle schienen den Franziskaner zu schätzen. Als sie in das Dorf ritten, wurde er von einer Schar magerer und halbnackter Kinder begrüßt, die wie kleine Teufel um ihn herumtanzten, lärmten und schrien. Sie deuteten auf Corbett und stellten mit ihren dünnen Stimmen Bruder Thomas eine Unmenge Fragen. Ihre Eltern, an deren Gesichtern Erde klebte und deren Haut das Wetter gegerbt hatte, hießen ihren Geistlichen ebenfalls willkommen, als sie von den Feldern heimkehrten, um die Messe zu hören und zu frühstücken, bevor die Arbeit weiterging. Bruder Thomas begrüßte sie freundlich, und als sie die Kirche endlich erreichten, hatte sich eine kleine Prozession hinter ihnen gebildet. Vor dem Kirchhof stiegen der Bruder und Corbett von ihren Pferden ab, zwei Bauernjungen nahmen sie in Empfang, und Thomas führte Corbett in das stickige Dunkel der Kirche, ein einfaches Bauwerk ohne Säulen und Glasfenster. Der Fußboden bestand aus Erde, und der Altar war ein flacher Stein. Corbett kniete sich mit den anderen vor eine primitive Altarschranke, während Bruder Thomas in einer an die Kirche angebauten Kammer die Meßgewänder anlegte. Er kam wieder hervor und zelebrierte die schnellste Messe, an der Corbett

jemals teilgenommen hatte. Bruder Thomas verschluckte kein Wort, sprach aber sehr schnell. Nach der Schriftlesung kamen Meßopfer und Wandlung, bevor er seine Schäfchen mit einem schnellen Segen entließ.

»Eine schnelle Messe, Vater«, bemerkte Corbett und sah ihm zu, wie er sich in der winzigen Sakristei umzog.

Bruder Thomas grinste. »Der Glaube zählt«, entgegnete er, »nicht irgendein aufwendiges Ritual.« Der Bruder nickte in Richtung der Tür. »Meine Gemeinde muß ihre Felder bestellen, ernten, das Vieh tränken und die Kinder versorgen. Arbeiten sie nicht, verhungern sie. Und was dann, Bevollmächtigter?«

»Dann lassen sie sich von Robin Hood helfen.«

Auf dem fülligen Gesicht des Bruders breitete sich ein Lächeln aus. »Gut gesprochen, Beamter«, murmelte er.

»Ihr schätzt den Räuber?« fragte Corbett.

Bruder Thomas faltete seine Gewänder ordentlich zusammen und legte sie in eine Truhe, deren Deckel er mit einem Vorhängeschloß sicherte.

»Das habe ich nicht gesagt«, entgegnete er und reckte sich. »Aber meine Leute sind arm. Ein Mädchen heiratet mit zwölf. Wenn sie sechzehn ist, hat sie bereits vier Kinder gehabt. Drei dieser Kinder sterben. Sie und ihr Mann hüllen die winzigen Leichen in ein Stück billigen Stoff, damit ich sie auf dem Kirchhof bestatten kann. Ich sage ein Gebet, wische ihnen die Tränen aus den Augen und verfluche still ihr Unglück.

Diese Bauern sind das Salz der Erde. Sie stehen vor Sonnenaufgang auf und gehen erst zu Bett, wenn es bereits dunkel ist. Sie pflügen ihre Äcker noch mitten im Winter, legen ihre Babys unter einen Busch und lassen sie an einem nassen Lumpen lutschen. Sie hoffen, daß es ihnen in dem Stück Kuhfell, in das sie eingewickelt sind, nicht kalt wird. Sie erwirtschaften vielleicht einen kleinen Gewinn, und dann kommen die Steuereinnehmer. Sobald ihre Scheunen voll sind, kommen die Lieferan-

ten der Krone und nehmen ihnen alles weg. Die Gutsherren bestehlen sie. Wenn es Krieg gibt, brennen ihre Häuser, und sie werden niedergemäht wie das Gras.«
Bruder Thomas steckte seine dicken Daumen unter die dreckige weiße Bauchbinde, die er trug. »Wenn der König Soldaten braucht«, fuhr er fort, »ziehen ihre jungen Männer die Landstraßen entlang, und die Luft ist voller Gesang und Geplapper.« Der Priester sah Corbett mit seinen dunklen Augen an, und der Beamte bemerkte die Tränen in ihnen. »Dann kommen die Nachrichten, entweder von einem großen Sieg oder von einer großen Niederlage, und mit diesen Nachrichten kommt die Liste der Toten. Die Frauen kommen hierher. Sie hocken auf dem schmutzigen Fußboden, die Ehefrauen, die Mütter, die Schwestern, und ich ...«, in der Stimme lag Bitterkeit, »ich verstecke mich in meiner Sakristei und höre sie schluchzen.« Er seufzte. »Ein Jahr später kehren die Verwundeten heim, einer ohne Bein, ein anderer verstümmelt. Und wofür?«
»Habt Ihr mich hierhergebracht, um mir das zu sagen, Vater?«
»Ja, Bevollmächtigter des Königs. Wenn Ihr nach Westminster zurückkehrt, dann sagt dem König, was Ihr gesehen habt. Robin Hood ist in den Herzen aller dieser Menschen.«
»Das weiß ich«, entgegnete Corbett. »Wie Ihr, Vater, stamme ich von den Bauern, und wie Ihr bin ich dem Elend entkommen.« Er trat näher an den anderen heran. »Aber da ist doch noch etwas? Ihr seid der Geistliche hier und nicht auf der Burg. Euer Herz ist bei diesen Bauern. Robin Hood, der Räuber, der berühmte Vogelfreie, muß mit Euch Kontakt aufgenommen haben.«
Bruder Thomas wandte ihm geschäftig den Rücken zu. Er legte die Meßgeräte in einen kleinen, eisenbeschlagenen Kasten.
»Ich hatte Euch eine Frage gestellt, Vater.«
Bruder Thomas drehte sich mit einem herausfordernden Gesichtsausdruck um. »Wenn Robin Hood diese Kirche beträte«,

entgegnete er, »würde ich nicht nach dem Sheriff schicken, sondern ...« Er verstummte.
»Sondern was, Vater?«
»Nun –« Der Bruder lehnte sich gegen die Wand und faltete die dicken Hände auf seinem Kugelbauch. »Ja, ich habe Euch hierher mitgenommen, damit Ihr dem König eine Nachricht überbringen könnt. Aber irgend etwas an der Sache stimmt nicht.« Er wusch sich gründlich in einem kleinen Becken die Hände und trocknete sie sorgfältig an einem Tuch ab. »Früher, als Robin Hood mit seiner Bande den Wald unsicher machte, wurden die Dorfbewohner nie angegriffen. Außerdem teilte der Räuber die Beute.«
»Und jetzt?«
»Oh, die Bauern sind sicher, und der Räuber verteilt gutes Silber, aber nur, um damit ihr Schweigen zu erkaufen.« Der Bruder ging zur Tür. »Wir sollten gehen.«
Corbett blieb stehen. »Vater, ich habe Euch eine Frage gestellt, und Ihr habt sie nicht beantwortet.«
Bruder Thomas drehte sich um. »Ich weiß, Sir Hugh. Ja«, fuhr er müde fort, »ich habe den Geächteten gesehen. Er kam eines späten Abends hierher und schlenderte das Kirchenschiff entlang zum Altar, so selbstverständlich wie ein Hahn auf dem Hühnerhof. Ich kniete an der Altarschranke. Als ich mich umdrehte, stand er da, in Lincolngrün, eine Kapuze auf dem Kopf und eine schwarze Stoffmaske vor dem Gesicht.«
»Was wollte er?«
»Er bat mich um Hilfe. Ich sollte ihm sagen, was ich in der Stadt und im Dorf beobachte. Wer wohin unterwegs ist und welche Schätze transportiert werden. Dann fragte er noch, ob ich mich um das geistliche Wohl seiner Männer kümmern würde.«
»Und was war Eure Antwort?«
»Ich sagte ihm, ich würde eher mit dem Teufel unterm Vollmond tanzen.«

»Ihr sagtet doch, Ihr würdet ihn verstehen?«
»Nein, Sir Hugh, ich verstehe die Armut meiner Leute.« Der Priester bewegte unangenehm berührt seine fetten Schultern. »Das war vor den Morden auf der Burg und vor dem Blutbad unter den Steuereinnehmern. Aber ich weiß nicht ... ich mochte den Mann einfach nicht. Seine Arroganz, seine Kälte, die Art, wie er sich auf seinen langen Bogen lehnte. Ich hatte das Gefühl, er sei das Böse.«
»Und was war seine Antwort?«
»Er ging einfach weg, verschwand in der Nacht. Er lachte.«
»Habt Ihr das dem Sheriff erzählt?«
»Sir Eustace oder Sir Peter? Niemals!«
Corbett tauchte seine Finger in das Weihwasserbecken neben der Tür zur Sakristei. Er bekreuzigte sich. »Ich danke Euch, Vater. Reitet Ihr auch zur Burg zurück?«
»Später«, entgegnete der Bruder. »Reitet nur schon voraus.«
Corbett ging wieder in die Kirche zurück. Er blieb stehen, um vor einem schlichten hölzernen Bild der Jungfrau Maria eine Kerze zu entzünden, schloß die Augen und betete für Maeve und die kleine Eleanor. Er bemerkte die Gestalt nicht, die hinten in der Kirche in den Schatten stand und ihn bösartig anstarrte.

# Kapitel 6

Corbett war in Gedanken versunken und ließ sein Pferd nach Nottingham zurücktrotten. Er war müde, ein Fremder, der es nicht gewohnt war, das Böse zu jagen, das sich in der Schwärze des Waldes verbarg. Gedanken an wichtige Geschäfte in London lenkten ihn ebenfalls ab. Der König war vermutlich bereits außer sich; er erwartete, daß er das Geheimnis der Chiffre sofort lösen würde.

Corbett hielt die Zügel seines Pferdes und hatte die Augen halb geschlossen. Er lauschte dem Summen der Bienen, die in den den Weg säumenden Wiesen herumschwirrten, und dem Gekreisch von Vögeln, das sich gegen den etwas beklemmenden, bittersüßen Gesang einer Amsel abhob. Sir Eustace Vecheys Tod ist der Schlüssel zu diesem Rätsel. Er erinnerte sich an die Worte des Medikus Maigret über die todbringenden Extrakte, die vermutlich zur Anwendung gekommen waren.

»Das frage ich mich wirklich!« rief er plötzlich, öffnete die Augen und betrachtete die weißen Schmetterlinge, die in der Morgenbrise wie Miniaturengel herumflatterten und deren Flügel das Licht reflektierten. Corbett, der sich jetzt nur noch für die Schlußfolgerung interessierte, zu der er gekommen war, gab seinem Pferd die Sporen und galoppierte nach Nottingham.

Als er in den Burghof zurückkam, legte man die Leichen der Soldaten gerade auf Pritschen, um sie vor dem Begräbnis zu waschen. Neben ihnen kauerten Frauen und trauerten. Naylor brachte, unterstützt von zwei fluchenden und schwitzenden Soldaten, zwei Särge aus Tannenholz herbei, die die sterblichen

Hüllen von Sir Eustace und seinem Diener Lecroix enthielten. Corbett sah sich auf dem Hof um. Von Branwood war keine Spur zu sehen, und er fragte sich, wo Ranulf stecken mochte. Er sah Maigret, der auf einer Bank an der Mauer des Bergfrieds saß. Er hatte sein langes Gesicht der Sonne zugewandt und einen Becher Wein in der Hand. Auf seinem Schoß stand ein Teller mit Brot, das in Milch eingeweicht war.

»Ihr scheint wenig beunruhigt«, sagte Corbett, der zu ihm hinübergeschlendert war.

Maigret öffnete die Augen und schaute auf die Leichen, die gewaschen und in die Särge gepackt wurden.

»Inmitten des Lebens sind wir dem Tod geweiht, Sir Hugh. Außerdem, was soll ein Arzt noch groß mit den Toten anfangen? Seid Ihr heute nacht auf den Zinnen der Burg?« fragte er plötzlich.

»Warum?« fragte Corbett und setzte sich neben ihn.

»Heute ist der dreizehnte. In den letzten Monaten wurden an diesem Tag immer um Mitternacht, zur Geisterstunde, drei Feuerpfeile über die Burg geschossen.«

»Was?« rief Corbett.

»Ich dachte, Branwood hätte es Euch erzählt. Am dreizehnten jeden Monats um Mitternacht erleuchten drei Feuerpfeile den Nachthimmel.« Maigret zuckte mit den Achseln. »Keiner weiß, wer das tut oder warum.«

»Wie lange geschieht das schon?«

»Oh, mindestens seit sechs Monaten.« Maigrets Augen wurden hart. Er starrte in das finstere, verschlossene Antlitz des Beamten und bemerkte die Schweißperlen auf dessen Stirn. »Was wollt Ihr wirklich, Corbett? Ihr seid ein Mann, der wenige Worte macht, und trotzdem habt Ihr mich aufgesucht.«

Corbett lächelte. Ich muß vorsichtig sein, dachte er. Maigret schien ihm anfänglich ein typischer Arzt zu sein, nur mit seinen Sachen beschäftigt und eingebildet, aber der Mann verfügte

offenbar über einen feinen Verstand und eine scharfsinnige Intelligenz. War er möglicherweise der Mörder? fragte er sich.
»Bevor Ihr fragt, Sir Hugh«, murmelte Maigret, »ich habe mit dieser Angelegenheit nichts zu schaffen. Ich bin Witwer und übe hier auf der Burg und in der Stadt meinen Beruf aus. Ich gehe sonntags in die Kirche und gebe meiner Gemeindekirche drei Pfund Wachs im Monat, damit ein Priester nach meinem Tod zehntausend Messen für meine Seele liest. Ich weiß, welche Wirkung Arzneien haben, aber ich besitze kein Gift. Es steht Euch frei, meine Gemächer und mein Haus zu durchsuchen.«
»Sir«, entgegnete Corbett, »ich danke Euch für Eure Offenheit und will ebenso direkt sein. Wäre ich ein Meuchelmörder, wo würde ich dann in Nottingham Gift auftreiben?«
Maigret sah überrascht aus, dann kniff er die Augen zusammen. »Ihr seid ziemlich durchtrieben, Corbett, mehr als für Euch gut ist. Daran hatte ich nicht gedacht. Natürlich.« Der Arzt beugte sich vor und stellte die Reste seines Mahls den Hunden hin. »Die Antwort ist einfach. Falls jemand eine schädliche Substanz benötigt oder falls ein junges Mädchen ein Kind loswerden will, das es im Leib trägt, ist das alte Weib Hecate die richtige Adresse. Sie besitzt einen Laden in einem dreistöckigen Haus in der Mandrick Alley hinter der St.-Peters-Kirche, nahe dem Bridesmith Gate. Ihr werdet ihn leicht finden«, fuhr er fort. »Er ist gegenüber einer Schenke, die The Pig in Glory heißt, und in der man, wenn man nur den richtigen Betrag in Silber hat, praktisch alles kaufen kann.«
Corbett stand auf.
»Ich vermute, daß Ihr Euch gleich jetzt dorthin auf den Weg macht?«
»Natürlich. Und falls Ihr meinen Diener Ranulf seht ...«
»Das bezweifle ich. Er verließ die Burg schon vor mindestens einer Stunde, die Haare geschniegelt und gelockt, frisch rasiert, rausgeputzt wie Froschkönig auf Freiersfüßen.«

Corbett grinste. Er würde ein Wort mit dem jungen Ranulf reden müssen, obwohl das warten mußte. Er befahl einem schlechtgelaunten Stallknecht, sein Pferd erneut zu satteln, trank eine schnelle Kelle Wasser aus einer der Tonnen vor der Küche und ritt zurück in die Stadt. Auf dem Markt mietete er sich einen Lausejungen mit wilden Haaren und schmutzigem Gesicht, um sich zum Pig in Glory führen zu lassen. Der junge Gauner grinste von einem Ohr zum anderen, so daß alle seine schwarzen Zähne zu sehen waren. Corbett, der ihm eine Münze geboten hatte, um geführt zu werden, mußte sein Angebot verdoppeln, damit er nicht herumposaunte, daß der feierlich dreinschauende Beamte, den er gerade führte, zu dem Etablissement unterwegs sei, um sich seine Flöte blasen zu lassen. Ein Ausdruck, den Corbett halb zu verstehen meinte, dem er aber lieber nicht näher auf den Grund gehen wollte.

Das Viertel hinter St. Peter war dunkel und stinkend wie irgendeine Gasse in Southwark. Große Holzhäuser, die bessere Tage gesehen hatten, standen dichtgedrängt und ließen kaum Licht auf das Pflaster fallen. Die mit Unrat bedeckten Straßen gingen in ein Gewirr von Gassen über, auf denen man jeden Schurken unter der Sonne treffen konnte. Einige sahen sich Corbett näher an, ließen sich jedoch von seinem Schwert und Dolch abschrecken, und der Lausejunge erwies sich nicht nur als Führer, sondern auch als Beschützer. Sie kamen in die Mandrick Alley. Über ihnen stießen die oberen Stockwerke der Häuser fast gegeneinander. Ein paar Hökerer und Hausierer verkauften von schäbigen Ständen alles mögliche, selbst Taubenfleisch und Kaninchenpelze. Das Pig in Glory befand sich etwa in der Mitte der Gasse, ein billiges blaues und goldenes Schild hing von der Dachrinne herab. In der Tür der Schenke drängten sich die Hökerer. Ein paar Huren in ihren schäbigen Kleidern und farbenfrohen Perücken umringten lachend zwei Soldaten aus der Burggarnison.

Corbett zahlte dem Jungen die vereinbarte Summe und versprach ihm mehr, wenn er sein Pferd bewachte. Dann hämmerte er gegen die Tür des Hauses der Hexe. Er schaute nach oben. Die Fenster der oberen Stockwerke waren alle mit Läden verschlossen, aber ein kleiner Fensterflügel über der Tür war mit einer dicken Staubschicht bedeckt und mit den Leichen von Fliegen, die schon lange tot waren. Corbett hämmerte ein weiteres Mal gegen die Tür und fluchte halblaut, weil das Klopfen die Aufmerksamkeit der Gäste des Pig in Glory anzog.
»Sucht Ihr Hecate?« schrie eine Frau mit auffälligen Zahnlücken. Sie hielt ihre billige Perücke in der einen Hand, während sie sich mit der anderen auf ihrem kahlen Kopf kratzte.
Corbett drehte sich um. Er schob seinen Umhang etwas beiseite, so daß alle das Schwert und den Dolch sehen konnten.
»Ja.«
Er warf ihr eine Münze zu, die sie mit einer schmutzigen Pfote auffing.
Einige der Gäste schubsten sie weg.
»Du wirst sie hier nicht finden!« rief jemand anderes.
Corbett lehnte sich gegen die Tür, als sich die Menge auf ihn zubewegte. Sogar der Junge, der sein Pferd hielt, sah aus, als hätte er Angst. Corbett zog hastig sein Schwert und wünschte sich, daß Ranulf bei ihm wäre.
»Ich bin Sir Hugh Corbett«, rief er, »der Bevollmächtigte des Königs!« Er erspähte Soldaten, die sich etwas im Hintergrund hielten. »Und Ihr, Sirs, gehört zur Garnison der Burg. Tretet vor!«
Der Rest der Menge wich zurück. Die beiden Soldaten drängten sich ungeschickt zwischen den anderen hindurch und starrten Corbett dumm an.
»Bin ich«, fragte der Beamte, »der, der ich zu sein vorgebe?«
Die Soldaten nickten.

»Dann, Sirs, steht Ihr unter meinem Befehl. Holt eine Bank aus der Schenke und stemmt die Tür aus ihrem Rahmen. Seid ihr taub?«
Corbett trat einen Schritt vor. Die beiden Soldaten eilten zurück in die Schenke und kamen mit einer Bank aus ungehobelten Brettern zurück. Der Wirt, der fettige Haare hatte, trat heraus, um zu protestieren. Corbett sagte ihm, er solle das Maul halten, und lenkte den Rest der Menge ab, indem er eine Handvoll Münzen auf das schmutzige Pflaster warf. Mit einem Mal war die Feindseligkeit verschwunden, wie Frühnebel nach Aufgang der Sonne. Corbett trat zurück. Die Soldaten begannen die Bank gegen die Tür zu rammen, bis diese knirschte, etwas nachgab und dann an ihren Lederscharnieren aufsprang.
»Bleibt draußen!« befahl er.
Er ging einen feuchten und halbdunklen Gang entlang. Die erste Tür zur Rechten führte in den Laden, und Corbett würgte und fluchte bei dem, was er sah und roch. Der Laden war ziemlich aufgeräumt und nicht größer als ein Zimmer, in dem auf Brettern an den Wänden verschieden große Gefäße und verschlossene Kästchen standen und kleine Beutel lagen. Aber Hecate beherrschte ebenfalls das Hautabziehen, sie verstand sich darauf, Tieren die Eingeweide herauszunehmen, sie dann mit Stroh und Kräutern zu füllen und ihnen so eine mumifizierte Ähnlichkeit des Lebens zu verleihen. Ein Fuchs mit einem roten Pelz starrte ihn mit glasigen Augen vom Fußboden aus an. Ein Hase war mit zurückgelegten Ohren in der Bewegung erstarrt. Der Gestank von Verwesung kam von dem Kadaver eines kleinen Eichhörnchens, das auf dem Tisch lag und dessen Eingeweide aus einem aufgeschlitzten Bauch hervorquollen. Über diesem schwirrten eine Menge schwarzer Fliegen.
Corbett verließ den Laden und ging weiter den Korridor entlang. Er öffnete die schmale Tür zu einer Kammer und war sprachlos beim Anblick des Luxus, den er hier vorfand; sie sah aus wie das

Wohnzimmer eines jungen Edelfräuleins. Die Wände waren weiß gekalkt und mit einem dicken, verschiedenfarbigen Wollstoff bedeckt. Unter einem kleinen, reichverzierten Kamin stand ein poliertes Gitter. Auf dem Fußboden lagen wollene Teppiche. Auf dem Tisch aus poliertem dunklen Holz standen silberne Kerzenhalter. Hinter der halboffenen Tür eines Schranks verbargen sich wertvolle Becher und Schalen. Die Fenster hinten in der Kammer hatten buntes Glas, und es duftete süß wie auf einer Sommerwiese. Zwei Weinkelche mit dünnem Fuß standen auf dem Tisch. Corbett sah sich um und ging dann in die kleine Speisekammer, die zur Küche im hinteren Teil des Hauses gehörte. Der Geruch von Verwesung war hier stärker. Er hielt sich die Nase zu. Nicht einmal seine Frau Maeve hielt ihre Spülküche und Küche so sauber, und doch war der Gestank fürchterlich.

»Um Gottes willen!« sagte er halblaut.

Er öffnete die Tür eines schmalen Schranks und fluchte, als ihm die Leiche einer grauhaarigen Frau entgegenfiel. Ihre Arme bewegten sich so, als wollte sie ihn selbst im Tod noch schlagen. Corbett trat zurück und schaute auf den Leichnam der Frau, der mit verrenkten Gliedern und mit strubbeligen Haaren auf dem Boden lag. Corbett konnte kein Blut und keine Anzeichen von Gewalt entdecken. Er kniete sich hin, drehte die Leiche um und steckte sich sofort eine Ecke seines Umhangs in den Mund, denn das Gesicht der Frau, das im Leben sehr spitz gewesen sein mußte, war im Tod grau und geschwollen. Die Augen traten vor, und die Zunge stand etwas heraus. Sie hatte bis zum letzten Atemzug gegen die Bogensehne gekämpft, die ihre Kehle zuschnürte. Corbett stand rasch auf und eilte auf die Mandrick Alley hinaus. Er holte tief Luft, die ihm, verglichen mit der, die er gerade eingeatmet hatte, süß vorkam.

»Ist etwas nicht in Ordnung?« murmelte einer der Soldaten, als er das weiße Gesicht des Beamten sah.

»Ja«, sagte dieser leise. »Hecate ist tot.«
Der Soldat nickte zu der Schenke hinüber, in der, nach dem Frohsinn zu urteilen, gerade Corbetts Münzen aufgetrunken wurden.
»Sie sagten, sie sei fort. Sie besaß ein kleines Haus in der Nähe von Southwell.«
»Fort allemal!« bestätigte Corbett. »Und sie wird nicht zurückkommen! Du bewachst das Haus.« Er nickte dem Gefährten des Soldaten zu. »Du gehst auf die Burg und sagst Sir Peter Branwood: Hecate war eine Hexe, und jetzt, wo sie tot ist, gehört der Besitz dem König.«
Corbett sah dem Soldaten hinterher, bezahlte den Lausejungen, nahm sein Pferd wieder in Empfang und ritt die Gasse zurück und erkundigte sich dabei nach der Schenke The Cock and Hoop.
Er fand Ranulf in dem kleinen Garten. Er saß in der mit Blüten übersäten Laube und machte der wunderhübschen jungen Frau den Hof, die Corbett bereits kurz auf dem Markt gesehen hatte. Ranulf stand auf und stellte beide etwas unbeholfen einander vor. Corbett küßte die kühlen Finger der Frau und betrachtete sie genau.
Ungewöhnlich liebreizend, dachte er. Ein Blick auf seinen Diener genügte: Der war wieder einmal bis über beide Ohren verliebt. Er konnte kaum etwas anderes tun als dastehen und das Mädchen verliebt ansehen. Corbett wußte nicht, ob er lachen oder weinen sollte. Bekämst du jedesmal eine Goldmünze, Ranulf, wenn du verliebt bist, dachte er, wärst du jetzt der reichste Mann im Königreich.
»Sir Hugh?«
Corbett lächelte die Frau an.
»Miss Amisia, es tut mir leid, wenn ich etwas zerstreut bin. Ich fürchte, daß Ranulf und ich uns um eine wichtige Angelegenheit kümmern müssen.«

»Ja, natürlich«, sagte sie. »Ein Beamter der Kanzlei ist immer vielbeschäftigt.«
Ranulf sah Corbett warnend an.
»Natürlich«, sagte dieser, ohne eine Miene zu verziehen. »Ranulf ist einer der wichtigsten Beamten des Königs. Er wird ohne Zweifel noch weiter befördert werden, wenn er hart arbeitet.«
Ranulf grinste. »In diesem Fall, Herr«, flüsterte er, »werde ich diesen Becher Wein leeren.«
»Solange dir das mit dem nächsten Schluck gelingt«, murmelte Corbett aus dem Mundwinkel heraus, »ist mir das egal. Miss Amisia, wo ist Euer Bruder Rahere?«
»Er erzählt seine Geschichten auf dem Marktplatz, Sir Hugh. Er ist wirklich sehr gut«, fuhr sie stolz fort. »Master Ranulf hat versprochen, daß er sein gutes Verhältnis zum König dazu benutzen will, meinem Bruder zu Weihnachten eine Einladung an den Hof zu verschaffen.«
Corbett unterdrückte ein Grinsen. »Verehrte Miss, gerade solche Angelegenheiten sind es, die Ranulf und mich jetzt dazu zwingen, aufzubrechen.«
Er verbeugte sich vor der jungen Frau, ergriff Ranulf am Ärmel und zog ihn mit durch die Schenke auf die Straße.
»Das war nicht nötig, Herr!«
»Doch«, entgegnete Corbett. »Ranulf, ich brauche dich.«
Er wollte gerade sagen, daß Rahere und Amisia nicht einfach Leute waren, mit denen er seine Zeit totschlug, aber ein Blick auf das finstere Antlitz Meister Langschädels sagte ihm, daß der kluge Mann hier besser schwieg. Corbett erzählte ihm von den Leichen der Soldaten, seinem Gespräch mit Bruder Thomas, den Feuerpfeilen und der Entdeckung des Leichnams von Hecate. Ranulf stieß einen leisen Pfiff aus.
»Der gute Klosterbruder hat also einen Fuß in beiden Lagern, bekommt aber plötzlich seine Zweifel. Der Tod von Hecate

beweist, daß Vecheys Mörder das Gift bei ihr gekauft hat. Was noch, Herr?«

»Ich weiß nicht«, murmelte Corbett. »Was ich nicht verstehe, ist die Änderung in Robin Hoods Verhalten. Er wird mehr und mehr zu einem Raubmörder, einem Banditen, den das Schicksal des gemeinen Mannes kaum noch interessiert. Und dann ist da noch diese Sache mit den drei Feuerpfeilen, die um Mitternacht am dreizehnten eines jeden Monats abgefeuert werden.«

»Wohin gehen wir jetzt?« fragte Ranulf.

»Bevor ich zu dir in den Garten kam, fragte ich den Wirt nach dem reichsten Gasthaus an einer der Landstraßen nach Nottingham. Er nannte The Blue Boar an der Straße nach Newark. Wir sind dort auf der Reise nach Norden vorbeigekommen.«

»Was hat das mit Robin Hood zu tun?«

»Kennst du Elias Lamprey?«

»Ihr meint den rotznäsigen Registrator am höchsten Gerichtshof?«

»Er würde deiner Beschreibung sicherlich nicht zustimmen, Ranulf. Recht und Ordnung, die Arbeit der Bevollmächtigten des Königs und der Friedensrichter sowie diese ganze Angelegenheit mit den Räubern, bestimmen das ganze Leben von unserem lieben Elias.« Corbett grinste. »Ich bin oft eingenickt, wenn ich seinen Geschichten in einer Schenke in Cheapside gelauscht habe. Es gibt jedoch eine Sache, die Elias als einen Glaubensartikel betrachtet: die unheilige Allianz zwischen Räubern und Schenken. In den Schenken kann man Gerüchte aufschnappen und Geld ausgeben, das man nicht auf ehrliche Weise erworben hat.«

Sie blieben an einer Straßenecke stehen, als die städtischen Schweinefänger eine Sau ergriffen, die gegen die Stadtsatzung verstieß, indem sie über die Straße wanderte, sie auf den Rücken zerrten und ihr die Kehle durchschnitten. Ihre Pferde wieherten, der Geruch des Blutes hatte sie erschreckt. Ranulf rief den

Männern zu, sie sollten verschwinden, aber die Schweinefänger zeigten ihm nur einen Vogel und zerrten den Kadaver zu einem wartenden Karren. Ranulf spuckte aus und sah Corbett an.

»Was sagtet Ihr gleich, Herr?«

»Nun, zwei Dinge interessieren mich an The Blue Boar. Erstens, es ist das Gasthaus, an dem Willoughby anhielt, nachdem er Nottingham verlassen hatte. Zweitens scheint es dem Gasthaus in diesen Zeiten der Not immer besserzugehen. Ich denke, ein Besuch könnte sich lohnen.«

Sie verließen Nottingham und ritten an der Stadtmauer entlang, bis sie die Landstraße Richtung Süden nach Newark fanden. Ranulf war nicht nervös, denn die Straße war äußerst belebt. Bauern mit ihren Karren, zwei Priester niederen Ranges, die eine Schubkarre mit all ihrer weltlichen Habe vor sich herschoben, eine Pilgerschar, die nach Canterbury unterwegs war, und eine Anzahl von Bauernfamilien, die Arbeit suchten. Nachdem sie eine Viertelstunde lang geritten waren, kamen Corbett und Ranulf in den von einer Mauer umgebenen Hof des Blue Boar. Hier war einiges los, hier kehrten nicht nur Reisende ein, sondern auch Arbeiter von den umliegenden Feldern, die ihren Durst mit Krügen von Ale löschten. Diese Männer saßen mit dem Rücken zu einigen Schuppen auf dem großen gepflasterten Hof und sonnten sich. Ihre barfüßigen Kinder, die in Lumpen gehüllt waren, spielten »König auf der Burg« auf einem großen Misthaufen. In der Nähe der Tür zur Schenke umstanden Bauersfrauen in Kleidern aus Barchent, deren Haare unter schmutzigen weißen Kopftüchern verborgen waren, einen Reliquienverkäufer, einen kleinen gedrungenen Mann, der das Gesicht eines Mastiff hatte und eine Stimme, die dröhnte wie eine Kirchenglocke. Die Reliquien hingen an einer Schnur um seinen Hals, und er zeigte stolz auf die verwesenden Finger und Zehen, Knochenstücke und Hautfetzen sowie auf die Kleiderreste von

Heiligen, von denen Corbett nicht einmal zumindest gehört hatte.
In der höhlenartigen Schankstube saßen die etwas wohlhabenderen Gäste, die Gelehrten auf Wanderschaft, Pilger und der eine oder andere Kaufmann und frühstückten kleine weiße Brotlaibe, die mit einer Fischsoße bedeckt waren. Dazu tranken sie aus großen Zinnkrügen Bier. Der Wirt warf nur einen Blick auf Corbett und eilte sofort herbei, groß, fett und kahlköpfig, mit einem falschen Lächeln auf den Lippen und in den Augen eine Mischung aus Arroganz und Verschlagenheit. Die Sorte Mann, dachte Corbett, die ein Geschäft quer durch einen überfüllten Raum riechen kann. Während Corbett Essen bestellte, ließ Ranulf langsam seine Augen durch die große Schankstube schweifen. Er bemerkte die sauberen Binsen auf dem Fußboden, die dickgekalkten Wände, die riesigen Fässer für Bier, Ale und Malvasier in einer Ecke und die polierten Bretter, auf denen Krüge und Becher aus dem feinsten Zinn standen.
»Ihr habt ein gepflegtes Haus, Herr...?«
»Robert Fletcher, Euer Ehren.« Der Wirt verbeugte sich vor Ranulf, als wäre dieser der Kaiser oder der Große Khan. »Aber so eine Stube ist nicht für Exzellenzen wie Euch.«
Er führte sie durch die Schankstube, einen kleinen Flur entlang und in ein kleines Wohnzimmer, eine gut möblierte Kammer mit Tischen und Hockern sowie einem Bett mit sauberen Leintüchern und Kissen.
»Meine besonderen Gäste führe ich immer hierher«, erklärte der Wirt.
Natürlich, dachte Ranulf, der das Bett bemerkte. Alle Gentlemen und ihre Flittchen.
»Und womit kann ich Euch behagen?«
»Zwei Becher Wein mit Wasser«, entgegnete Corbett. »Vielleicht noch etwas Brot und Käse.«

»Euer Wunsch ist mir Befehl. Meine eigene Tochter wird Euch bedienen.«
Er verbeugte sich, machte einen Kratzfuß und ging rückwärts hinaus. Corbett und Ranulf setzten sich hin und grinsten sich an. Einige Minuten später kam ein schlankes blondes Mädchen mit Wein und Brot herein, das ein Gesicht und die Augen eines gefallenen Engels hatte. Ranulf beeilte sich, ihr zu helfen, und flüsterte ihr ein Kompliment nach dem anderen zu. Die Augen des Mädchens weiteten sich in gespielter Unschuld, die sich schlecht mit ihrem lüsternen Lächeln und mit der unverschämten Dreistigkeit ihres ganzen Auftretens vertrug.
»Wir haben von Euch gehört«, sagte sie, trat zurück und strich mit den Händen über ein sehr üppiges Mieder. »Bruder Thomas sagt, daß Ihr eine Menge Fragen stellt.«
»Und Ihr habt eine Menge Charme.«
Ein alter Mann humpelte ins Zimmer. Sein zerfurchtes Gesicht verschwand fast hinter einer riesigen Nase. Seine Augen waren klein und tränten, und ein blutverkrusteter Fleck markierte die Stelle, an der einmal sein rechtes Ohr gesessen hatte. Er tätschelte dem Mädchen den Hintern.
»Komm schon, Isolda.« Er nickte in Richtung der Gäste. »Spiele bei diesen Herren nicht die Dirne aus dem grünen Wald.«
»Halt den Mund, Großvater!« Das Mädchen preßte auf einmal verbittert die Lippen zusammen. »Schäm dich. Ich darf nicht einmal allein nach Nottingham gehen, geschweige denn in den Wald.«
Sie sah schnell zu Corbett hinüber, aber der Beamte gab vor, mehr an seinem Wein interessiert zu sein. Und doch hatte der alte Mann einen Bock geschossen, einen Fehler gemacht, den ersten, den Corbett bemerkt hatte, seit er in Nottingham eingetroffen war. Der alte Mann humpelte, so schnell er konnte, wieder nach draußen, und das Mädchen flüchtete zurück in die Schankstube.

»Das war ein Fehler«, sagte Ranulf leise. »Vielleicht solltet Ihr sie festnehmen, Herr?«
Corbett schüttelte den Kopf. »Ich vermute, Ranulf, daß die meisten Landarbeiter und Wirte in der Nähe des Sherwood Forest etwas über den Räuber wissen. Um mit Elias zu sprechen, kein Räuber, der sein Salz wert ist, kann ohne das geheime Einverständnis der Wirte, oder, wie in diesem Falle, ihrer Töchter, sich bewegen oder reisen. Aber wenn wir schon fischen, dann geht es uns um die Forellen, die kleinen Fische werfen wir wieder ins Wasser.«
Ranulf wollte gerade widersprechen, als sie plötzlich Rufe und Lärm aus dem Hof hörten. Die Gäste in der benachbarten Schankstube wurden augenblicklich still, redeten dann aber aufgeregt durcheinander. Corbett und Ranulf gingen nach draußen, drängten sich durch die Menge und sahen eine Gruppe berittener Soldaten, die die blau-silberne Livree des Sheriffs trugen. Der Tag war heiß geworden, und deswegen hatten sie ihre schweren Helme abgenommen. Corbett erkannte Naylor, der nach einem Becher Wasser und nach einem Krug Ale rief, egal was zuerst, er wolle sich den Staub aus der Kehle spülen. Im Mittelpunkt des Interesses standen jedoch zwei Männer, deren Kleider zerrissen und vom Wetter mitgenommen und deren Gesichter und Haare mit dickem, grauem Staub bedeckt waren. Die beiden hockten keuchend auf der Erde und baten mit klagender Stimme darum, man möge die grausamen Seile, die man um ihre Handgelenke geschlungen hatte, lockern. Das andere Ende war sicher mit einem Sattelknauf von einem von Naylors Männern verbunden.
»Master Naylor, was soll das?«
Naylor lächelte, als er Corbett erkannte.
»Zwei Räuber!« schrie er triumphierend. »Ich habe sie mit ihren Bögen und Pfeilköchern auf frischer Tat am Waldrand ertappt.«

»Ein überraschender Fang, Master Naylor«, sagte Ranulf spöttisch. »Sie gingen einfach auf Euch zu und ergaben sich?«
Der Wachsergeant schaute ihn finster an. »Nein!« gab er mit rauher Stimme zurück. »Sie sind geradewegs in die Falle gegangen.« Er deutete mit dem Daumen über die Schulter. »Einer meiner Männer war als Reisender verkleidet. Diese beiden Kreaturen hielten ihn auf der Landstraße des Königs mit gespannten Bögen an. Der Rest war einfach. Sie waren so sehr damit beschäftigt, ihn auszurauben, daß wir sie umzingeln konnten, bevor sie noch in der Lage waren, einen klaren Gedanken zu fassen.« Er drehte sich um und spuckte in Richtung der Gefangenen. »Robin Hoods Männer!« sagte er drohend.
Einer der Gefangenen schüttelte den Kopf, und Naylor zog scharf an dem Seil, so daß er mit dem Gesicht auf das scharfkantige Pflaster fiel.
Isolda eilte mit zwei Krügen schäumenden Ales herbei. Naylor trank beide mit lautstarken Schlucken leer und kümmerte sich nicht darum, daß ihm das Ale das Kinn hinunterlief und seine Lederjacke durchnäßte. Weitere Krüge wurden für seine Gefährten gebracht sowie Wasser für die Pferde. Auf Corbetts Anweisung brachte Ranulf Krüge mit Ale für die beiden Gefangenen, und sie tranken gierig wie keuchende Hunde. Naylor betrachtete das Ganze verdrießlich, setzte sich dann seinen Helm auf, schnalzte mit den Fingern, und die Kavalkade verließ den Hof mit den beiden stolpernden und fluchenden Gefangenen.
»Wir sollten ihnen folgen«, flüsterte Corbett. »Ich will dabeisein, wenn Branwood diese Gefangenen ausfragt.«
Sie holten ihre Pferde und folgten Naylor zurück nach Nottingham. Der Wachsergeant machte keinen Versuch, seinen Triumph zu verbergen, als er die Straßen entlangritt, den belebten Marktplatz überquerte und den steilen, felsigen Weg zu den Burgtoren hinauf. Ab und zu blieb Naylor stehen, um bekannt-

zugeben, daß er zwei Räuber gefangengenommen hätte, die gewiß noch vor Sonnenuntergang vom Galgen baumeln würden.
Die Garnison der Burg erwartete sie. Auf Sir Peter Branwoods Antlitz spiegelte sich ein Lächeln. Roteboeuf und Maigret standen neben ihm und versuchten, einen Blick auf die beiden Räuber zu erhaschen, die mittlerweile ganz blutig und von Straßendreck bedeckt waren.
»Gott segne Euch, Master Naylor!« Branwood klatschte, half seinem Wachsergeanten vom Pferd und rief nach Wein. »Und Ihr, Sir Hugh, Ihr könnt Seiner königlichen Hoheit sagen, daß wir auch gelegentlich einmal einen Erfolg gegen Geächtete und Giftmörder zu verbuchen haben«, fuhr er mit leiserer Stimme fort. »Glaubt mir, Sir, daß es für die Stadt ein Segen ist, Hecate los zu sein.«
»Eine Schande«, entgegnete Corbett, warf die Zügel seines Pferdes einem Stallburschen zu und streifte die Lederhandschuhe ab.
»Warum, Sir?«
»Ich glaube, daß der Mörder von Sir Eustace Hecate zum Schweigen brachte, damit sie nichts ausplaudern konnte.«
»Wen kümmert das schon?« entgegnete Branwood etwas ungehalten. »Für den Tod von Sir Eustace sind die Räuber verantwortlich. Die Schlampe ist tot, und ich habe etwas mehr Geld, das ich der Staatskasse des Königs in Westminster senden kann.« Er nahm den Becher Wein, den ein Diener gebracht hatte, trank schlürfend einen Schluck und reichte ihn an den grinsenden Naylor weiter.
Branwood ging anschließend zu den beiden Gefangenen hinüber, die kaum mehr als Lumpenbündel zu sein schienen, wie sie so im Dreck und Unrat des Burghofes dalagen. Er riß die Köpfe der beiden Männer roh an den Haaren zurück und spuckte ihnen ins Gesicht. Dann richtete er sich wieder auf und starrte

die Burgbediensteten finster an, die sich mittlerweile um ihn herumdrängten, darunter Stallburschen, Pferdeknechte, Küchenjungen und Küchenmägde.

»Heute«, brüllte er, sein Antlitz war vor Rührung gerötet, »haben wir zwei der Geächteten gefangengenommen!« Branwood grinste Corbett an. »Wir werden ihnen einen fairen Prozeß machen, weil das die Gesetze und somit die Anwendung vorsehen. Und dann ...« Er breitete die Arme aus, und ein Diener kicherte bei dem Gedanken an das, was die unausgesprochenen Worte besagten.

Branwood machte auf dem Absatz kehrt und ging die Stufen zum Bergfried hinauf. Die beiden Gefangenen wurden auf die Füße gezerrt, ihre Fesseln durchtrennt und, von Wachsoldaten flankiert, hinter Branwood her die Stufen hinaufgestoßen. Als Corbett und Ranulf die Burg betraten, konnte der Prozeß bereits beginnen. Roteboeuf saß gebeugt auf einem Hocker, eine Schreibunterlage auf den Knien. Sir Peter saß mit glänzenden Augen auf dem Rand des Podiums auf einem Stuhl mit hoher Lehne, Naylor und der Medikus Maigret standen hinter ihm. Die beiden Gefangenen kauerten vor ihm wie geprügelte Hunde. Corbett hielt sich im Hintergrund, als unwilliger Zeuge der schnellen und brutalen Farce.

Naylor wiederholte, unter welchen Umständen die beiden Männer gefangengenommen worden waren. Er legte über jede Geste und Bewegung Rechenschaft ab. Corbett hörte nur mit halbem Ohr zu, er beobachtete die beiden Gefangenen genau. Vor ihrer Gefangennahme mußten die Kleider der beiden bereits armselig gewesen sein, kaum mehr als ein paar zusammengenähte Lumpen. Als Naylor einen Lederbeutel öffnete und ihre Waffen auf den Boden fallen ließ, erwiesen diese sich als gleichermaßen kläglich. Beide Männer hatten alte und rissige Langbogen getragen, aber auch ihre Schwerter und Dolche waren von schlechter Qualität; das Metall war angelaufen, die Klinge

stumpf. Und obwohl ihre Haut von Sonne und Wind gebräunt war, waren die Gefangenen ausgezehrt und sicher keine Räuber, die sich an den besten Stücken vom Wildbret des Königs vergriffen.
»Habt ihr irgendwelche Informationen über den Vogelfreien, der als Robin Hood bekannt ist?« schrie Branwood sie an.
Beide Männer schüttelten den Kopf.
»Wir sind landlose Bauern«, erhob der eine seine Stimme. »Wir waren am Verhungern.« Er befeuchtete seine gesprungenen Lippen. »Also kamen wir nach Süden, um im Sherwood Forest zu leben. Über den Räuber wissen wir nichts.«
Naylor seufzte. Er rieb sich die Wange, stieg vom Podium herab und trat auf die beiden Gefangenen zu, die sich duckten, als er näher kam. Der Wachsergeant stand mit gespreizten Beinen vor ihnen.
»Mein Lord Sheriff«, sagte er mit ausdrucksloser Stimme, »hat euch eine Frage gestellt. Ihr solltet ihm die Wahrheit sagen, keine Lügen.«
»Wir lügen nicht«, entgegnete einer der Gefangenen und sah durch geschwollene, halboffene Augen zu Naylor hoch. »Wir sagen die ...«
Er kam nicht weiter, denn Naylor schlug ihm auf den Mund und ging wieder zum Podium zurück.
»Mein Lord Sheriff«, sagte er wieder, »vielleicht löst ein Aufenthalt im Kerker ihre Zunge.«
Branwood nickte. »Schafft sie weg!«
Die beiden Männer wurden nach draußen gestoßen, und Naylor folgte ihnen. Branwood stand auf und ging auf Corbett zu.
»Ein guter Tag, Sir Hugh.«
Corbett sah in das dünne, dunkelhäutige Antlitz des Sheriffs und bemerkte die grausame Bösartigkeit in dessen glänzenden Augen. Du bist besessen, dachte Corbett, du haßt Robin Hood.
»Folter, mein Lord Sheriff, ist nicht statthaft.«

»Das sind Räuber, auf frischer Tat ertappt! Sie werden *utlegatum*, außerhalb der Gesetze stehend, verurteilt.«
»Oh, ich bin auch der Meinung, daß sie Räuber sind«, entgegnete Corbett. »Aber sie haben nichts mit Robin Hood zu tun.«
Corbett war überrascht, wie schnell der Schimmer des Triumphs in Sir Peters Augen von Wut abgelöst wurde.
»Was meint Ihr damit?« stotterte er. »Was für Beweise habt Ihr?«
»Keine wirklichen Beweise«, entgegnete Corbett langsam und beobachtete, wie eine der Burgkatzen auf die große Tafel sprang und ihre Nase in Branwoods Becher steckte. »Keine Beweise, nur so ein Gefühl.« Corbett zuckte mit den Achseln. »Diese Männer sind Tölpel, die alleine handeln. Es hat fast den Anschein, als durfte Naylor sie gefangennehmen.«
»Sie sind Männer Robin Hoods.« Branwood grinste. »Ihr werdet den Beweis bekommen!«
Er stürmte nach draußen.
Corbett verzog das Gesicht und zog Ranulf am Ärmel.
»Laß uns eine Weile zuschauen.«

# Kapitel 7

Sie folgten Branwood die Stufen hinab in das dunkle Gewirr der Kerker, die unter dem Bergfried lagen. Der Gestank war durchdringend, und auf den Gängen watete man beinahe im Schmutz. Auf beiden Seiten waren schwere Eichentüren mit kleinen Gittern. Irre Augen starrten zwischen den Gitterstäben hervor.

Branwood führte sie nach rechts und links, bis sie schließlich in einen großen Raum kamen. Hier war es schwärzeste Nacht trotz der Fackeln, die an den Wänden hingen, und den riesigen Gefäßen mit Holzkohle. Naylor und andere aus der Burggarnison hatten ihre Hemden abgelegt, und ihre Oberkörper waren bereits mit Schweiß bedeckt. An der Rückwand befanden sich die beiden Gefangenen.

Man hatte Seile um ihre Hand- und Fußgelenke gebunden, die durch Ringe an der Mauer liefen. Als Corbett eintrat, gab einer der halbnackten Peiniger kurz einen Befehl. Die Soldaten zogen mit aller Kraft an den Seilen, und die beiden Gefangenen schrien, als ihnen die Arme ausgerenkt wurden. Dann nahmen die Soldaten aus den Becken mit der rotglühenden Holzkohle einzelne Brocken mit ihren Zangen heraus, gingen zu den Gefangenen zurück und preßten ihnen die glühenden Stücke gegen Bauch, Brustkorb und in die Achselhöhlen. Die Gefangenen schrien wie am Spieß und warfen sich hin und her, bis sie schließlich ohnmächtig wurden.

Ranulf fluchte halblaut, Corbett wurde es etwas übel und Branwood verließ hastig die Stätte. Naylor befahl, den Gepeinigten einige Eimer voll Wasser ins Gesicht zu gießen, und als sie wieder zu sich kamen, begann die Folter von neuem. In den Pausen zwischen den Mißhandlungen der Folterknechte trat Naylor an die gequälten Männer heran, preßte seinen Mund an deren schweißbedeckten Ohren und brüllte ihnen Fragen hinein.

»Hört auf!« befahl Corbett.

Naylor wirbelte herum.

»Ich befehle Euch, aufzuhören!« schrie Corbett, und es wurde ihm übel, als er den Triumph in den Augen des untersetzten Sergeanten sah.

»Ich nehme nur Befehle des Sheriffs entgegen.«

»Ihr tut verdammt noch mal, was ich sage!« brüllte Corbett. »Ich handle in diesen Dingen im Auftrag des Königs!«

»Du hörst doch, was er sagt, Kerl«, mischte sich Ranulf mit zuckersüßer Stimme ein und zog seinen Dolch. »Entweder du tust, was er sagt, oder du machst dich des Hochverrats schuldig.«

Naylor wollte gerade protestieren, da trat Ranulf einen Schritt vor. Der Wachsergeant überlegte es sich blitzschnell anders, gab grimmig einen Befehl, und die beiden von den Seilen abgeschnittenen Gefangenen fielen wie zwei Lumpenbündel zu Boden.

»Ich will, daß sie in einen Kerker gebracht werden«, befahl Corbett. »In den saubersten in diesem Dreckstall. Dann brauche ich einen Krug Wein, zwei Becher und einen Eimer kaltes Wasser.«

Wieder wurden Befehle gegeben, und Naylor entfernte sich eilig.

»Warte, was passiert«, flüsterte Corbett.

Und richtig, schon bald waren im Korridor Schritte zu hören, und Branwood stürzte in die Folterkammer.

»Sir Hugh, was tut Ihr? Diese Männer sollen gefoltert und dann

gehenkt werden, nachdem ihnen Bruder Thomas die Beichte abgenommen hat.«
»Sir Peter«, erwiderte Corbett taktvoll, »Ihr seid der Unter-Sheriff des Königs, aber ich bin sein Bevollmächtigter. Es gibt unterschiedliche Methoden, mit Gefangenen umzugehen. Naylor hat seine Chance gehabt. Wenn er so weitermacht, sind diese Männer bald tot. Jetzt werde ich sie in einen Kerker bringen lassen und sie dort genau befragen. Wenn ich fertig bin, sie aber immer noch lügen, dann könnt Ihr sie meinetwegen zum Richtplatz schleifen, hängen und vierteilen lassen. Sollten sie jedoch die Wahrheit sagen, werde ich sie begnadigen.«
Branwood war auf einmal gelassen. »Wie Ihr wollt«, murmelte er.
Corbett ging in den Burghof, um etwas frische Luft zu schnappen. Er bemerkte, daß Ranulf auf einmal ganz unruhig wurde.
»Was ist los, Mann?« fuhr er ihn an. »Fehlt dir dein Liebchen?«
Ranulf schaute zu Boden und trat von einem Fuß auf den andern.
»Er will Euch kennenlernen.«
»Wer?«
»Rahere, der Rätselmeister.«
»Ranulf, was hast du ihm versprochen?«
»Nichts, Herr, es ist nur, daß ...«
»Er will für Weihnachten eine Einladung zum König?«
»Ja, Herr.«
Corbett wandte sich ab. »Verdammt noch mal, Ranulf, wir haben doch schon genug Sorgen. Sag ihm, daß ich ihn bald aufsuche. Vielleicht können wir dann einen Becher Wein miteinander trinken. Aber im Moment ...«
Ranulf wußte, wann er gewonnen hatte. Corbett hatte die Worte noch kaum über die Lippen gebracht, da war er schon auf und davon und in seiner Kammer, um sich frisches Öl ins Gesicht zu reiben und nach einer kleinen Flasche Parfüm zu suchen, die er

eigentlich hatte verkaufen wollen. Er hatte sie von einer hochklassigen Kurtisane in London gekauft.
»Eine Mischung aus Eselsmilch, Balsam und seltenen Salben«, hatte ihn die Frau belogen. »Ich habe es von einem Ägypter gekauft, der sagte, es sei die gleiche Lotion, mit der sich Kleopatra bereits eingerieben habe.«
Ranulf suchte in seinen unordentlichen und schmutzigen Kleidern, bis er sie gefunden hatte. Seine Erregung wuchs, als er sich vorstellte, wie die liebreizende Amisia einen Tropfen davon zwischen ihre vollen, reifen Brüste fallen ließ.
Während sich Ranulf vorbereitete, kehrte Corbett in die Kerker zurück. Ein mißgestimmter Naylor führte ihn in die Zelle, in der die beiden Gefangenen mit gefesselten Händen und Füßen auf schmutzigem Stroh lagen, über das eine verschlissene Decke gebreitet war. Corbett bat um einen Hocker, und als er gebracht wurde, befahl er Naylor, ihn allein zu lassen. Dann schob er den Wassereimer näher an die Männer heran. Sie waren bei Bewußtsein, litten jedoch große Schmerzen und stöhnten jedesmal auf, sobald sie sich bewegten. Corbett spritzte Wasser auf ihre Gesichter, füllte zwei Blechtassen mit Wasser und drückte sie in die geschundenen, aber begierig ausgestreckten Hände der beiden.
»Trinkt«, sagte er. »Das betäubt den Schmerz.«
Beide tranken mit großen Schlucken, und Corbett füllte ihre Becher ein weiteres Mal.
»Ihr werdet hängen«, begann er mit leiser Stimme, »falls ihr die Folter überlebt. Branwood wird eine Schlinge um euren Hals legen, wird das eine Ende an einen Haken binden und euch von der Burgmauer hinabstoßen. Wollt ihr wie Ratten sterben, die von einem Bauern massakriert werden?« Er zeigte ihnen den Ring mit dem königlichen Wappen von England. »Ich heiße Sir Hugh Corbett. Ich bin der Hüter des königlichen Geheimsiegels. Ich habe die Macht, zu bestimmen, ob ihr lebt oder sterbt.

Wenn ihr die Wahrheit sagt, dann lasse ich euch begnadigen und auf freien Fuß setzen. Wenn ihr lügt, seid ihr bereits bei Sonnenuntergang tot.« Er füllte die Becher erneut, und die Männer wanden sich und sahen sich an. »Also, seid ihr nun Männer Robin Hoods?«
Beide nickten.
»Wo versteckt er sich normalerweise?«
Einer der Männer leckte sich über die blutverkrusteten Lippen. »Wir sind Männer des Räubers und auch wieder nicht.«
»Was meinst du damit?«
»Geht tiefer in den Wald, Sir, und Sherwood Forest ist wie eine Stadt. Dort findet ihr die Bauern, Köhler, Schweinehirten und die Wilderer. Diejenigen, die sich an die Gesetze halten und die, die das nicht tun. Wir fingen als Wilderer an. Normalerweise waren wir ganz auf uns gestellt. Wir zogen von einer Höhle zur nächsten oder schliefen auf dieser oder jener Lichtung.«
»Ihr habt also nicht bei einer Bande gelebt?«
Sein Gefährte unterdrückte ein halbes Lachen und trank aus seinem Becher.
»Verdammt noch mal, Sir, ich habe die Balladen auch gehört. Jede Räuberbande, die zusammenhält, würde man früher oder später gefangennehmen. Ihre Lagerfeuer wären von Nottingham aus zu sehen. Nein, Robin Hood hält sich normalerweise in der Nähe der Lichtungen und der Eichen von Edmundstowe auf, und gelegentlich läßt er uns rufen.«
»Wie?«
»Durch Läufer, mit dem Jagdhorn oder mit Nachrichten, die an die Stämme von bestimmten Eichen geheftet sind.«
»Und was passiert dann?«
»Wir sammeln uns auf der einen oder anderen Lichtung. Robin Hood und Little John erscheinen dann.«
»Wie sehen sie aus?«
»Sie tragen Braun und Grün, so daß man sie zwischen den

Bäumen kaum sehen kann, und sie haben Halbmasken vor ihren Gesichtern.«

»Wer kommt noch?«

»Andere Mitglieder ihrer Bande.«

»Ist eine Frau dabei?«

»Ja, Maid Marion.« Der Bursche leckte sich die Lippen. »Flott, riesiger Busen. Sie, Robin Hood und Little John sind fast wie eine Person. Befehle werden gegeben.« Der Bursche zuckte mit den Achseln.

Corbett dachte an das Mädchen im Blue Boar Inn, entschloß sich jedoch, sein Wissen für sich zu behalten.

»Ihr wart an dem Überfall auf die Steuereinnehmer beteiligt?«

Beide Männer wurden unruhig.

»Das wart ihr doch, oder nicht?«

»Wir waren nicht an dieser Metzelei beteiligt, Sir, aber Robin Hood ist ein harter Bursche. Das Gefolge der Steuereinnehmer wurde für das gehenkt, was es gesehen hatte, während man Willoughby als Warnung am Leben ließ.«

»Und die Beute?«

»Nicht viel, Sir. Wir bekamen alle ein paar Münzen, je nachdem, was jeder dazu beigetragen hatte. Nym und ich«, er deutete mit seinem Kopf auf seinen Gefährten, »gehören eigentlich nicht dazu. Wir bekamen nur ein paar Pence. Die Bande zerstreute sich dann, um auf die nächsten Angriffe zu warten.«

»Wie seid ihr heute morgen gefangengenommen worden?«

»Wir waren am Verhungern, Sir. Das Wild ist auch klüger geworden und nicht mehr so leicht aufzuspüren. Robin Hood ist von der Bildfläche verschwunden, und Branwoods Soldaten sind überall im Wald. Wir wagen nicht, in die Dörfer zu gehen, da überall eine Belohnung für unsere Ergreifung ausgesetzt ist.«

»Ist das alles, was ihr wißt?« Corbett stand auf.

»Wir haben die Wahrheit gesagt«, krächzte Nym. »Robin Hood ist geheimnisvoll. Ein Geist. Sie sagen, daß ihn Elfen und Kobol-

de beraten, und er mit den Bäumen sprechen kann.« Der Mann hob die Hände. »Sir, wir sind dünne Zweige an einem großen Baum. Wir haben Euch alles gesagt, was wir wissen.«
Corbett nickte, öffnete die Tür und rief nach Naylor.
»Gebt diesen Männern ein paar Kleider, einen Laib Brot und einen Krug Wein.« Er langte in seine Geldbörse und zog zwei Münzen hervor. »Sie sollen unverletzt freigelassen werden.«
Corbett schritt davon, bevor Naylor noch widersprechen konnte und die Gefangenen die Möglichkeit hatten, ihre pathetischen Dankesworte zu beenden. Er ging zurück in den Burghof. Branwood war nicht dort. Corbett fand ihn in der Halle an der großen Tafel, vor sich ein Schachbrett, dessen weiße und schwarze Felder mit aufgehäuften Münzen bedeckt waren.
»Ich mache die Abrechnung für dieses Vierteljahr«, murmelte er und hob nicht einmal den Kopf. »Fandet Ihr die Gefangenen interessant?«
Corbett erzählte ihm, was er erfahren hatte. Branwood nickte.
»Sie sollen freigelassen werden, ohne daß ihnen etwas getan wird«, stimmte er zu und lehnte sich zurück. Er klimperte mit den Münzen in seiner Hand und schaute Roteboeuf an, der an der Schmalseite der Tafel saß und sorgfältig Buch führte.
»Wie lange, meint Ihr, werden sie leben?« fragte ihn Branwood ironisch.
Roteboeuf hob den Kopf und zuckte mit den Achseln.
»Was meint Ihr damit?« fragte Corbett ungehalten.
»Ich meine, Bevollmächtigter des Königs in Nottingham«, entgegnete Branwood und versuchte nicht, seine Feindseligkeit zu unterdrücken, »daß diese beiden Räuber das Ende dieser Woche nicht erleben werden. Sie wurden gefangengenommen und dann freigelassen. Was meint Ihr, werden ihre Gefährten glauben? Daß sie die Begnadigung des Königs angenommen und geredet haben, natürlich. Sie sind bereits so gut wie tot.«

»Das geht Euch nichts an«, entgegnete Corbett. »Und was habt Ihr jetzt vor, mein Lord Sheriff?«
Branwood sah auf, ein falsches Lächeln auf seinen finsteren Zügen.
»Wir warten auf Sir Guy of Gisborne und schauen, ob er es besser macht als wir. Ihr wartet immer noch auf die Rückkehr Eures Boten?«
Corbett nickte.
»Bis dahin«, fuhr Branwood fort, »werde ich meine Münzen zählen und Roteboeuf wird Buch führen, und Ihr werdet Euch fragen, was Ihr als nächstes anfangen sollt, während Euer Diener, das ist jedenfalls mein Eindruck, sich immer wieder aus der Burg stiehlt.«
»Ich werde eines tun«, entgegnete Corbett.
»Und das ist?«
»Nun, Sir Peter, heute ist der dreizehnte Juni.«
Branwoods Augen wurden schmal, und Roteboeuf riß den Kopf nach oben.
»Oh, Ihr meint die Feuerpfeile?« Branwood schüttelte den Kopf. »Gott weiß, was sie bedeuten sollen. Vielleicht ein Ulk. Wollt Ihr mit uns zu Abend essen?«
Corbett nahm an und ging auf sein Zimmer. Er war unruhig und ging eine Weile lang hin und her. Er starrte entweder aus dem Fenster oder lag auf dem Bett und stierte auf die Dachbalken.
»Der dreizehnte Juni. Wenn ich nicht bald diese verdammte Chiffre knacke«, sagte er zu sich, »dann ruft mich Seine königliche Hoheit, der König, zurück nach London, und jemand anderer kann diesen Waldgeist jagen!«
Er setzte sich im Bett auf, zog an einem losen Faden seiner Bettdecke, und fragte sich, wann Maltote zurückkehren würde.
»Drei Könige«, flüsterte er, »gehen zum Turm der beiden Toren mit ihren zwei Rittern.« Er überlegte sich, wer sich dieses Rätsel ausgedacht hatte. De Craon, Nogaret oder Philipp selbst? Waren

es vielleicht Städtenamen in Flandern? Würden Philipps Armeen über die Grenze strömen und die wichtigsten Städte angreifen, wie König Edward das in Schottland getan hatte? Corbett fühlte, wie ihm vor Verzweiflung das Herz schwer wurde. Die meisten Chiffren, die von der französischen Kanzlei benutzt wurden, ließen sich schließlich irgendwann knacken, einfach deswegen, weil mit ihnen längere Nachrichten übermittelt wurden. Je länger die Chiffre, desto einfacher ließ sie sich lösen.

Aber dieser kurze Satz? Corbetts Gedanken wanderten. Ihm kam Vecheys Totenkammer in den Sinn. Wie konnte man einen Mann in einem verschlossenen Raum vergiften, in dem sich auch noch ein Diener befand und vor dem zwei Wachen postiert waren? Und wie war es möglich, daß sie nie auch nur eine Spur des Giftes gefunden hatten?

»Du solltest die Logik anwenden, Corbett«, sagte er laut und dachte an die Einladung, die er unlängst vom Kanzler von Oxford bekommen hatte, mit der dieser ihm vorschlug, einen Vortrag über die Logik der Schule des Aristoteles zu halten und deren Wirkung auf das Studium des Quadrivium. Corbett lächelte. Wie Maeve ihn damit aufgezogen hatte! Er fragte sich, wie es ihr in Leighton ging. Ob sie wohl die Verwalter überwachte? Die Ernte würde gut ausfallen, aber den Getreidekaufleuten in Cornhill konnte man nicht im geringsten trauen. Er sollte wirklich dort sein, wenn die Jahresernte versilbert wurde, und dachte daran, wie es sein würde, sollte jemand versuchen, Maeve zu beschwindeln. Er grinste. Sie würde ihnen den Kopf abreißen! Corbetts Augenlider wurden schwer. Er döste eine Weile und wurde von einer Sekunde auf die nächste von Ranulf geweckt, der ins Zimmer stürzte.

»Um Himmels willen, Kerl, was ist los?« fauchte Corbett. »Werden wir angegriffen?«

»Nein, Herr«, entgegnete Ranulf, der nach seiner Unterhaltung

mit Rahere wach und gutgelaunt war. »Aber ich habe eine Idee, was die Chiffre angeht.«
»Sag schon!«
»Könnte es nicht ein Gedicht oder ein Lied sein?«
Corbetts Augen wurden schmal. »Wieso meinst du das?«
»Nur so ein Gedanke«, log Ranulf. »Vielleicht ein französisches Lied oder ein flämisches Gedicht?«
Corbett nickte bedächtig. »Dem könnte man vielleicht einmal nachgehen«, murmelte er. »Aber im Augenblick sollten wir uns mit dringlicheren Problemen beschäftigen.«
Und Corbett erzählte ihm, was die Gefangenen gesagt hatten. Ranulf unterdrückte seine Enttäuschung darüber, daß sein Herr seine Idee so schnell abgetan hatte, hörte aufmerksam zu und sagte schließlich: »Sie haben wahrscheinlich die Wahrheit gesagt. Dasselbe gilt für die Räuberbanden in Southwark. Diese Ratten in Menschengestalt ziehen normalerweise alleine los, aber wenn einer der Herren in dieser Küche des Teufels irgend etwas Großes plant, wie beispielsweise einen Überfall auf das Haus eines Kaufmanns oder einen schlecht bewachten Konvoi, dann rotten sie sich zusammen.«
»Das Problem ist nur«, unterbrach ihn Corbett, »was Robin und seine Bande zwischen diesen Aktionen tun. Wo versteckt er sich? Wohin geht er? Wie gut wird er bewacht?«
Er ging zurück zum Tisch und wühlte in seinen Papieren. Dann nahm er eine Feder, spitzte sie, tauchte sie in ein Tintenfaß und schrieb seine Schlußfolgerungen nieder.
»Erstens, Robin Hood nahm die Amnestie des Königs 1297 an, vor fünf Jahren.« Corbett fuhr mit seinem Finger über den Bericht, den ein Beamter in Westminster ausgefertigt hatte. »Zweitens, am 27. November 1301 sandte die Kanzlei in Westminster einen Brief an Robin Hood, der in der Armee des Königs in Schottland diente, und entließ ihn aus dem Militärdienst. Dieser Brief garantierte ihm und zwei Kompanien die sichere

Reise nach Süden. Am selben Tag schrieben die königlichen Beamten einen Brief an Sir Eustace Vechey, um ihn davon zu unterrichten, daß Robin Hood nach Nottingham zurückkehren würde, weiterhin unter dem Schutz des Königs stünde und nicht belästigt werden dürfe, und daß er die Erlaubnis habe, von den Einkünften seines Gutes in Locksley zu leben. Also.« Corbett blickte auf und sah Ranulf an. »Unser Räuber-Freund muß irgendwann Mitte Dezember zurück in Nottingham gewesen sein. Offensichtlich ging er nicht nach Locksley, sondern zog in den Sherwood Forest, wo er sein altes Leben als Räuber wiederaufnahm. Erst lebte er als Wilderer, dann beging er gelegentlich einen Überfall, aber im Frühling dieses Jahres organisierte er Überfälle auf Kaufleute und Konvois, die mit dem Massenmord an Willoughby und seinem Gefolge ihren Höhepunkt fanden.« Corbett kratzte sich am Kinn. »Er hat dieselben Leute bei sich wie früher, einen großen Mann, von dem Willoughby annahm, daß es sich um Little John handelte, und eine Frau, Lady Mary, die unter dem Namen Maid Marion bekannt ist. Er scheint genauso gekleidet zu sein wie zuvor, in Braun und Grün, eine Kapuze über dem Kopf und sein Gesicht zur Hälfte maskiert.

Es gibt jedoch zwei Unterschiede. Erstens, Bruder William Scarlett zufolge ist er für den Tod einiger seiner alten Bandenmitglieder verantwortlich. Zweitens, er bestiehlt die Reichen, aber es gibt kaum Anzeichen dafür, daß er seine Beute unter den Armen verteilt.« Er sah auf. »Habe ich etwas vergessen, Ranulf?«

»Nein. Was sich wirklich nicht erklären läßt, ist das veränderte Verhalten des Räubers. Er ist rücksichtsloser geworden, ja sogar bösartig.«

»Hm.« Corbett kaute an der Spitze seiner Feder. »Das könnte auf sein hohes Alter zurückzuführen sein, auf zunehmenden Zynismus, den Verlust von Illusionen, was den König angeht –

Gott weiß, daß das nicht schwer ist –, oder auf seine Entschlossenheit, seine Autorität bei den Räuberbanden im Sherwood Forest zu festigen.«

»Da sind noch zwei weitere Sachen«, sagte Ranulf. »Erstens, er hat eine Vertrauensperson hier auf der Burg. Zweitens, wir haben den Verdacht, daß eine Verbindung zwischen dem Räuber und der Blue Boar Tavern besteht. Wir könnten den Wirt verhaften und einem peinlichen Verhör unterziehen.«

Corbett schüttelte den Kopf. »Ich bezweifle, daß der uns viel sagen kann. Wir würden nur unsere Zeit mit den kleinen Fischen vergeuden.« Er starrte wieder auf sein Blatt und studierte die Daten. »Laß uns daran denken, wie Robin die Armee in Schottland verließ. Wohin würde er wohl zuerst gehen?«

»Nach Hause, nach Locksley.«

»Und dann?«

»Bruder William sagte, Lady Mary sei in den Konvent der Kirklees Priory eingetreten.«

Corbett warf die Feder auf den Tisch. »In diesem Fall ist er anschließend dorthin gegangen. Was immer passiert, Ranulf«, fuhr er fort, »ich gebe Maltote noch einen Tag, dann reise ich nach Kirklees und Locksley und schaue, was ich in Erfahrung bringen kann.«

Sie redeten noch eine Weile, und Corbett ging wieder zum Fenster, als die Soldaten der Burg in Spottrufe ausbrachen: Die beiden Räuber humpelten aus dem Tor. Die Sonne sank wie ein Feuerball im Westen. Ranulf erfand eine Entschuldigung und stahl sich davon; alle seine Gedanken gehörten der hübschen Amisia. Corbett nahm seinen Mut zusammen und schrieb einen Brief an den König. Er verlor nicht viele Worte, schilderte kurz, gab aber offen zu, daß er bisher nichts in Erfahrung gebracht hatte.

Er hatte den Brief kaum versiegelt, als ein schlechtgelaunter Diener an seine Tür klopfte. Er rief, das Abendessen sei serviert.

Corbett wusch sich und ging hinunter in die Haupthalle. Auf halbem Weg nach unten blieb er plötzlich stehen, etwas, das er gerade getan hatte, brachte ihn auf einen Gedanken. Er lächelte und gab sich das feierliche Versprechen, diesen Gedankengang bei Gelegenheit zu verfolgen.

Das Abendessen war eine recht lustige Angelegenheit. Branwood sah die Gefangennahme der Räuber zumindest als einen kleinen Sieg gegen Robin Hood an. Maigret machte sich immer noch über das Gift Gedanken, das Vechey getötet hatte, und beschrieb eine ganze Reihe von möglichen tödlichen Substanzen. Corbett hörte ihm genau zu und machte sich seine eigenen Gedanken. Er wußte, daß der Verräter und Vecheys Meuchelmörder wahrscheinlich mit ihnen am Tisch saß. Er sah Roteboeuf an und Bruder Thomas, der aus seiner Gemeindekirche zurückgekehrt war, und fragte sich, wann der Verräter einen Fehler machen würde.

Es wurde dunkler, und weitere Fackeln wurden entzündet. Ranulf kehrte ziemlich betrunken zurück. Der Rest der Gesellschaft schaute ihn finster an, so daß Corbett sich schließlich entschuldigte. Gefolgt von Maigret, nahm er eine Lampe und half Ranulf, der nicht ganz sicher auf den Beinen war, aufs Dach des Bergfrieds, wo sie der Medikus mit sonorer Stimme über Gifte belehrte. Eine kühle Nachtbrise wehte ihnen durch die Haare. Corbett, der für Höhen nichts übrig hatte, setzte sich auf eine Bank und starrte in den Sternenhimmel. Ranulf saß halb dösend neben ihm.

»Ich weiß, warum Ihr hier oben seid.« Maigret wechselte plötzlich das Thema. »Alle auf der Burg erwarten die drei Feuerpfeile.«

»Warum?« sagte Corbett nachdenklich. »Warum passiert das?«

»Gott weiß!« entgegnete Maigret. »Aber ich höre, daß Ihr meinen Rat beherzigt habt, Sir Hugh.«

»Ja, die Frau war nur leider tot.«

»Zu viele Tote«, murmelte Ranulf. »Herr, wann wollt Ihr Rahere treffen?«
»Wenn ich zurückkomme«, sagte Corbett kurz angebunden.
Er stand auf, ging zu den Zinnen und starrte nach unten. Im Schein der Fackeln auf dem Absatz unter sich sah er Branwood, Naylor und die anderen Soldaten der Garnison, während Reiter am hinteren Tor in Bereitschaft standen.
»Jedesmal, wenn es passiert«, murmelte Maigret, der hinter ihn getreten war, »schickt Sir Peter Reiter in die Stadt, aber sie finden nichts.«
Die Glocke einer fernen Kirche schlug Mitternacht. Sie war kaum verhallt, als sie einen Ruf hörten und nach oben schauten. Ein Feuerpfeil hob sich gegen den samtig-schwarzen Nachthimmel ab, auf den ein zweiter folgte, dann ein dritter. Eine Weile lang waren die Pfeile deutlich gegen das Schwarz zu sehen. Branwood rief Befehle, das hintere Tor wurde hastig geöffnet, und die Reiter galoppierten hinaus, aber Corbett konnte sehen, daß es keinen Sinn hatte. Der geheimnisvolle Bogenschütze hätte die Pfeile von einem jeden Haus abfeuern können, aus irgendeinem Garten oder einer dunklen Gasse.
Warum drei? fragte er sich, als er Ranulf zurück in seine Kammer half. Warum drei Pfeile am Dreizehnten eines jeden Monats?
Corbett machte es Ranulf so bequem wie möglich und legte sich dann auf sein eigenes Bett. Er versuchte noch drei Ave-Maria zu sprechen, aber seine Gedanken waren in Aufruhr. Er hatte jetzt einen Verdacht, wie man Vechey vergiftet haben könnte, mußte jedoch vorsichtig sein. Diese Gedanken lenkten ihn immer noch ab, als er in der Mitte des dritten Ave-Maria einschlief.

Die beiden Räuber, die Corbett freigelassen hatte, hielten sich in den Feldern versteckt, als sie die Stadt einmal hinter sich hatten. Sie litten Schmerzen, und jeder Schritt tat ihnen weh, aber sie waren entschlossen, Nottingham so weit wie möglich hinter sich zu lassen. Sie aßen das wenige Essen, das sie besaßen, und tranken aus einem Bach. Sie hatten die drei Feuerpfeile ebenfalls gesehen, lange bevor sie einen mondhellen Weg entlangstolperten, der sie auf die Straße nach Newark führen würde. Ihre Erleichterung darüber, daß sie frei waren, hatte sich verloren, als sie an den Galgen vorbeigekommen waren und nun einem Weg folgten, der durch einzelne Gehölze führte, die ihnen immer näher zu rücken schienen. Sie blieben stehen und zuckten beim Schrei einer Eule zusammen oder bei der plötzlichen Bewegung des Farns, wenn ein Fuchs seine Beute jagte.

»Wir hätten in der Stadt bleiben sollen«, klagte Nym.

»Unsinn!« murmelte sein Gefährte. »Dieser Bastard von Sheriff hätte es sich anders überlegen können, und Robin Hood hat dort Freunde.«

»Mach einen Bogen um den Blue Boar«, sagte Nym.

Sie gingen hintereinander her. Nym entdeckte eine Lücke zwischen den Bäumen, wo der Weg in die Straße nach Newark mündete. Er stieß einen Seufzer der Erleichterung aus, der sich in einen Schreckensschrei verwandelte, als sechs schattenhafte Gestalten mit gespannten Bögen zwischen den Bäumen hervortraten.

»Wir sind arme Leute!« jammerte Nym.

»Ihr seid Verräter!« war eine Stimme von den Bäumen her zu vernehmen. »Master Robin läßt grüßen und befindet euch erst einmal verschiedener Verbrechen für schuldig. Erstens hättet ihr nicht ohne seine Erlaubnis rauben sollen. Zweitens hättet ihr euch nicht erwischen lassen sollen. Und drittens solltet ihr nicht wie die Ratten einen mondbeschienenen Weg entlangschleichen. Was habt ihr dem Sheriff und seinen Freunden gesagt?«

Nym und sein Gefährte hielten vor Schreck die Luft an.

»Wir haben ihnen nichts gesagt!«

»Dann, Freunde, zieht weiter.«

Die Bogenschützen traten zur Seite. Nym und sein Kamerad machten einen Schritt, dann noch einen, und schließlich vergaßen sie ihre Verletzungen und humpelten so schnell sie konnten bis zum Ende des Weges. Hinter ihnen schnalzten Bogensehnen, und der Tod erwischte sie doch mit acht Stahlspitzen im Rücken. Beide Männer stöhnten auf, ruderten mit den Armen und brachen dann auf dem sonnenverbrannten Gras zusammen. Ihr Lebensblut sprudelte ihnen über die Lippen. Hinter ihnen verschwanden die Räuber wieder zwischen den Bäumen und ließen die gekrümmten, blutigen Leichen im Mondschein zurück.

# Kapitel 8

Corbett erwachte früh, immer noch schweißgebadet von seinem Alptraum. Er hatte auf einer mit rotem Staub bedeckten Ebene unter schwarzen, dahinrasenden Wolken gestanden, umgeben von einem dichten grünen Wald. Am Rand dieses Waldes hatte ein großes Herrenhaus gestanden, komplett aus Eisen. Corbett war darauf zugegangen und hatte bemerkt, daß ein Fensterladen ständig gegen die Wand schlug, aber aufgerissen wurde, als er näher kam. Eine Gestalt mit einer Kapuze schaute heraus, und als sie abgenommen wurde, starrte Corbett in das schmale, rotbärtige Gesicht seines Widersachers Amaury de Craon.

»Willkommen in der Hölle!« rief de Craon. »Wieso hast du so lange gebraucht?«

Nachdem er erwacht war, lag Corbett noch eine Weile da und überlegte sich, was der Traum wohl bedeuten mochte. Er fühlte sich aufgewühlt und ängstlich, und er hoffte, daß bei Maeve in Leighton alles in Ordnung war. Dann erinnerte er sich an die Feuerpfeile des Vorabends, dachte an das Datum und daran, daß die Zeit verging, während er einfach nur in Nottingham herumirrte. Auf der anderen Seite der Kammer lag Ranulf mit ausgebreiteten Gliedern auf seinem Bett und schlief friedlich wie ein Säugling. Corbett stöhnte, stand auf, wusch und rasierte sich und kleidete sich an. Er erinnerte sich an den de Craon seines Traums und fragte sich, ob der Meuchelmörder Achitophel wohl in Nottingham war. Er legte sich seine Schwertkoppel um. Eine entfernte Glocke rief zur Morgenmesse, und Corbett ging

in die kleine, wenig einladende Kapelle hinunter, in der Bruder Thomas, angetan mit der schwarzgoldenen Kasel für die Totenmesse, ihn begrüßte.
»Ich lese diese Messe für die Seelen von Sir Eustace und Lecroix.« Er lächelte Corbett vom Altar aus an. »Möge Gott sie zu einem Ort des Lichts führen.«
Ein paar Soldaten aus der Garnison traten ebenfalls ein. Bruder Thomas machte das Kreuzzeichen und begann mit der Messe. Der Gottesdienst war einfach, und nach dem letzten Segen, wie es bei einem Requiem üblich war, las Bruder Thomas das »Dona Eis« dreimal. Corbett lauschte den Worten. »Gewähre ihnen ewige Ruhe, o Herr, und lasse ewiges Licht auf sie scheinen. Sie mögen ruhen in Frieden. Amen.«
Er erinnerte sich an die Bemerkung des Klosterbruders zu Beginn der Messe, daß Gott die Seelen der beiden Toten zu einem Ort des Lichts führen werde, und dachte an die drei Feuerpfeile, die er am Abend zuvor gegen den tiefblauen Nachthimmel gesehen hatte. Waren diese Pfeile ein Gebet für jemanden? Eine Art von Tribut? Oder waren sie etwa eine Drohung?
Corbett verließ die Kapelle und ging hinauf in das Zimmer von Sir Eustace, das Ranulf mit Corbetts eigenem Siegel versiegelt hatte. Er brach das Siegel und betrat die stickige Kammer, nahm ein Laken vom Bett, sammelte einige Gegenstände ein und ging dann, nachdem er die Tür wieder hinter sich geschlossen hatte, in sein eigenes Zimmer. Er war überrascht, Ranulf bereits auf und angekleidet neben Maltote sitzend zu sehen, der gekränkt dreinblickte.
»Der Bote ist also zurück!« sagte Corbett und schob die Gegenstände, die er aus Vecheys Kammer mitgenommen hatte, unter sein Bett.
Maltote stand auf und humpelte auf ihn zu.
»Um Gottes willen, Mann«, rief Corbett irritiert, »was ist passiert?«

»Ich bin nach Southwell geritten, wie Ihr befohlen hattet, Herr.«
»Und?«
»Guy of Gisborne hat mich dort festgehalten.«
»Warum?« Corbett schaute erstaunt auf den Verband um Maltotes Knie. »Setz dich und erzähle, was passiert ist.«
»Ich werde es Euch sagen«, warf Ranulf dazwischen. »Gisborne ist in den Sherwood Forest gezogen.«
Corbett schloß die Augen und stöhnte auf.
»Er hat seine Truppen letzte Nacht dorthin verlegt«, fuhr Ranulf fort. »Sie wollen bei Tagesanbruch ihre Jagd beginnen. Maltote ist die ganze Nacht hindurch geritten, um uns diese Mitteilung zu machen. Er fand die Tore der Burg verschlossen und hat im Trip to Jerusalem übernachtet.«
»Warum hat dich Gisborne nicht sofort wieder ziehen lassen?«
»Er wußte, daß Ihr ihn vielleicht zurückpfeift«, antwortete Ranulf für Maltote. »Deshalb hat er ihn zurückgehalten.«
Corbett starrte aus dem Fenster. Er erinnerte sich an Gisbornes Gesicht, rot, wettergegerbt mit gebrochener Nase und Augen, die so hart waren wie Kiesel. Ein ausgezeichneter Soldat und ein geborener Kämpfer. Gisborne hatte während des schottischen Feldzugs viele Heldentaten vollbracht und verfügte darüber hinaus, wenn man den Beamten in Westminster glauben durfte, über einen besonderen Abscheu vor Robin Hood. Gisborne hatte sich nie damit abgefunden, daß der König dem Räuber Amnestie gewährt hatte. Wenn man dem Klatsch in der Kanzlei jedoch glauben konnte, hatte Edward noch in Schottland Gisborne bei einigen heiligen Reliquien schwören lassen, nie eine Hand gegen Robin Hood zu erheben. Kaum hatte der Räuber wieder mit seinen Raubzügen begonnen, hatte sich Gisborne, der in der Gegend Grundbesitz besaß und den Sherwood Forest sehr gut kannte, sofort angeboten, den Räuber zur Strecke zu bringen. König Edward hatte abgelehnt, aber nach dem Angriff auf Willoughby Corbett befohlen, nach Norden zu ziehen.

Gleichzeitig hatte er Gisborne mit einem Schreiben gebeten, Truppen aufzustellen, die jedoch nur nach Corbetts Zustimmung eingesetzt werden sollten. Gisborne war allerdings schlauer gewesen. Er hatte Maltotes Ankunft für Corbetts stillschweigendes Einverständnis, loszuziehen, genommen und obendrein, da er den Boten festgehalten hatte, noch dafür gesorgt, daß Corbett keinen Einspruch mehr erheben konnte.
»Wer weiß noch davon?« fragte Corbett mit rauher Stimme.
»Sir Peter Branwood«, stotterte Maltote. »Die Burgwache rief ihn sofort herbei.«
Corbett preßte seine heiße Wange gegen den kalten Stein.
»Und«, murmelte er, »Sir Peter ist über Gisbornes Vorgehen natürlich außer sich vor Wut.«
»Noch schlimmer«, mischte sich Ranulf wieder ein. »Er und Naylor sind mit einer kleinen Truppe zum Waldrand geritten. Ob sie Gisborne beistehen oder ihn aufhalten wollen, weiß ich nicht.«
Corbett drehte sich um, ging in die Mitte des Zimmers und starrte in das jungenhafte Gesicht seines Boten.
»Hättest du nicht früher zurückkommen können? Und wie bist du verwundet worden?«
Maltote schaute zu Boden.
»Dafür gibt es zwei Gründe«, entgegnete Ranulf fröhlich. »Zum einen hat er sich ins Würfelspiel verwickeln lassen und alles verloren, und zum anderen«, Ranulf tätschelte Maltotes Schulter und grinste Corbett an, »er versuchte seine Verluste dadurch wieder wettzumachen, indem er die Herausforderung eines Bogenschützen annahm.«
Corbett bekam den Mund nicht mehr zu.
»Versteht Ihr«, plapperte Ranulf weiter, »unser guter Bote hier schoß einen Pfeil ab, nahm einen zweiten, stolperte über seinen Bogen und«, Ranulf preßte seinen Mund zusammen, um nicht laut herauszulachen, »fiel hin und verletzte sich dabei am Knie.«

Corbett starrte ihn ungläubig an. Er hätte dem jungen Boten fast den sonst immer fälligen Vortrag darüber gehalten, daß er keine Waffen anfassen sollte, aber er schien bereits niedergeschlagen genug zu sein. Er sah bleich aus, was die Pockennarben um die Augen noch stärker hervortreten ließ, ein Andenken an eine Erkrankung, die erst einige Monate zurücklag. Damals hatte Corbett den geistesgestörten Mörder Londoner Prostituierter gejagt. So klopfte Corbett ihm nur nachsichtig auf die Schulter. »Laß uns das vergessen. Hört zu, solange Branwood nicht da ist, reise ich nach Kirklees. Fragt nicht, warum. Haltet eure Augen offen, was hier vorgeht, und, Ranulf, bevor du fragst, ich werde deinen Freund Rahere treffen, wenn ich zurückkomme.«
Corbett verließ die Burg eine Stunde später. Ranulf und Maltote begleiteten ihn bis zum Middle Gate. Der Beamte führte sein Pferd am Zügel durch die belebten Straßen Nottinghams und zog seine Kapuze über den Kopf, um nicht aufzufallen. Auf dem Markt mußte er sich durch die Massen hindurchdrängen. Er beobachtete einige knurrende Mastiffs dabei, wie sie nach einem großen schwarzen Bären schnappten. Der stand brüllend auf seinen Hinterbeinen und schlug, zur Freude der Menge, zähnefletschend mit seinen grausamen Tatzen um sich, so daß die Blutlust der Hunde gereizt wurde. Corbett ging unterhalb der Marienkirche eine Gasse entlang und schaute sich nach einem Schreiber um. Ein Wasserverkäufer verwies ihn auf die andere Seite der Kirche, und Corbett blieb stehen und fluchte, als er die Stufen des Gotteshauses erreicht hatte: Hier lagen die nackten Leichen der beiden Räuber. Weil das die Stadtordnung so vorsah, hatte man die Toten entkleidet und öffentlich zur Schau gestellt, damit ihre Identität festgestellt werden konnte. Die Körper lagen seitlich in schnell zusammengehauenen Kisten, und Corbett bemerkte die häßlichen purpurroten Wunden, die die Pfeile in ihren Rücken hinterlassen hatten. Er sagte ein stilles Gebet und eilte weiter.

An den Ständen am Rand des Friedhofs der Marienkirche fand er einen Schreiber, der ihm eine skizzierte Landkarte der Gegend anfertigte. Er zeigte Corbett auch, welche Route er zur Kirklees Priory einschlagen sollte, ließ sich aber Zeit dabei und schwatzte wie eine Elster über Kobolde, die man auf den Gräbern gesehen haben wollte, das Fleisch der Toten aufpickend. Diese bösen Geister seien auch auf den Straßen zu finden, die nach Nottingham führten. Corbett stieß verärgert mit dem Fuß auf, aber schließlich war der Mann fertig. Corbett nahm die Karte, zahlte und verließ den Friedhof.

Der Besuch bei dem Schreiber hatte ihn fast eine Stunde gekostet. Als er endlich durch das Stadttor ritt und sich anderen Reisenden auf der Landstraße anschloß, war sein inneres Gleichgewicht gestört. Von Natur aus war er ein Einzelgänger und sowohl an die Intrigen des höfischen Lebens als auch an die Gefahren der Londoner Straßen gewöhnt. Er hatte ein Gespür dafür entwickelt, wann er sich in Gefahr befand. Jetzt war er unruhig. Er war sich sicher, daß er beobachtet und verfolgt wurde. Anfänglich fühlte er sich durch die anderen Reisenden geschützt, die aber bald vom Hauptweg abbogen, um zu ihren vereinzelt gelegenen Dörfern oder Höfen zurückzukehren. Zuletzt war Corbett allein. Die Stille wurde von einem gelegentlichen Rascheln in den Hecken unterbrochen, von Vogelgezwitscher und vom Gezirpe der Grillen. Corbett lockerte sein Schwert und ließ sein Pferd langsamer gehen, während er tief durchatmete und angestrengt lauschte, wo die Gefahr herkommen könnte.

Er näherte sich dem Wald, und seine Unruhe nahm zu. Wer verfolgt mich?, fragte er sich. War es der Verräter aus der Burg oder war es Achitophel? War der französische Meuchelmörder bereits in Nottingham eingetroffen und plante er, hier auf der einsamen Landstraße, zuzuschlagen? Die Linie der Bäume kam näher.

Corbett hielt an und schaute sich um. Bisher war er durch offenes Land geritten. Hier hätte sich ein Angreifer hinter einer Hecke oder in einem Hain verstecken müssen. Er gab seinem Pferd die Sporen und ritt in den Wald hinein. Das Licht wurde schwächer, und erneut wurde es Corbett bewußt, daß der Wald lebte; das Knacken im Unterholz, das Auffliegen der Vögel, die zunehmende Dunkelheit und das Gefühl vollkommener Einsamkeit. Plötzlich hörte Corbett irgendwo vor sich Geplapper, die Geräusche einer Unterhaltung, aber er widerstand der Versuchung, sein Pferd in gestreckten Galopp zu versetzen. Er spähte über seine Schulter zurück, konnte aber kein Anzeichen eines Verfolgers erkennen, während er vor sich bereits die anderen Reisenden sah. Sie hielten an und drehten sich erschrocken um, als sie die Hufe seines Pferdes hörten. Corbett sah, wie einer von ihnen einen Bogen von der Schulter nahm, zügelte deshalb sein Pferd und hob die Hand zum Friedensgruß.
»Wer seid Ihr?« rief der Mann.
»Ein ehrlicher Reisender«, entgegnete Corbett, »der begierig ist, sich Euch anzuschließen.«
»Seid Ihr allein?«
»Natürlich.«
»Dann kommt langsam näher.«
Corbett bohrte seine Fersen in die Flanken seines Rosses, und die Gruppe wartete, ihn in Empfang zu nehmen, eine gemischte Gesellschaft: Männer, Frauen und Kinder, die von Gefolgsleuten beschützt wurden, eine Reihe von Familien, die die Absicht hatten, das Grab des heiligen Thurstan in York zu besuchen. Corbett reiste mit ihnen zusammen, bis sie an einer Kreuzung eine Schenke erreichten und es Zeit für das Mittagessen war.
Hier war einiges los. Freie und unfreie Bauern sowie alle möglichen Reisenden drängten sich auf dem Stallhof, selbst die Schankstube war überfüllt. Stallknechte nahmen ihre Pferde, und Corbett ging nach drinnen und setzte sich neben ein umge-

drehtes Bierfaß neben das Fenster. Er war hungrig und bat deshalb um einen Krug Ale, eine Brühe mit Erbsen, Zwiebeln und Brotbrocken und einen kleinen, süßen Brotlaib. Während er aß, betrachtete er die anderen Reisenden, die sich ausruhten. Ein Ablaßprediger trat ein und tat so, als spräche er Lateinisch. Gelegentlich erzählte er jedoch auch Anekdoten, die meist eine etwas derbe Pointe hatten. Im Schankraum hallte das Geklapper der Krüge und Teller wider, das Geschrei von Kindern, die laute Stimme des Ablaßpredigers und die leiseren Stimmen der Händler, Hausierer und Kaufleute, die sich über die Routen und Märkte austauschten.

Corbett sah sich um. Er sah niemanden, der eine Gefahr für ihn darstellte. Er kannte keinen von der Burg oder aus der Stadt. Eine aus der Pilgerschar, ein junges Mädchen, stand auf, um mit einer klaren Stimme ein Lied zu singen. Corbett lehnte sich zurück, schloß die Augen und hörte dem Mädchen zu, das vom Sommer und vom Gesang der Vögel sang.

»Überall singt der Sommer«, sang sie.

Ihr Lied war auf einmal nicht mehr zu hören, von draußen aus dem Hof erscholl ein gewaltiger Lärm, und alle sprangen auf. Ein Ruf ertönte: »Feuer! Feuer!«

Corbett ging zu den anderen auf den Hof. Stallknechte schafften die Pferde aus den Stallungen, und in der Luft lag der beißende Geruch von brennendem Stroh. Corbett sah, wie aus dem letzten Stall eine dünne Flamme emporloderte, Diener mit Wassereimern hatten das Feuer jedoch bald gelöscht. Die Atmosphäre entspannte sich, die Gäste lachten und zogen sich wieder in den Schankraum zurück. Corbett setzte sich hin und wollte nach seinem Krug greifen, da hielt er plötzlich inne. Er hätte sich nach dem Trinkgefäß ausstrecken müssen, von rechts nach links, wußte jedoch genau, daß er dort seinen Krug niemals abgesetzt hatte. Maeve zog ihn stets damit auf, daß er Becher und Kannen nahe der Tischkante stellte.

»Du bist ein Faulpelz, Hugh«, hielt sie ihm dann vor. »Du willst immer mit dem geringsten Aufwand wieder an deinen Becher kommen. Die kleine Eleanor ist genauso.«
Corbett starrte auf den Krug. Jemand hatte ihn in der Hand gehabt, aber warum? Ein Diener, der an dem Faß vorbeigeeilt war, um zur Tür zu kommen? Oder jemand, der etwas Finsteres im Schilde führte? Er nahm den Krug, hielt ihn mit beiden Händen und schaute sich hastig in der Schenke um. Kein Fremder zog seine Aufmerksamkeit auf sich, und er war sich sicher, daß niemand ihn beobachtete. Er hob den Krug, schnupperte eingehend daran und nahm nicht nur den Geruch von Malz wahr, sondern auch ganz schwach von etwas Scharfem und Beißendem. Corbett stellte den Krug wieder hin und atmete tief durch. Er versuchte, seine Panik unter Kontrolle zu bringen. Hatte man ihn vergiften wollen, oder verlor er langsam den Verstand? Er erinnerte sich an den Rattenfänger, den er draußen auf den Pflastersteinen hatte liegen sehen, den Rücken an die Mauer der Schenke gelehnt. Corbett ging hinaus, den Krug in der Hand, und beugte sich über ihn. Der faltige und gelbhäutige Mann schaute auf.
»Wollt Ihr etwas von mir, Sir?«
Corbett zog eine Münze hervor und deutete auf die rostigen Käfige des Mannes, die leer waren. »Könntet Ihr mir eine Ratte fangen?«
Der Bursche bemerkte das Blinken des Silbers, und sein Mund verzog sich zu einem zahnlosen Lächeln.
»Kann ein Vogel fliegen?«
Er nahm einen seiner kleinen Käfige und schlurfte hinüber zu einem Schuppen, in dem Heu und Getreide gelagert wurden.
Corbett setzte sich und wartete eine Viertelstunde. Schließlich kam der Mann zurück. Jetzt hatte er eine dickbäuchige Ratte mit einem langen Schwanz in seinem Käfig, die ihre Schnauze ag-

gressiv gegen das Gittergeflecht preßte. Ihre gelben Zähne standen vor, und ihre blutroten Augen glitzerten vor Wut.
»Eine wahre Rattenprinzessin«, erklärte der Mann. »Ihr wolltet sie lebendig?« Er streckte eine schmutzige Hand nach der Münze aus.
Corbett gab sie ihm.
»Ich zahle noch eine, wenn du mir ein Stück Käse besorgst und über das, was du siehst, den Mund hältst.«
Der Mann zuckte die Schultern, wühlte in seinem schmierigen Beutel und reichte Corbett ein Stück weichen Käse, der so schimmelig war, daß er zum Himmel stank. Corbett stellte den kleinen Käfig auf den Boden und legte das Käsestück daneben. Die Ratte warf sich gegen das Gitter, der Gestank brachte sie vollkommen aus dem Häuschen. Dann goß Corbett den Inhalt seines Kruges über den Käse und schob ihn mit einem Stock in den Käfig. Die Ratte machte sich heißhungrig darüber her. Das Futter verschwand, die Ratte hob ihren Kopf, schnüffelte, bewegte sich dann plötzlich seitwärts, rollte auf den Rücken, so daß ihr schmutziger Bauch nach oben zeigte. Ihre Klauen bewegten sich panisch, als eine grünliche Substanz zwischen ihren Zähnen hervortrat, während sie in ihren letzten Zuckungen lag.
»Das ist das letzte Mal, daß ich von diesem verdammten Käse gegessen habe!« Der Rattenfänger ließ seine hervortretenden Augen auf Corbett ruhen. »Oder vielleicht solltet Ihr, Herr, auch vorsichtiger sein mit dem, was Ihr trinkt!«
Corbett ging in die Schenke zurück und rief nach dem Wirt. Er versuchte, die Angst abzuschütteln, die ihn im Angesicht des Todes überkommen hatte, dem er nur so knapp entronnen war. Er gab dem Wirt den Krug und eine Münze.
»Das ist das teuerste Mahl, das ich jemals bezahlt habe.«
Der Schankwirt sah ihn fragend an.
»Ich will, daß dieser Krug zerstört wird«, beharrte Corbett. »Und dann will ich einen Becher von Eurem besten Weißwein. Aber

ich möchte den Becher selbst auswählen und das Faß selbst anstechen.«

Guy of Gisborne blieb stehen und spähte durch die Bäume zu beiden Seiten des Weges. Sein rotes Gesicht glänzte von Schweiß unter seinem schweren Eisenhelm und der gepanzerten Kappe. Er lächelte zufrieden, als er die Reihe der Förster und Wildhüter betrachtete.
»Ich werde dem König, seinem düsteren Bevollmächtigten und diesem Bastard Branwood schon zeigen, wie man einen Räuber zur Strecke bringt!« murmelte er.
Gisbornes Herz setzte vor Vergnügen einen Schlag aus, als er daran dachte, was mit Robin Hood geschehen sollte. Gisborne verabscheute den Geächteten, der ständig mit seiner Liebe zu den einfachen Leuten hausieren ging, der so hervorragend mit dem Bogen umgehen konnte, der den Wald so gut kannte und der, und das vor allem, ihn bei mehreren Anlässen überlistet und auch angegriffen hatte, wodurch ihm später die Nachsicht und Gunst des Königs zuteil wurde.
Gisborne knirschte mit den Zähnen und zuckte vor Schmerz zusammen, als sich sein entzündeter Gaumen bemerkbar machte. Er war gezwungen gewesen, dabei zuzuschauen, wie Robin Hood in den inneren Zirkel des Königs aufgenommen worden und deshalb wie jeder Lord durch die Straßen von Nottingham oder zwischen den kostbaren Zelten hindurch stolziert war, die Edwards Generälen während der Kampagne in Schottland zur Verfügung standen. Gisborne hatte mit ansehen müssen, wie der König den Räuber begünstigte, ihm besondere Privilegien gewährte und sich seiner besonderen Fähigkeiten bediente, als die Engländer den Anführer der schottischen Rebellen, Wallace, durch die wilden Täler und Wälder Schottlands gejagt hatten. Aber nun war Robin in den Sherwood Forest zurückgekehrt. Gisborne vergaß seinen Schmerz, denn jetzt hatte sich der

Räuber außerhalb der Gesetze gestellt, hatte die Steuern des Königs gestohlen und seine Beamten hingerichtet, als seien sie irgendwelche gewöhnliche Missetäter. Heute würde es anders sein. Er, Gisborne, würde den Räuber zur Strecke bringen, aber nicht mit einer Gruppe bewaffneter Ritter, die sich mit der Eindringlichkeit und Auffälligkeit eines Glockenläutens durch den Wald bewegten. Nein, diese Jagdhüter und Förster würden Robin aus dem Unterholz treiben wie einen Hirsch oder ein Wildschwein. Er, Gisborne, würde ihm schon eine Falle stellen, ihn züchtigen und dann an seinem Sattelknauf festbinden, um ihn nackt durch Nottingham zu schleifen, so daß alle seinen Ruhm und den Fall des Räubers sehen konnten.

»Sir Guy? Mein edler Lord of Gisborne?«

Guy schaute zur Seite und in das dunkle, elfenhafte Gesicht seines Jagdmeisters Mordred.

»Edler Herr, seid Ihr zufrieden?«

Gisborne starrte in die grüne Dunkelheit vor sich. Er konnte die Sonne nicht sehen, vermutete jedoch, daß die Mittagsstunde schon vorüber war, während er dabei war, die Räuberbande tiefer in den Wald zu treiben. In einer Breite von etwa einer Meile zu beiden Seiten von ihm bereiteten sich gutbewaffnete Jäger darauf vor, ein weiteres Netz zu schließen. Gisborne hatte seine Soldaten wie die Hörner eines Bullen eingesetzt. Sie fegten durch jeden abgestorbenen Winkel des Waldes vor ihnen. Früher oder später würde er Robin Hood schon aus seinem Versteck locken oder ihn bei einem Sumpf oder felsigen Abgrund in die Enge treiben. Besser wäre es noch in offenem Terrain, wo Gisbornes Reiter ihn umzingeln konnten. Guy wiegte sich hin und her, während er in den Wald spähte, der ihn umgab. Er hatte jeden Penny, den er besaß, für dieses Unternehmen ausgegeben, aber der König würde ihm schon alles zurückzahlen, und Branwood würde gezwungen sein, ihm den Staub von den Stiefeln zu lecken.

»Mein Lord of Gisborne?« Mordred erhob wieder die Stimme. Sir Guy bemerkte die Sorge in der Stimme des Mannes.
»Was gibt es, Mann?«
»Edler Herr, wir rücken zu schnell vor.«
»Gut. Das läßt den Räubern keine Zeit, sich neu zu formieren.«
»Sir Guy, ich bitte Euch, die Räuber fliehen, aber sie könnten uns auch in eine Falle locken.«
»Unsinn!« schnarrte Gisborne. Er faßte sein Schwert fester. »Gib den Befehl, vorzurücken.«
»Edler Herr ...« Mordred brachte kein Wort mehr heraus.
Gisborne hob wütend sein Horn und gab drei lange, unheimlich klingende Signale. Dann stürmte er, leicht vorgebeugt, los.
Sie kamen an den Rand einer Lichtung. Mordred zog an Gisbornes Ärmel, aber der Ritter schüttelte ihn ab. Er fühlte, wie das Blut in seinen Schläfen pulsierte. Er rannte über das Gras, auf das vereinzelte Sonnenstrahlen fielen. Mordred und die anderen hasteten neben ihm her. In der grünen Dunkelheit vor ihnen ertönte ein einzelnes Hornsignal wie ein Gruß. Mordred und die Förster blieben stehen. Sir Guy rannte weiter. Ein weiteres Hornsignal erschallte, düster und unheilvoll, und der Tod warf sich ihnen durch die Luft entgegen. Die grauen, mit Gänsefedern versehenen Pfeile fielen wie ein leiser, tödlicher Regen. Mordred sah rechts und links von sich Männer niederstürzen, ins Leere treten und Blut spucken. Pfeile trafen sie in die Kehle und in die Brust.
»Sir Guy!« schrie er.
Aber Gisborne war nicht aufzuhalten. Ein weiterer Pfeilregen. Jetzt war die Lichtung von Schreien erfüllt. Männer lagen, alle viere von sich gestreckt, auf dem Boden. Sie zuckten in der Agonie des Todes. Dunkle Blutlachen schimmerten auf dem grünen Gras. Mordred hob sein eigenes Horn. Ein schrilles Signal, und seine Männer flüchteten zurück in den Schutz der Bäume. Sir Guy jedoch rückte immer noch vor und bahnte sich

einen Weg durch den Farn auf der anderen Seite der Lichtung. Er hielt sein Schwert vor sich ausgestreckt. Kein Pfeil traf ihn. Er fühlte sich beschützt, ein sicheres Zeichen, daß Gott seine Hand über ihn hielt. Eine Gestalt mit Kapuze und Maske trat hinter einem Baum hervor.

»Willkommen im Sherwood Forest, Sir Guy!«

Gisborne drehte sich um. Er war außer sich vor Wut. Mit halberhobenem Schwert rannte er los und schleuderte dem Mann Verwünschungen entgegen, der ihn schon seit Jahren provozierte. Da verfing sich sein Fuß in einer Baumwurzel, er fiel lang hin, und sein Schwert flog ihm aus der Hand. Er sah zu der Gestalt mit Kapuze hoch, die sich über ihn beugte. Gisbornes Lippen verzogen sich zu einem Lächeln.

»Ihr!«

Das war sein letztes Wort. Der Dunkelgekleidete hob sein Schwert und ließ es krachend auf die bloßliegende Haut zwischen Gisbornes Helmkappe und Rumpf niedersausen.

# Kapitel 9

Corbett erreichte Locksley spät am selben Abend, ein kleiner Weiler mit scheunenartigen Gebäuden zu beiden Seiten eines staubigen Weges mit einer Allmende, einem gemeinschaftlichen Brunnen und einer behelfsmäßigen Kirche, deren einfaches, strohgedecktes Langhaus neben dem Turm aus rohbehauenen Steinen plaziert war. Corbett hielt am Ale-Haus an, einem Cottage aus Stein, an dessen Traufe ein Wirtshausschild hing. Die Wirtin, ein etwas verkommenes Frauenzimmer mit einem unsteten Blick, die in einen schmutzigen Kittel gehüllt war, servierte, was sie »frischgebrautes Ale« nannte. Die anderen Dorfbewohner nippten an ihrem Bier und starrten den Fremden an, bevor sie sich wieder einem der ihren zuwandten, der erzählte, wie er am Waldrand einen Dämon gesehen hätte, einen Schatten mit einem Gesicht wie glühendes Eisen.
Corbett hörte der Geschichte mit halbem Ohr zu. Er saß auf einer Bank und hatte die Tür des Ale-Hauses im Auge. Seit er sich von den Pilgern etwas südlich von Haversage getrennt hatte, glaubte er, daß sein geheimnisvoller und mordlüsterner Verfolger die Jagd aufgegeben hatte, aber er wollte ganz sicher gehen. Er war dreißig Meilen weit geritten und sattelwund, sein Pferd war vollkommen erschöpft, und er hatte keine größere Lust, die Nacht im Freien zu verbringen. Die Augenlider des Beamten wurden schwer, und er nickte ein. Er erwachte davon, daß eine rauhe Hand ihn an der Schulter schüttelte. Corbett sprang auf und faßte nach seinem Dolch, aber der Mann, der über ihn gebeugt dastand, war alt und sah verehrungswürdig

aus, sein Antlitz war mager und asketisch, aber er lächelte mit den Augen und trat freundlich auf.
»Ihr seid fremd hier?« Die Stimme war leise und hatte einen starken Akzent.
Corbett bemerkte die Tonsur auf dem Schädel des Mannes, die schwarze, staubige Kutte und die Füße, die in Sandalen steckten.
»Seid Ihr der Priester?«
»Ja, Vater Edmund, das ist meine Gemeinde, für meine Sünden. Ich habe viele Jahre lang die Kirche St. Oswald betreut. Man sagte mir, hier säße ein Fremder, also kam ich her. Ich dachte, vielleicht wärt Ihr ...«
Corbett war jetzt hellwach und bedeutete ihm, auf der Bank Platz zu nehmen.
»Wollt Ihr etwas trinken, Vater?«
»Nein, nein.« Der Mann tätschelte sich seinen Bauch. »Nie auf leeren Magen.«
»Wer dachtet Ihr, daß ich sei, Vater? Jemand von Robin Hoods Bande?«
Der Priester griff nach Corbetts Handgelenk. »Pst!« Vater Edmund warf ihm einen warnenden Blick zu und sah sich schnell in der Schenke um, um zu sehen, ob jemand diese Worte gehört hatte. »Wer seid Ihr?« murmelte der Priester.
»Mein Name ist Sir Hugh Corbett, Hüter des Geheimsiegels des Königs.«
Der Priester riß die Augen auf. »Soweit ist es also gekommen«, murmelte er.
»Wie weit, Vater?«
»Nein, kommt mit.« Der Priester stand auf. »Ihr habt noch nicht gegessen, und ich vermute auch, daß Ihr noch kein Bett für die Nacht habt. Ich kann Euch etwas Brühe anbieten, sogar weiches Brot, ein hartes Bett und Wein, der vielleicht schon bessere Tage gesehen hat.«
Corbett grinste und stand auf.

»Unter diesen Umständen, Vater, ist Euer Angebot königlich und großzügig.«
Sie gingen nach draußen. Corbett machte sein Pferd los und folgte dem gebeugten Priester durch die Dämmerung zur Kirche. Das Haus des Priesters, aus gelben Backsteinen und mit roten Dachziegeln, stand hinter St. Oswald, von der Kirche durch den Friedhof getrennt. Vater Edmund half ihm dabei, sein Pferd in einem der Schuppen unterzubringen, und führte sein eigenes, eine ziemlich mitgenommene Mähre, zum Grasen zwischen die Grabsteine. Für Corbetts Pferd brachte er Wasser, Hafer und frisches Stroh als Unterlage.
Dann geleitete er Corbett ins Haus, das einfach, aber sehr sauber war. Der Fußboden bestand aus festgetretener Erde und war mit Binsen bedeckt, die man am Flußufer frisch geschnitten hatte, grün, weich und mit einem süßlichen Geruch. Eine Speckseite hing zum Trocknen über der kleinen offenen Herdstelle und erfüllte den Raum mit einem würzig-salzigen Duft. Der Rest des Raums war mit einigen wenigen Möbelstücken gefüllt, einer großen Gemeindetruhe, einer Reihe von Kästchen, und in der Ecke, etwas abgetrennt, mit einem schmalen Bettgestell, über dem ein gewaltiges Holzkreuz hing.
Vater Edmund zog sich einen Stuhl ans Feuer und rührte im Topf langsam um, bis es über dem kleinen Feuer, das er entzündet hatte, zu blubbern begann. Er servierte Corbett dann einen Teller voll schmackhafter Suppe, die aus Gemüse und Fleischstücken bestand, sowie grobes Roggenbrot. Der Rotwein war stark und würzig. Corbett trank einige kleine Schlucke, während er darauf wartete, daß die Suppe abkühlen würde. Er lächelte den Priester an.
»Ich habe in vielen Londoner Schenken schlechteren Wein getrunken«, sagte er. »Es wäre tatsächlich schwierig, einen besseren zu finden.«
Vater Edmund lächelte anerkennend.

»Das ist meine Schwäche«, erwiderte er. »Nein, nein, ich bin kein Trinker, aber ich liebe Rotwein. Wißt Ihr, daß der gesegnete Thomas Becket, als er Erzbischof wurde, sämtlichen Freuden der Welt abschwor, das einzige, was er jedoch nie opferte, war sein Rotwein.« Die Augen von Vater Edmund wurden ernst. »Dieser kommt aus einem Fäßchen, das mir Robin Hood verehrt hat oder, wie er in der Kirche nebenan getauft wurde, Robin of Locksley. Warum seid Ihr hergekommen, Sir Hugh? Um ihn zu fangen und zu hängen?« Der Priester rutschte etwas unbehaglich auf seinem Stuhl hin und her. »Wir haben die Geschichten gehört.«
»Welche Geschichten, Vater?«
»Der Angriff auf die Steuereinnehmer, die brutalen Morde.« Der Priester hielt seinen Becher Wein mit beiden Händen und starrte in das Feuer. »Gott weiß, warum«, sagte er leise, »aber Robin ist verbittert aus dem Krieg zurückgekehrt.«
»Habt Ihr ihn getroffen?« fragte Corbett.
»Ja, Ende November. Er hat mich hier besucht.«
»Was für einen Eindruck hattet Ihr?«
»Er war müde. Vergeßt nicht, Sir Hugh, er ist in den Fünfzigern, und das, was er gesehen hat, als er mit der Armee des Königs in Schottland war, hat ihn angeekelt. Er sagte, er hätte genug von König und Königshof, er wolle nach Kirklees ziehen, wo Lady Mary Unterschlupf gefunden hatte.«
»War er allein?«
»Ja, er ging zu Fuß ins Dorf, den langen Bogen über der Schulter. Ich fragte ihn, wo Little John sei oder, genauer gesagt, John Little. Robin antwortete, John sei von der Armee des Königs desertiert, und sie hätten abgemacht, sich in Kirklees zu treffen.«
»Sagte Robin, was er in Zukunft vorhätte?«
»Er sagte, er wolle Lady Mary in Kirklees abholen. Sie wollten in meiner Kirche heiraten und Lord und Lady Stubenhocker werden, wie er sich ausdrückte.«

Corbett brach sein Brot, brockte es in seine Suppe und aß vorsichtig mit einem Hornlöffel.
»Aber er kam nie zurück?« fragte Corbett zwischen zwei Löffeln.
»Nein.« Vater Edmund seufzte. »Er brach von hier am nächsten Morgen auf. Irgend etwas muß in Kirklees vorgefallen sein. Etwas, das Robin veränderte. Er kam nicht mehr hierher zurück, und das Gutshaus in Locksley verfällt unter Aufsicht eines alten Verwalters.« Der Priester schüttelte den Kopf. »Ich verstehe das nicht. Robin ging diese Straße entlang und verschwand.« Er nahm einen Schluck aus seinem Becher. »Ich hörte nichts weiter, bis die Geschichten die Runde machten, also machte ich mich nach Kirklees auf. Die Priorin, Lady Elizabeth Stainham, ist entfernt mit Robin verwandt. Sie hatte der Lady Mary Schutz gewährt.« Vater Edmund hob seine mageren Schultern. »Sie konnte mir nichts sagen. Robin war dort eingetroffen, und Little John hatte bereits auf ihn gewartet. Lady Mary schloß sich ihnen an, und statt nach Locksley zu gehen, zogen sie wieder in den Sherwood Forest. Sie war ebenfalls über die Geschichten überrascht, die sie gehört hatte, und von ihnen schockiert.« Vater Edmund sah seinen Gast besorgt an. »Was geschieht mit ihm, Sir Hugh?«
Corbett stellte die Tonschale hin.
»Ich will nicht lügen, Vater. Sie werden ihn zur Strecke bringen. Wenn Sir Peter Branwood ihn nicht fängt oder Sir Guy of Gisborne, oder falls es mir nicht gelingt, ihn aus dem Wald zu locken, dann sendet der König andere nach Norden. Sie werden das Kopfgeld verdoppeln oder verdreifachen, und eines Tages wird sich jemand finden, der ihn verrät.«
Der Priester schaute weg, aber nicht schnell genug. Corbett sah Tränen in den alten, traurigen Augen.
»Warum, Vater Edmund? Warum hat sich Robin so verändert?«
»Hört«, fuhr der Priester fort. »Hört folgendes, Sir Hugh.«
Er ging schwerfällig zur Gemeindetruhe hinüber, öffnete die

drei Vorhängeschlösser und suchte murmelnd darin herum. Er hob die Kerze, gab einen Laut der Zufriedenheit von sich und kam mit einem kleinen Fetzen Pergament wieder zurück. Der Priester glättete das Pergament auf seinem Oberschenkel, hielt die Kerze darüber und begann zu lesen.

»Einst«, las er, und sein Zeigefinger folgte der Zeile, »starb ein armer Bauer, aber weder der Engel noch der Teufel beanspruchten seine Seele. Der Bauer war jedoch entschlossen, das Paradies zu erlangen und kam schließlich zu dessen Toren. Hier traf er den heiligen Petrus. ›Geh weg, Bauer!‹ rief dieser. ›Bauern sind im Himmel nicht zugelassen!‹

›Warum nicht?‹ fragte der Bauer ebenso lautstark zurück. ›Ihr, Petrus, habt Christus verleugnet. Ich habe das nie getan. Ihr, heiliger Paulus, habt Christen verfolgt. Ich habe das nie getan. Ihr, Bischöfe und Priester, habt Eure Mitmenschen vernachlässigt. Ich habe das nie getan.‹

Der heilige Petrus«, fuhr Vater Edmund fort, der die Geschichte sichtlich genoß, »rief schließlich nach Christus, damit er den Bauern vertreibe, und Le Bon Seigneur kam in all seiner Pracht vor die Tore des Paradieses.

›Urteilt über mich, o Christus!‹ rief der Bauer verzweifelt. ›Ihr habt dafür gesorgt, daß ich ins Elend geboren wurde, aber ich habe meine Last ohne zu klagen ertragen. Mir wurde gesagt, an die Schrift zu glauben, und das tat ich. Mir wurde gesagt, mein Brot und Wasser mit den Armen zu teilen, und das tat ich. Als ich krank wurde, bekannte ich meine Sünden, und ich empfing das Sakrament. Ich hielt Eure Gebote. Ich kämpfte, um in das Paradies zu kommen, weil Ihr mir das befohlen hattet. Also bleibe ich.‹

Christus lächelte den Bauern an und wandte sich an Petrus, um ihm Vorwürfe zu machen. ›Laß diesen Mann hereinkommen, denn er soll mir zur Rechten sitzen und ein Herr des Himmels werden.‹«

Vater Edmund beendete den Vortrag und starrte auf das Stück Pergament, dann rollte er es andächtig zusammen.
»Ihr werdet vielleicht fragen, Sir Hugh, wer das geschrieben hat? Ich, aber es ist Wort für Wort eine Rede, die Robin of Locksley letztes Jahr Weihnachten vor den Dorfbewohnern gehalten hat, bevor er nach Norden zog, um sich den Armeen des Königs anzuschließen. Deswegen habe ich Euch in dem Ale-Haus aufgesucht. Falls irgend jemand, Mann, Frau oder Kind, in diesem Dorf auf die Idee gekommen wäre, daß Ihr etwas Böses gegen Robin of Locksley im Schilde führt, hätten sie Euch umgebracht!«
Und bevor ihn Corbett noch daran hindern konnte, warf der Priester das aufgerollte Pergament ins Feuer.
»Aber jetzt ist alles vorbei«, murmelte er. »Die Seele des Menschen, der diese Worte gesprochen hat, ist tot.« Er lächelte und versuchte sich seiner Tränen zu erwehren. »Und ich bin ein geschwätziger alter Priester, der zu schnell einen schweren Wein getrunken hat. Ich kann Euch nichts weiter über Robin Hood erzählen.«
Sie beendeten ihr Mahl. Corbett half dem alten Geistlichen dabei, die Becher und Suppenschalen abzuwaschen, dann bestand Vater Edmund darauf, daß Corbett in seinem Bett schlafe.
»Ihr nehmt nichts, was ich benötige«, erklärte er. »Ich bin alt. Vom Kirchhof draußen habe ich die Eule meinen Namen schreien hören. Der Tod kann nicht fern sein, also verbringe ich die Nächte damit, vor dem Altar zu beten.« Er grinste etwas einfältig. »Ich muß jedoch bekennen, daß ich einen Teil der Zeit auch schlafe.«
Der Priester löschte das Feuer, sorgte dafür, daß sein Gast alles hatte, und ging dann auf leisen Sohlen in die Nacht hinaus.
Corbett legte sich auf das harte Bett und dachte darüber nach, was der Priester ihm erzählt hatte, aber innerhalb weniger Minuten war er fest eingeschlafen. Er erwachte ausgeruht am

nächsten Morgen und fand Vater Edmund bereits geschäftig in der Küche. Draußen hatte die Sonne noch nicht den dichten Frühnebel zerstreut, der die Kirche und den Kirchhof einhüllte. Es war immer noch ziemlich kalt. Corbett erschauderte, als er sich seinen Mantel um die Schultern legte und dem alten Priester über den Kirchhof folgte, um die Frühmesse zu feiern. Anschließend frühstückten sie in der Küche. Vater Edmund, der in besserer Laune war, lehnte jede Bezahlung ab und lauschte begierig Corbetts Erzählungen aus der übrigen Welt. Schließlich stand der Beamte auf.

»Vater, ich muß gehen. Ich weiß Eure Großzügigkeit sehr zu schätzen. Seid Ihr Euch sicher, daß Ihr kein Geld wollt?«

Der alte Priester schüttelte den Kopf.

»Ich will Euch nur um einen Gefallen oder eine Gnade bitten«, entgegnete er. »Falls der Räuber lebend gefangengenommen wird, und ich wiederhole, falls, dann würde ich ihn gern sehen, bevor irgendein Urteil vollstreckt wird. Jetzt hört.«

Vater Edmund versuchte, seinen Kummer zu verbergen. Er wühlte in seiner alten Ledertasche und holte eine kleine Anstecknadel aus Metall daraus hervor, die den Kopf des heiligen Jakob von Compostela zeigte. Er reichte sie lächelnd Corbett.

»Als ich jünger und noch beweglicher war, wanderte ich zu dem Schrein in Spanien und brachte Dutzende von diesen Nadeln als Beweis nach Hause mit. Zeige Naismith diese Spange. Er ist der alte Verwalter von Locksley. Er wird dann wissen, daß Ihr von mir kommt. Gute Reise!«

Corbett dankte dem Priester und versicherte ihm, er wolle versuchen, ihm den Gefallen zu tun. Er holte sein Pferd aus dem Schuppen und ritt, indem er sich an die Wegbeschreibung Vater Edmunds erinnerte, durch das noch schlafende Dorf.

Er folgte einem gepflasterten Weg, der sich durch offenes Feld bis zum Locksley Manor hinschlängelte, das auf der Kuppe eines kleinen Hügels stand. Die Nebel hoben sich, und die

Sonne wurde stärker. Trotzdem wirkte Locksley auf Corbett unheimlich und gespenstisch. Das doppelte Tor aus Holz hing schief, und die Mauer, die das Anwesen umgab, hatte begonnen, einzustürzen. Der Weg, der zum Haupttor, zu den Innenhöfen und Gärten führte, war mit Brombeerranken und Unkraut überwachsen. Ein Teil des Daches war bereits ohne Dachpfannen. Die Fenster waren mit Läden verschlossen, die Farbe der Mauern war abgeblättert und die Holzverschalung verrottet.

Corbett ließ sein Pferd auf einer Wiese bei einem Brunnen, der nicht mehr benutzt wurde, grasen und hämmerte an das Hauptportal, während er nach Naismith rief. Das Geräusch hallte unheimlich in dem leeren Haus wider. Corbett dachte schon, das Anwesen sei verlassen, da hörte er schlurfende Schritte und das Klappern von Schlüsseln. Die Schlüssel drehten sich kreischend in den Schlössern, und die Tür wurde geöffnet. Ein kleiner, gedrungener und kahlköpfiger Mann sah zu ihm auf.

»Kann man nicht einmal mehr schlafen?« schrie er und kratzte sich seinen kahlen Kopf, der wie ein Taubenei glänzte. »Ich geh' schlafen, wach' auf und hör' ein Klopfen, als würde der Erzengel Gabriel vor der Tür stehen. Was ist los? Die Posaunen des Jüngsten Gerichts?«

Corbett unterdrückte ein Lächeln und stellte sich höflich vor. Er zeigte den Ring, den er am Finger trug und, was wichtiger war, die Spange, die er von Bruder Edmund bekommen hatte. Naismith sah mit seinen wäßrigen und kurzsichtigen Augen wieder zu ihm auf.

»Doch kein Engel«, murmelte er. »Vielleicht ein Dämon. Ihr kommt besser herein! Ihr kommt besser herein!«

Corbett folgte ihm einen feuchten, verfallenen Gang entlang. Er bemerkte, daß der Putz an den Wänden bereits angefangen hatte, herabzufallen. Die Steine am Boden waren gesprungen. Einige Türen hatte man mit Riegeln verschlossen, andere hingen schief. Das Gutshaus war vollständig ausgeräumt, kein

einziges Möbelstück und kein noch so billiger Wandbehang waren übrig. Die Wände waren vollkommen kahl. Naismith führte Corbett in eine kleine Vorratskammer. Der Beamte schaute sich um und machte sich klar, daß Naismith in diesem Raum lebte. Er schlief und aß hier, denn hier standen ein schmales Bett, eine Truhe, ein Tisch, Hocker und, was nicht so recht passen mochte, ein Stuhl mit einer hohen Lehne, der mit aufwendigen Schnitzereien verziert und dessen Sitz und Rücken mit Leder gepolstert waren. Naismith setzte sich darauf in der Pose eines Prinzen.
»Was wünscht Ihr?« fragte er vorsichtig.
Corbett erklärte es ihm und war erfreut, daß Naismith allmählich freundlicher dreinschaute.
»Bruder Edmund hat recht«, entgegnete Naismith. »Gott weiß, was mit meinem Herrn passiert ist. Er kam müde und des Blutes überdrüssig und doch voller Hoffnung aus den Kriegen zurück. Er war nur ein paar Stunden hier, dann sagte er, daß er sich nach Kirklees auf den Weg machen würde. Er wollte sich mit Lady Mary treffen. Und er brach auf. Er sagte, daß er zurückkehren würde. Er schwor es sogar. Er sagte, er habe Gold, um damit das Gutshaus zu renovieren.« Naismith ließ die Schultern hängen. »Aber er kam nicht zurück«, fuhr er mit schwacher Stimme fort. »Ich habe gehört, daß er nach Kirklees gegangen ist und von dort nach Sherwood. Hier hat das Morden dann angefangen.«
»Hat er was gesagt?« erkundigte sich Corbett.
»Er war verbittert. Verbittert über den König, verbittert über das Leben. Er war traurig, daß er Lady Mary verlassen hatte, freute sich jedoch darauf, sie und John Little in Kirklees wiederzusehen. Erst dachte ich, daß der Robin of Locksley, den ich kenne, und der Mörder im Sherwood Forest nicht ein und derselbe sind. Aber das sind sie.« Naismith stand auf und schlurfte zu einem kleinen Kasten hinüber. Er nahm einige Pergament-

blätter daraus hervor, die von Fettflecken und Fingerabdrücken bedeckt waren, und hielt diese Corbett unter die Nase. »Ihr seht, Herr, daß Robin mir oft Nachrichten aus dem Sherwood Forest geschickt hat. Natürlich wußte er, daß die Gesetzeshüter versuchten, ihn in eine Falle zu locken. Deswegen einigten wir uns darauf, daß er immer purpurne Tinte verwenden und jeden seiner Briefe mit seinem geheimen Zeichen versehen würde.«

Corbett studierte die Handschriften, einige waren verblichen, andere jedoch jüngeren Datums.

»War er nicht Analphabet?« fragte Corbett. »Konnte er lesen und schreiben?«

»Ein wenig, aber er ließ das immer einen Schreiber machen. Gott weiß, Sir, es gibt genug Geächtete, wenn Ihr mir diese Bemerkung erlauben wollt, die ihre Karriere in Oxford oder Cambridge begonnen haben.«

Corbett lächelte und studierte weiterhin die Pergamentfetzen.

»Und das Geheimzeichen?«

Naismith deutete auf einen kleinen Wachsfleck in der rechten unteren Ecke eines der Bögen. Corbett ging hinüber zur Lampe und betrachtete ihn eingehend. In dem Wachs war ein Abdruck, der zwar schlicht, aber sehr deutlich, einen Mann darstellte, der in der einen Hand einen Bogen und in der anderen einen Pfeil hält. Er wußte, daß solche Siegel bei Gutsbesitzern weit verbreitet waren, sogar bei freien Bauern. Mit ihnen beglaubigten sie Urkunden und schützten sich gegen Fälschungen.

Corbett las schnell die neuesten dieser Briefe. Es handelte sich nur um die Aufforderung, daß Naismith alle bewegliche Habe, sowohl Möbel und Vorräte, verkaufen sollte. Das Geld, der Erlös, würde spätabends abgeholt werden.

»Was geschah?« fragte Corbett. »Kam der Räuber zurück, um zu holen, was ihm gehörte?«

»In einigen Nächten. Aber nur zwei- oder dreimal. Ein Mann

kam immer mit einer Nachricht von Robin, ich gab ihm das Geld, und er verschwand wieder wie eine Erscheinung.«
»Warum?« fragte Corbett.
»Warum was?«
»Warum hat der Räuber wohl alles verkauft, was er hier besaß?« Naismith zuckte mit den Achseln, als würde das alles für ihn schon keine Rolle mehr spielen. »Wie Vater Edmund bin ich ein alter Mann«, sagte er. »Ich habe getan, was ich konnte, und ich habe keine Kraft mehr. Ich habe dieser Familie gedient, seit ich laufen konnte. Wenn der Herr etwas befiehlt, dann tut Naismith das. Aber, um auf Eure Frage ohne Umschweife zu antworten, ich glaube nicht, daß Robin of Locksley hierher zurückkehren will.« Naismith zuckte wieder mit den Achseln und schaute sich um. »Das Gut ist schließlich auch nicht sonderlich großartig: Ställe, einige Weiden, etwas Ackerland. Vielleicht zieht der Herr fort.«
»Und Ihr könnt mir nicht noch mehr sagen?«
»Was ich weiß, das wißt Ihr jetzt auch, und damit hat es sich.«
Corbett dankte Naismith, holte sein Pferd und ritt zum Hauptweg zurück. Der Morgennebel war inzwischen ganz verschwunden, und die Sonne brannte ihm im Nacken. Eine Weile lauschte er den Geräuschen, die von den Feldern und Wiesen kamen: dem Summen der Insekten, den Rufen der Vögel, die Futter suchten, und dem unheimlichen, aber melodischen Gesang der Waldtaube. Corbett schaute sich um und überzeugte sich davon, daß er sich nicht in Gefahr befand. Sein Verfolger hatte entweder aufgegeben oder wartete vielleicht auch nur auf eine neue Gelegenheit, an einem anderen Ort. Er trieb sein Pferd vorsichtig an und blieb dann plötzlich stehen und schaute auf das verfallene Herrenhaus zurück. Alles sprach für Kirklees. Irgend etwas mußte dort vorgefallen sein, was Robin of Locksley in den Mahlstrom wahnsinniger Mordlust gerissen hatte. Ein

Mann, der sich der Rache verschrieben hatte. Aber warum nur? Und wie konnte er ihm eine Falle stellen?
Er saß da und kaute an seinem Daumennagel. Es ging bereits auf Ende Juni zu. Der König erwartete in den nächsten Tagen eine Antwort wegen der Chiffre. Corbett war bedrückt. Wie sollte er dieses Rätsel lösen, sich gegen den Meuchelmörder Achitophel schützen und einen Räuber zur Strecke bringen, der in dem dichten Sherwood Forest so wenig greifbar war wie ein Schatten? Er schaute auf den Ring an seinem Finger. Der König hatte ihm noch eine letzte Möglichkeit gelassen.
»Falls es Euch nicht gelingt, Corbett«, hatte er gebrüllt, »falls Ihr diesem verdammten Räuber nicht Einhalt gebieten könnt, dann bietet ihm die Begnadigung an, eine Amnestie aller Verbrechen, sofern er meine Steuern zurückgibt und für die Männer, die er umgebracht hat, Blutgeld zahlt.«
Corbett sah nachdenklich über die Felder hinweg. Sollte er das tun? Ein Vogel flog aus einem Baum in seiner Nähe auf. Er mußte an die großen Eichen und Ulmen denken, die Leighton Manor umstanden. Ein plötzlicher Gedanke ließ ihn aufschrecken. Was war, wenn nicht Achitophel ihn verfolgte? Vielleicht war die mörderische Attacke in der Schenke ja das Werk des Räubers, dem daran gelegen war, ihn zu töten, wie er Sir Eustace Vechey getötet hatte? Wenn das der Fall war, wo war dann dieser Meuchelmörder jetzt? War er in Nottingham? In London? Oder, was schlimmer war, in Leighton Manor? Vielleicht bedrohte er gerade Maeve und Angehörige seines Haushalts? Sollte er dorthin zurückkehren? Corbett gab seinem Pferd die Sporen.
»Das könnte de Craon so passen!« sagte er laut. »Das würde ihm sein steinernes Herz erwärmen, Corbett so am Boden zerstört zu sehen, daß er alles stehen und liegen läßt, um zu den Seinen zurückzukehren ...«

In einem Geheimkabinett hoch oben im Louvre kniete Philipp Le Bel, der König von Frankreich, vor einer Statue seines heiliggesprochenen Vorfahren Saint Louis und betete für den Sieg seiner Armeen in Flandern. Der französische König war für seine Schönheit und seine Gefühllosigkeit bekannt, und sein marmorweißes Antlitz mit den seltsamen grünen Augen und den blutleeren Lippen wurde von dem glänzenden blonden Haar der Kapetinger umrahmt.
Philip war sowohl nicht ganz bei der Sache als auch aufgeregt. Er schloß die Augen und dachte an die Truppen, die jetzt an den nördlichen Grenzen lagerten: Schwadrone schwerer Kavallerie, unzählige Reihen Genueser Bogenschützen. Die großen Heerführer mit ihren Fußsoldaten, die Banner, die goldenen Lilien auf meerblauem Grund und, zusammengerollt im Zelt seines eigenen Kommandanten, das heilige Oriflamme, sein eigenes Banner, das normalerweise hinter dem Hochaltar von St. Denis verwahrt wurde. Wenn Philipp den Befehl dazu gab, dann wurde dieses Banner hervorgeholt und gehißt, um den aufständischen Flamen zu zeigen, daß Philipps Soldaten keine Gefangenen nehmen würden.
Er holte tief Luft. Seine Spione in den flämischen Städten hatten ihm Briefe mit vielen guten Nachrichten gesandt. Daß in jeder Stadt Männer, die seine Sache unterstützten, die Lilien-Männer, dazu bereit wären, seinen Soldaten die Tore zu öffnen. Philipp wußte nicht, wo er sich vor Freude lassen sollte. Diejenigen Flamen, die Widerstand leisteten, sprangen wie Flöhe auf einem heißen Eisen und schickten ein Bittgesuch nach dem anderen zu Edward von England, in dem sie um Hilfe und Beistand nachsuchten. Aber Edward konnte diesem Wunsch nicht entsprechen, ein Vertrag mit Frankreich hinderte ihn daran. Er konnte ihnen heimlich Gold senden, aber was würde das schon nützen? Die Flamen konnten damit Soldaten anheuern und von den Prinzen jenseits des Rheins Waffen kaufen, aber

wo wollten sie diese Männer dann einsetzen? Wie einer von Philipps Spionen es ausdrückte, waren sie wie Kaninchen in ihrem Bau, die nicht wußten, durch welches Loch das Frettchen eindringen würde. Philipp wußte das jedoch und seine zwei Ratgeber, der braungebrannte William of Nogaret und der rotbärtige Amaury de Craon, die hinter ihm an einem Tisch saßen, ebenfalls.

Philipp bekreuzigte sich und stand auf. Er hörte einen schwachen Ruf aus dem Hof und öffnete das Bleiglasfenster, um hinauszuschauen. Eine Weile betrachtete er die Szene, die sich ihm bot. Ein großes Rad war an einer Mauer im Hof angebracht worden, an dem ein Mann festgebunden war: Hände und Füße waren an den Speichen festgezurrt. Einer der Scharfrichter drehte das Rad, während ein anderer mit einer dünnen Eisenstange dem Mann Arme und Beine brach und auf dessen nackten Körper einprügelte. Ab und an kam der Gefangene wieder zu sich und bat schreiend um Gnade. Sein geschundener Körper bebte vor Schmerz, aber seine Peiniger fuhren in ihrem Tun fort. Philipp betrachtete das Bild: Die Soldaten, die Wache standen, die großen Mastiffs unweit des Richtplatzes, die beim Blutgeruch aufgeregt bellten, und die genauen und bedächtigen Bewegungen der Scharfrichter.

»Wie lange noch?« fragte er leise über seine Schulter.

»Eine Woche, Euer Gnaden.«

Philipp nickte und schloß das Fenster. Der Mann hatte genug gelitten.

»Wenn er morgen früh noch lebt, hängt ihn in dem kleinen Obstgarten bei der Kanzlei auf. Das wird meine Beamten dazu anhalten, mit den Geheimnissen, die ich ihnen anvertraue, sorgsamer umzugehen.«

»Es schadet nicht, daß der Mann etwas leidet«, meinte de Craon bedächtig. »Aber Corbett hat die Chiffre inzwischen, Euer Gnaden. Falls er das Geheimnis löst ...«

»Das stimmt«, unterbrach Nogaret mit rauher Stimme. »Euer Gnaden, ich bitte Euch, Eure Pläne zu ändern.«
»Unsinn!« entgegnete Philipp. »Ich habe die Chiffre selber ersonnen. Sie jetzt zu ändern, würde nur zu einem Durcheinander führen, vielleicht sogar zu einer Verzögerung. Die Abgesandten Edwards von England befinden sich bereits am Hofe des Papstes und versuchen diesen Fettsack, der sich selbst Papst Bonifaz VIII. nennt, dazu zu veranlassen, unsere Pläne mit Flandern schriftlich zu verurteilen.«
»Und wir bezahlen den Heiligen Vater dafür, daß er sich damit Zeit läßt«, sagte Nogaret.
»In diesem Fall«, hauchte der französische König, »muß Edward von England wohl so lange warten, bis es in der Hölle friert!« Er setzte sich auf einen Stuhl mit einer hohen Lehne. »Wir haben immer noch Achitophel. Hat er schon geschrieben?«
De Craon verzog das Gesicht. »Er konnte in London nichts in Erfahrung bringen und fälschte deswegen einen Brief an Corbetts Gut in Leighton, um herauszufinden, wo er sich aufhält.« De Craon lächelte. »Achitophel war in Nottingham, noch bevor Edwards geliebter Bevollmächtigter dort eintraf.«
»Nottingham?« Philipp sah ratlos aus.
»Gute Nachrichten, Euer Gnaden. Edward von England hat Probleme mit der Sicherheit auf den Straßen, die nach Norden, nach Schottland führen. Es ist von Mördern und Räubern die Rede.« De Craon grinste. »Noch ein Haar in der englischen Suppe.« Seine Züge wurden hart. »Aber ist es klug, Corbett umzubringen?«
Philipp starrte seinen rätselhaften Meister der Geheimnisse an, dann brach er in lautes Gelächter aus. Seine zwei Ratgeber saßen mit versteinerter Miene da.
»Euer Gnaden?«
Philipp drohte de Craon mit dem Finger.
»Ihr macht Euch Sorgen, Amaury! Ich weiß, was Ihr denkt.

Wenn wir den geliebten Bevollmächtigten Edwards von England ermorden, dann wird Edward in Vergeltung einen von meinen umbringen lassen.« Er beugte sich vor und faßte de Craon am Handgelenk. »Das wäret in diesem Fall vielleicht Ihr?«
De Craon blinzelte und versuchte, keine Miene zu verziehen. Er gab sich über seinen königlichen Herrn keinerlei Illusionen hin. Es wurde behauptet, Philipp von Frankreich habe einen Stein an Stelle des Herzens. Er hätte im Leben ein Ziel und nur das eine: den Ruhm der Kapetinger zu mehren. Sein Traum war, ein Reich zu errichten, das so groß sein sollte wie das Karls des Großen. De Craon schaute verstohlen über den Tisch. Er und auch Nogaret waren nur äußerst unbedeutend in diesem großartigen Plan.
Philipp schüttelte den Kopf und schaute auf die aus Alabaster geschnitzte Statue des heiligen Louis.
»Macht Euch über Corbett keine Sorgen. Achitophel hat seine Befehle. Der Bevollmächtigte soll auf eine Art das Leben verlieren, die kaum einen Verdacht schürt. Und Edward von England hat bald andere Sorgen, als sich um den Tod eines Nichtadeligen Gedanken zu machen. Nun also.« Er schob die Schachfiguren beiseite und wühlte in den Pergamenten auf dem Tisch. »Ist alles bereit?«
»Alles«, bestätigte Nogaret. »Außer dem Datum.«
Philipp lehnte sich auf seinem Stuhl zurück und wiegte bedächtig den Kopf hin und her. Er war sich sicher, daß Gott ihm ein Zeichen geben würde. Er hörte einen weiteren Schrei aus dem Hof und starrte auf die Reihe von Kerzen, die vor der Statue des heiligen Louis flackerten.
»Ende Juni«, murmelte er, »die Früchte auf den Feldern sollten reif sein und sich ernten lassen.« Er zählte die Kerzen ein weiteres Mal. Es waren zehn. Philipp beugte sich vor. »Schickt die Chiffre an den Marschall. Sagt ihm, er solle am zehnten Juli

beim ersten Morgengrauen nach Flandern einfallen. Und übrigens«, er nickte mit seinem silbernen Schopf in Richtung Fenster, »die Schreie des Mannes bringen mich aus der Ruhe. Ich habe es mir anders überlegt. Wenn er bei Sonnenuntergang noch lebt, dann hängt ihn auf!«

# Kapitel 10

Corbett fand seinen Empfang in der Kirklees Priory alles andere als freundlich. Eine Weile lang war er gezwungen, sich in dem großen Torhaus die Beine in den Bauch zu stehen, ehe eine murrende Laienschwester ihn über den trockenen Rasen in das private Gemach der Priorin führte. Lady Elizabeth Stainham begrüßte ihn ebenfalls frostig. Sie war groß und dünn und hatte ein scharfgeschnittenes Gesicht. Sie reagierte kaum auf Corbetts Grußworte, schien aber milder gestimmt zu sein, als der Beamte sie kurz angebunden über seine Stellung bei Hof und über das Vertrauen informierte, das der König ihm entgegenbrachte. Erst dann bot sie ihm einen Stuhl an und ließ Wein und Konfekt bringen.

»So was aber auch!« murmelte sie, setzte sich und strich die Ärmel ihrer langen braunen Tracht glatt. Corbett bemerkte amüsiert, daß die Ärmel mit weißem Pelz eingefaßt waren und daß es sich bei dem Stoff um glänzenden Satin handelte. Er sah sich in dem prachtvoll ausgestatteten Raum um. Wollene Teppiche auf dem Fußboden, schwere polierte Möbel, dünne Wachskerzen in Kerzenhaltern, Schalen mit Rosenwasser, venezianisches Glas auf silbernen Tabletts und gold- und silberdurchwirkter Damast an den Wänden. Lady Elizabeth, schloß er daraus, lebte so vornehm wie jede Gräfin, und der Weißwein, den sie ihm servieren ließ, war kühl und hatte ein angenehmes Bukett, ein Zeichen dafür, daß sie ihre Weine bei den besten Weinhändlern in York oder London kaufte.

»Sir Hugh?«

Corbett blinzelte. Die Priorin hattc ihm eine Frage gestellt.
»Meine Verehrteste, es tut mir leid, aber die Reise war anstrengend.«
Wieder dieses falsche Lächeln.
»Sir Hugh, ich habe Euch gefragt, was der Bevollmächtigte des Königs mit unserem demütigen Orden zu tun hat?«
»Eigentlich nichts, edle Dame. Wir sind mehr an einem Besucher interessiert, den Ihr unlängst hattet, und an einer Frau, die sich hier aufhielt. Ihr kennt sie beide gut: Robin of Locksley, ein entfernter Verwandter von Euch, und Lady Mary?«
Lady Elizabeth war vielleicht in der Lage, ihre Gefühle hinter versteinerten Zügen zu verbergen, aber Corbett hätte schwören können, daß sie beinahe ihr Weinglas fallen ließ. Die Priorin stellte es wieder auf den Tisch, und Corbett bemerkte ein Zittern der Hände und ein nervöses Zucken um die Augen.
»Lady Elizabeth, Ihr scheint aus der Fassung geraten zu sein?«
Die Priorin fuhr mit der Zunge über ihre schmalen Lippen.
»Nicht aus der Fassung, Sir Hugh, eher wütend. Wir haben von den Schandtaten des Räubers gehört. Ich schäme mich, daß das gleiche Blut in unseren Adern fließt! Noch mehr bedrückt mich die Tatsache, daß wir einer Frau Obdach gewährten, die jetzt vollkommen übergeschnappt mit den Räubern im Dunkel des Waldes haust!«
»Edle Dame.« Corbett beugte sich vor und legte seine Händc auf den Tisch, der zwischen ihnen stand. »Der König besteht darauf, daß dieser Räuber zur Rechenschaft gezogen wird. Ich mußte jedoch jetzt feststellen, daß Robin of Locksley die Armee des Königs in Schottland verlassen hat, weil er Lady Mary heiraten und den Rest seiner Tage in Frieden in Locksley leben wollte. Das hat jedenfalls der Priester dort, Vater Edmund, gesagt. Der alte Verwalter des Räubers äußerte sich ebenfalls in dieser Richtung. Was ist also vorgefallen, daß Robin einen solchen Sinneswandel durchgemacht hat?«

Die Priorin stand auf und begann auf und ab zu gehen, wobei sie so tat, als rücke sie die Haube auf ihrem Kopf zurecht oder als glätte sie die weiten Ärmel ihrer Tracht. Doch Corbett konnte sehen, daß sie immer noch versuchte, ihre Erregung zu verbergen.

»Edle Dame«, nahm er den Faden mit leiser Stimme wieder auf, »ich bin der Bevollmächtigte des Königs in dieser Angelegenheit, und ich habe Euch eine Frage gestellt.«

Die Priorin blieb stehen und sah ihn finster an. Corbett zuckte zusammen, als er den Haß in ihren Augen bemerkte.

»Ich verabscheue Robin of Locksley!« zischte sie. »Das habe ich immer getan! Seine Liebe zu dem gemeinen Volk. Die Art, wie sich der Pöbel von seinen Heldentaten erzählt. Seine aufgeblasene Arroganz und seine Verletzung der Gesetze des Königs, nur damit ihn dieser König auch noch dafür belohnt.« Lady Elizabeth hielt inne und ballte ihre Hände zu Fäusten.

»Also warum?« unterbrach sie Corbett und betrachtete das haßerfüllte Antlitz der Frau. »Warum habt Ihr seiner Geliebten Schutz gewährt?«

»Weil er mich darum gebeten hat!« fauchte sie. »Weil mir Lady Mary leid tat. Weil ich dachte, daß ich sie retten und auf den Weg der Rechtschaffenheit zurückführen könnte.«

Da bin ich mir ganz sicher, daß du das versucht hast, dachte Corbett bei sich. Du wärst nur zu froh gewesen, wenn du diese Beziehung hättest beenden können. Du hättest die Frau, die Robin liebte, vor seinen Augen und vor den Augen der Welt nur zu gern verbergen wollen.

»Ist Lady Mary Nonne geworden?«

»Nein, sie legte keine Gelübde ab, sondern wohnte hier wie die anderen Damen, die Witwen und jene Frauen, die vor der Welt der Männer Schutz suchen. Und sie war glücklich, bis ...«

»Bis Robin zurückkehrte?«

»Genau!«

»Warum ist Lady Mary überhaupt hierhergekommen?« fragte Corbett.
»Als Robin die Begnadigung des Königs annahm, war eine der Bedingungen dafür, daß er eine Zeitlang in der königlichen Armee in Schottland Dienst tue. Lady Mary war enttäuscht und äußerst gekränkt darüber, daß Robin sie so schnell vergessen und die Wünsche des Königs über ihre eigenen stellen konnte.« Lady Elizabeth lächelte schwach. »Wie viele Männer, so machte auch Robin Versprechungen, die er nie hielt.«
»Aber er kam doch zurück?«
»O ja, er kam mit stolzgeschwellter Brust durch das Tor. Er und dieser monströse Kerl, John Little, sie saßen auf ihren Streitrössern wie Herren, die gekommen sind, um Gericht zu halten.«
»Und Lady Mary?«
»Eine Zeitlang hatten sie und Robin sich in das Gästehaus zurückgezogen.«
»Und dann?«
Die Priorin lehnte sich achselzuckend in ihrem Stuhl zurück. »Wie bei jedem dummen Mädchen. Er hatte Lady Mary den Kopf verdreht. Sie packte ein paar Sachen zusammen und ritt mit der Liebe ihres Lebens davon.«
»Und doch kehrten sie nicht nach Locksley zurück, sondern zum Räuberleben in den Sherwood Forest?«
»Das kann ich nicht beantworten«, fauchte Lady Elizabeth. »Aber wenn Ihr ihn erwischt, falls Ihr ihn überhaupt erwischt, Sir Hugh, dann könnt Ihr ihm diese Frage stellen, bevor man ihn von der Leiter des Galgens stößt.« Aufgebracht preßte sie die Fingerspitzen gegeneinander. »Wenn Ihr mir nicht glaubt, fragt irgendeine Schwester hier im Kloster.«
Corbett war froh, den engen Raum verlassen zu können. Das, was Lady Elizabeth ihm erzählt hatte, behagte ihm nicht, aber es gab nichts, was er hätte tun können. Was auch immer aus Robin, einem friedliebenden Soldaten, einen Räuber gemacht

hatte, der jederzeit bereit war, den Frieden des Königs zu brechen, war weiterhin ein Rätsel.

Das Problem ließ Corbett auch am folgenden Tag keine Ruhe, als er nach Nottingham zurückkehrte. Er fand die Burg in heller Aufregung. Sir Peter Branwood empfing ihn im äußeren Hof und führte ihn durch das Middle Gate zu einem Sarg vor dem Altar der kleinen Kapelle, ehe er noch nach Ranulf oder Maltote hätte fragen können. Corbett, der nach der Reise müde und wundgeritten war, sah wortlos zu, während Sir Peter den purpurroten Überwurf beiseite zog, den Sargdeckel mit seinem Dolch aufstemmte und das Leichentuch aus Gaze zurückschlug.
Corbett schaute nur einmal hin und wandte sich rasch ab. Er würgte. Dort lag Gisborne. Der Einbalsamierer, oder wer immer die Leiche für die Beerdigung vorbereitet hatte, hatte sein Bestes getan und das Blut von dem malträtierten Hals abgewaschen. Der vom Rumpf getrennte Kopf lag jedoch schief. Corbett erkannte die Züge Gisbornes, obwohl das Gesicht von purpurroten Schwellungen verformt war. Man hatte den Eindruck, als sei mit dem Kopf Ball gespielt worden. Er setzte sich auf die Altarstufen und sah zu, wie Branwood den Sarg wieder schloß.
»Gisborne hat also keinen Erfolg gehabt?«
»Das könnte man so sagen«, entgegnete Branwood sarkastisch. »Er hat über ein Dutzend seiner Leute verloren. Lord of Gisborne«, er klopfte auf die Seite des Sarges, »ließ sich nichts sagen und versuchte, mit der Räuberbande allein fertig zu werden. Wir wollten ihm beistehen, mußten aber umdrehen, bevor noch eine Stunde um war. Gisborne war bereits zu tief im Wald.« Branwood steckte seinen Dolch wieder in die Scheide. »Gestern hat man seine Leiche mit dem Kopf in einem Faß gepökelten Schweinefleischs auf den Brewhouse Stairs abgeladen. Wenn ich Euch einen Rat geben darf, Sir Hugh, sagt in Eurem nächsten

Brief an den König, daß Seine Hoheit, was die Räuber von Nottingham angeht, deren Gefangennahme und Hinrichtung vertrauensvoll den Beamten überlassen soll, die Seine Hoheit der König hier eingesetzt haben.«

»Das werde ich ihm sagen«, murmelte Corbett, als Branwood die Kapelle verließ.

Der Beamte stand müde wieder auf, nahm Satteltasche und Mantel, kniete kurz vor dem Altar nieder und ging über den inneren Hof zu seinem Gemach im King John's Tower. Es war leer, er kontrollierte aber trotzdem, daß alles so war, wie er es verlassen hatte, einschließlich der Gegenstände, die er aus Vecheys Zimmer hatte mitgehen lassen. Er wusch sich, zog sich um, lag eine Weile auf seinem Bett und döste vor sich hin, bis er von Ranulf und Maltote geweckt wurde.

»War Eure Reise ein Erfolg?« fragte ihn sein Diener.

Corbett verzog das Gesicht.

»Ihr habt von Gisbornes Niederlage und Tod gehört?«

»Die ganze Stadt spricht über nichts anderes«, entgegnete Ranulf.

Corbett rieb sich die Augen.

»Und du, Ranulf, bist du mit der Chiffre weitergekommen?«

Der andere schüttelte betrübt den Kopf.

Corbett stand auf und reckte sich. »Maltote, sei so freundlich und hole etwas Wein und vielleicht auch etwas Brot aus der Speisekammer. Sag dem übellaunigen Koch, der Bevollmächtigte des Königs verlange danach.«

Er wartete, bis der Bote das Zimmer verlassen hatte.

»Ranulf, dieses Geheimnis mit dem Räuber.« Corbett breitete verärgert seine Arme aus. »Wenn ein Mann wie Gisborne ihn nicht in eine Falle locken kann, was für eine Chance sollen dann du und ich haben? Die Chiffre ist immer noch rätselhaft, und die Zeit läuft uns davon. Wenn die französischen Truppen erst einmal nach Flandern vorrücken, wird uns der König in London

brauchen. Und übrigens.« Er ging zu Ranulf hinüber. »Auf meiner Reise nach Kirklees hat jemand versucht, mich zu vergiften. Hast du irgend jemandem gesagt, wohin ich unterwegs bin?«
Ranulf sah aus wie die Unschuld in Person. Er hob die Hände. »Gott ist mein Zeuge, Herr, ich habe diese Angelegenheit nicht einmal mit Maltote besprochen.«
»Nun, jemand hat auf jeden Fall versucht, mich umzubringen. Entweder der Verräter aus der Burg oder ...«
»Achitophel?«
Corbett nickte.
Maltote kam mit einem Krug Wein, drei Bechern und einem Teller mit drei kleinen Weißbroten und Streifen gedörrten Specks wieder. Sie setzten sich an den Tisch, und Corbett verteilte das Essen. Er hörte Ranulf zu, der erzählte, was seit seiner Abreise in der Burg vorgefallen war.
»Und die schöne Amisia?« unterbrach er ihn. »Hast du sie heute schon gesehen?«
»Nein.« Ranulf grinste. »Maltote und ich haben einige von Sir Peters Soldaten von ihren Münzen befreit.«
Corbett kaute sein Brot und hörte nur mit halbem Ohr zu, als Ranulf schadenfroh berichtete, wie einige von Gisbornes Förstern, nachdem sie nach dem Tod ihrer Herrschaft in die Burg gekommen seien, damit angegeben hätten, Maltote im Hasardspiel schlagen zu können. Er sei nur zu gern bereit gewesen, diese Angelegenheit mit etwas, was er »seine wundertätigen Würfel« nannte, zu klären.
Corbett hatte sein Mahl beendet und seine Schreibutensilien hervorgeholt, als jemand laut an die Tür klopfte.
»Herein!« rief er.
Ein Burgdiener trat ein und hinter ihm ein weiterer Mann, den Corbett nicht kannte.
»Das ist Halfan!« erklärte Ranulf. »Der Wirt des Cock and Hoop.«

Sein Lächeln verschwand, als er den finsteren Blick des Mannes bemerkte.
»Er will Euch sprechen«, sagte der Diener. »Sir Peter Branwood hat mir befohlen, ihn hierherzubringen.«
»Nun gut«, entgegnete Ranulf. »Du kannst gehen. Halfan, was stimmt nicht?«
Der Schankwirt wartete, bis der Diener die Tür hinter ihm geschlossen hatte.
»Herr«, der Wirt schaute unruhig im Zimmer umher, »ich habe schlechte Nachrichten!«
»Was ist los? Ist etwas mit Lady Amisia?«
»Nein, nein, dem Mädchen geht es gut. Aber ihr Bruder, Rahere, der Rätselmeister. Man hat ihn heute morgen ermordet in einer Gasse bei der Schenke aufgefunden. Jemand hat ihn erdrosselt.«
»Was?« Ranulf setzte sich auf einen Hocker.
»Wahrscheinlich Diebe«, fuhr der Wirt fort. »Er hatte immer einen schweren Geldbeutel bei sich, und der ist jetzt weg. Sie haben ihm auch seinen Gürtel und seine Stiefel abgenommen. Die Schurken müssen ihm vom Markt aus gefolgt sein.«
Corbett sah, daß Ranulf bleich geworden war, und schenkte ihm eilig nach.
»Und das Mädchen?« fragte Corbett.
»Wie schon gesagt, sie ist unverletzt. Hysterisch, ja, ich habe deswegen den Arzt des Ortes gerufen, der ihr etwas Wein und Baldriantropfen gegeben hat.«
Corbett erinnerte sich an die Bogensehne, mit der man die Giftmischerin Hecate erdrosselt hatte.
»Kommt, Ranulf, Maltote!« drängte er.
Er schubste den Wirt und seine beiden Gefährten beinahe aus dem Zimmer und die Treppe hinunter. Sie achteten darauf, den Angehörigen der Garnison aus dem Weg zu gehen, stahlen sich durch das hintere Tor beim inneren Hof und hinunter in die Stadt.

Das Cock and Hoop war leer, als sie eintraten. Der Wirt erklärte, daß er seiner Christenpflicht genüge getan habe, indem er die Leiche in einem der Schuppen bis zum Besuch des Leichenbeschauers aufgebahrt hätte.
»Gott weiß, was passieren wird«, murmelte der Mann. »Das Mädchen hat fast den Verstand verloren, und alles, was der Leichenbeschauer tun kann, ist zu erklären, daß er von einer oder mehreren unbekannten Personen ermordet worden ist.«
Er führte sie über einen gepflasterten Hof, hob einen Riegel und führte Corbett und seine Männer in einen süßlich riechenden Stall. Er entzündete nervös einige Öllampen, die an der Wand hingen, und zog die Sackleinwand zurück, mit der der Leichnam bedeckt war, den man auf frisch ausgebreitetes Stroh gebettet hatte.
»Zwei Leichen an einem Morgen«, murmelte Corbett.
Er kniete neben dem Rätselmeister nieder und versuchte, das blauschwarze Gesicht, die hervortretenden Augen und die herausquellende Zunge nicht wahrzunehmen. Er sah sich die Schnur an, die um den Hals des Mannes lag. Maltote war bereits wieder nach draußen gegangen, sein Antlitz hatte einen leichten Grünschimmer. Ranulf war zwischen Kummer über den Verlust seines neugewonnenen Freundes und Sorge über das Leiden, dem sich seine süße Amisia jetzt ausgesetzt sah, hin- und hergerissen.
»Die gleiche«, murmelte Corbett und stand auf. Er zog das Tuch sorgfältig wieder über das Gesicht des Toten.
Der Schankwirt löschte die Öllampen, und sie gingen zurück auf den Hof.
»Einmal abgesehen von Ranulf«, fragte Corbett, »hat dieser Rahere sonst noch mit jemandem gesprochen?«
»Viele kannten ihn.« Der Wirt kratzte sich seinen fast kahlen Schädel. »Aber er war ein Einzelgänger. Gelegentlich gab er uns ein Rätsel auf. Er war entweder hier oder auf dem Markt. Er

sagte, daß er die Burg besuchen wolle, und einmal, glaube ich, hat er Nottingham auch verlassen.«
»Wann?«
»Meine Gäste meinten, vor drei Tagen. Er brach sehr eilig auf, kam dann jedoch zurück.«
Corbett trat zurück. Vor drei Tagen hatte er seine Reise nach Locksley und Kirklees angetreten. Er sah Ranulf wütend an.
»Ich habe es niemandem auf der Burg gesagt.« Ranulf war intelligent genug, um zu merken, in welchen Bahnen Corbett dachte. Er schlug die Augen nieder. »Hier auch nicht. Außer Amisia.«
Corbett wühlte in seinem Beutel und zog eine Münze daraus hervor, die er dem Gastwirt vor seine scharfen Augen hielt.
»Die ist für die Leiche. Ein schnelles Begräbnis auf einem städtischen Friedhof. Und die ist«, er zog eine zweite Münze hervor, »für die Erlaubnis, das Gepäck des Toten durchsuchen zu dürfen.«
Der Schankwirt ließ sich nicht zweimal bitten, sondern führte Corbett, Ranulf und Maltote, der den Mund nicht mehr zubekam, unverzüglich hinauf in das Zimmer des Toten.
»Hier ist niemand«, erklärte er. »Das Mädchen, ich meine, Lady Amisia, ist in einem anderen Zimmer.«
Corbett dankte ihm. Als der Schankwirt verschwunden war, befahl Corbett Ranulf und Maltote, das Zimmer zu durchsuchen und alle Habseligkeiten Raheres in der Mitte des Bettes aufzustapeln.
Erst fanden sie nichts von Interesse: Kleider, Gürtel, Wehrgehenke, Kniehosen, ein Paar Stiefel zum Wechseln, einige Löffel und einen getriebenen Silberbecher. Aber dann schob Ranulf, der seinen Fehler ausbügeln wollte, das Bett zur Seite, besann sich seiner lange verschütteten Fähigkeiten als Einbrecher und fing an, die Dielenbretter zu untersuchen. Er schrie vor Freude auf, als es ihm gelang, ein Brett loszubekommen und darunter

ein kleines Kästchen entdeckte. Es war nicht mehr als einen Fuß lang, ebenso breit und mit drei Schlössern verschlossen. Ranulf reichte es an Corbett weiter, der, ohne zu zögern, alle drei Schlösser mit seinem Dolch zerbrach. Dann setzte er sich auf den Rand des Bettes und blätterte in den Pergamentblättern.

»Ah!« Corbett legte die Briefe beiseite, nahm seinen Dolch, stieß ihn in den Boden des Kästchens und bog das zersplitterte Holz hoch; ein Geheimfach kam zum Vorschein. Er zog eine kleine Medaille daraus hervor und eine Pergamentrolle, die er eilig studierte.

»Unser Freund Rahere war wirklich ein Rätselmeister«, sagte er mit einem gezwungenen Lächeln.

Corbett warf das entrollte Pergament Ranulf zu, der das normannische Französisch überflog. Es war von William of Nogaret unterzeichnet und mit dem Geheimsiegel Frankreichs gesiegelt. In diesem Brief wurden alle Seneschalle, Amtmänner und Beamten im Königreich Frankreich angewiesen, dem mit den wichtigsten Aufgaben betrauten Diener des Königs, Rahere, alle erdenkliche Unterstützung zuteil werden zu lassen.

»Das mit sich herumzutragen, war gefährlich«, sagte er.

»Nicht wirklich«, antwortete Corbett. »Viele französische Kaufleute führen solche Vollmachten mit sich.«

Er reichte Ranulf die Madaille, der eingehend das Bild eines Königs betrachtete, der auf einem Thron saß.

»Wer ist das?« fragte Ranulf.

»Philipps Großvater, der heilige Louis. Einem gewöhnlichen englischen Hafenbeamten würde eine solche Medaille harmlos vorkommen. Sie werden jedoch nur den Dienern des französischen Königs ausgehändigt, die das höchste Vertrauen genießen. Wenn Rahere eine solche Medaille zusammen mit diesem Streifen Pergament vorzeigte, ließ man ihn in jede Burg und jede Stadt, man hätte ihm auch mit Geld ausgeholfen und militärische Unterstützung gewährt. Ranulf, dein guter Freund Rahere, Gott gebe seiner Seele Frieden, war ein Agent Philipps, der das höchste Vertrauen genoß, und gleichzeitig jener begabte Meuchelmörder Achitophel!«

Corbett las weitere Pergamentblätter. »Und wer würde einen Rätselmeister auch schon verdächtigen? Ich sage dir folgendes, Rahere, oder Achitophel, Gott möge ihn verdammen, war für den Tod von mindestens einem Dutzend meiner Agenten verantwortlich. Und wenn ich die Umstände ihres Todes untersuchen würde, dann bin ich mir sicher, daß, welch ein Zufall, sich irgendein Zeuge daran erinnern würde, daß Rahere, der Rätselmeister, sich im Augenblick des Todes gerade in der Nähe befand. Wir haben uns immer gefragt, wie Achitophel es fertiggebracht hat, nicht nur Leute in Frankreich, sondern auch in England umzubringen. Es ist klar, daß man einen fahrenden Spielmann, besonders einen Mann von seinen Fähigkeiten, überall willkommen hieß.« Corbett lachte verbittert auf. »Ich wette, daß es mindestens sechs Mitglieder im geheimen Kronrat des Königs gibt, die ein Loblied auf ihn singen, ihm Schutz und Gastfreundschaft gewähren und Pässe und Empfehlungen schreiben würden.«

»Wie wußte er dann, daß Ihr in Nottingham seid?«

»Oh, ich denke, daß dieser Gauner unter einem Vorwand an Lady Maeve, vielleicht auch Lord Morgan Llewellyn, den Earl of Surrey, oder auch an den König selbst herangetreten ist, die ihm, ohne weiter nachzudenken, die Information gegeben haben.«

Ranulf starrte schlecht gelaunt auf den Fußboden, nickte und blickte dann Maltote finster an, der irgend etwas vor sich hin murmelte.

»Kannst du mal das Maul halten!« fauchte er ihn an. »Du hast ihn genausosehr geschätzt wie ich! Herr, glaubt Ihr, daß sich Amisia ebenfalls etwas hat zuschulden kommen lassen?«

Corbett spitzte die Lippen und schüttelte den Kopf. »Das bezweifle ich. Das ist ein ziemlich üblicher Trick. Ich meine, abgesehen einmal von Lady Maeve, wie viele Leute kennen schon den menschlichen Abschaum, durch den wir waten, Ranulf? Das ist zwar ein altbekannter Kniff«, fuhr Corbett bitter fort, »aber einer, der immer wieder angewandt wird. Eine Gruppe von Mönchen kommt in Dover an, sieben sind echt, der achte ist ein Spion. Eine Sammlung Kaufleute zieht nach Canterbury, alle scheinen sie ehrliche Bürger zu sein, aber einer ist ein Spion. Oder nimm die Gauklertruppe, die Schar Studenten. In diesem Fall, Ranulf, ist es die wunderschöne Schwester, die die Aufmerksamkeit auf sich zieht, nicht der fröhliche Versemacher.« Dann fügte er noch hinzu: »Wir werden sie jedenfalls befragen müssen.«
»Aber«, unterbrach Maltote hastig, »als Rahere nach Nottingham kam, hatte er keine Garantie dafür, daß er Euch treffen würde.«
»Achitophel war kein kleiner Ganove und kein Großmaul, Maltote«, entgegnete Corbett. »Er war ein erfahrener Meuchelmörder. Er sondierte erst einmal das Terrain, plante seine Schritte und verübte den Mord so schnell und so lautlos wie ein Habicht, der aus den Wolken herabstößt. Vor drei Tagen bin ich nach Locksley aufgebrochen. Ranulf schwatzt mit Amisia, Amisia schwatzt mit ihrem Bruder, der mir hinterhereilt. Und wie anders könnte man einen Beamten des Königs besser umbringen? Der Leichenbeschauer würde auch nur erklären, ich hätte etwas Unbekömmliches gegessen. Man wäscht meine Leiche, legt sie in einen Sarg, und das Gras wächst darüber, ehe noch jemand überhaupt so richtig weiß, um wen es sich bei dem Toten eigentlich handelt.«
»Es tut mir leid, Herr«, entschuldigte sich Ranulf. »Man hat mich wie einen Einfaltspinsel überlistet.«
Corbett zuckte mit den Achseln. »Du brauchst dich nicht zu

entschuldigen, Ranulf. Deine Freundschaft mit Rahere könnte immer noch Früchte tragen. Rahere, oder Achitophel, hatte zwei Aufgaben. Die eine war, mich umzubringen, aber die andere vermutlich, herauszufinden, ob ich die Chiffre geknackt hätte.« Corbett schaute seinen Diener direkt an. »Du hast mit dem Rätselmeister über die Chiffre gesprochen?«
Ranulf schloß die Augen. »Ja«, murmelte er. »Aber, Gott ist mein Zeuge, ich habe ihm nie gesagt, warum.«
»Das mußtest du auch gar nicht«, warf Maltote taktlos ein, und bekam dafür einen schnellen Tritt vors Schienbein.
»Natürlich«, nahm Corbett den Faden wieder auf und beachtete die Pantomime der beiden nicht weiter, »Achitophel war sich bald darüber im klaren, daß ich die Chiffre nicht geknackt hatte, und plante meinen Tod. Deswegen wollte er mich treffen. Wie ein Scharfrichter, der untersucht, wie schwer ein Mann ist und ob er vornübergebeugt steht, bevor er ihm eine Schlinge um den Hals legt und von der Leiter stößt. Vielleicht hätte ich ja eine Schwäche zu erkennen gegeben oder etwas von einer Reise verraten, die ich zufällig plante.« Er sah zu Ranulf hinüber. »Ich vermute nicht, daß er dir mit der Chiffre weiterhelfen konnte?«
»Nein, Herr, aber was steht auf diesen Pergamentblättern?«
»Nichts von Bedeutung. Briefe von Freunden und Bekannten, möglicherweise Chiffren mit Anweisungen und anderen Nachrichten. Meine Kollegen in Westminster werden sich freuen, sie studieren zu dürfen.« Corbett wühlte in den Papieren auf dem Bett. »Trotzdem ...«
»Wer hat ihn ermordet?« fragte Ranulf plötzlich.
Corbett begann auf einmal leise zu lachen, sehr zur Überraschung von Ranulf und Maltote, die die Male, die Meister Langschädel in dieser Woche gelacht hatte, an einer Hand abzählen konnten.
»Herr, was ist so lustig?« fragte Ranulf etwas ungehalten.

»Siehst du das nicht, Ranulf? Rahere, oder Achitophel, machte den größten Fehler, den ein Meuchelmörder oder Jäger machen kann. Er hat in der Tat viel mit Gisborne gemein. In beiden Fällen wurde aus dem Jäger der Gejagte. Wir wissen, daß ein Verräter in der Burg ist. Er hat uns beobachtet, und unsere ständigen Besuche und eingehenden Gespräche mit einem bloßen Rätselmeister in einer Schenke in Nottingham haben ihn aus der Ruhe gebracht.«
Ranulf dämmerte es langsam.
»Natürlich!« sagte er leise. »Und der Verräter dachte natürlich, daß Rahere ein Agent des Königs ist, ein Spion, der uns hier in Nottingham wichtige Unterstützung gewährt?«
»Richtig! Hast du jemanden aus der Garnison bemerkt, der dich, Rahere oder die Schenke im Auge behielt?«
Ranulf schüttelte den Kopf. »Nie.«
»Natürlich mußte unser Verräter sehr vorsichtig sein. Und was machst du mit einem Problem, das du nicht lösen kannst, Ranulf, eh?« Corbett verzog das Gesicht. »Die einfachste Lösung ist, das Problem einfach zu beseitigen und Rahere zu ermorden. Was ihn selbst angeht, so war Achitophel so sehr damit beschäftigt, uns zu beobachten, und so sehr von seiner Maske überzeugt, daß er nie auf die Idee kam, daß ihm von einer anderen Seite eine Gefahr drohen könnte. Ich vermute, daß er die Schenke heute morgen in einer persönlichen Angelegenheit verließ, angegriffen wurde, schnell erdrosselt, und daß man seine Geldbörse und seine Stiefel entfernte, damit es so aussieht, als sei er das Opfer eines dieser Überfälle, wie sie jeden Tag in den Gassen vorkommen.«
»Amisia wird uns die Schuld geben«, sagte Ranulf trübsinnig.
»Nein«, versicherte ihm Corbett. »Sage ihr im Moment noch nicht, warum wir hier sind, Ranulf, sage ihr auch nichts über die geheime Tätigkeit ihres Bruders. Es wird schon lange genug dauern, bis sie allein über den Tod ihres Bruders hinwegkommt.

Wenn man ihr noch mehr erzählt, bringt man sie womöglich noch ganz um den Verstand.«
Corbett fuhr damit fort, die Papiere auf dem Bett durchzusehen.
»Was sucht Ihr, Herr?«
»Achitophel, oder Rahere, war ein intelligenter Mann, ein hochbezahlter Agent, einer der Spione König Philipps in Vertrauensstellung. Er wird jedoch von der Chiffre nichts gewußt haben, bis du sie ihm gabst. Sag mir, Ranulf, wenn du in seiner Lage gewesen wärst und gelangweilt darauf gewartet hättest, daß endlich etwas passiert, während du in irgendeiner armseligen Provinzstadt die Zeit totschlagen müßtest, was hättest du dann obendrein getan? Und dann wärst du natürlich noch«, fuhr Corbett fort, »von Natur aus ein Freund von Rätseln.«
»Dann würde ich versuchen, dieses eine zu lösen«, sagte Ranulf nachdenklich, »und es als eine Herausforderung ansehen.«
»Genau! Natürlich, Rahere hätte dir nie ein Wort davon gesagt, aber er war es sich selbst schuldig. Denk daran, Ranulf, er war ein Agent in gehobener Position, der wußte, wie seine Dienstherren in Paris dachten. Wonach ich suche wäre ein Fingerzeig, in welchen Bahnen er gedacht haben könnte.«
»Er sagte mir immer, daß es sich um ein Gedicht oder ein Lied handeln könnte«, erinnerte sich Ranulf mürrisch.
»Also werden wir uns nicht weiter um alle diese Zettel kümmern«, murmelte Corbett sehr zu Maltotes Zufriedenheit.
Doch Corbett untersuchte die Papiere noch einmal. Auf den meisten standen Rätsel oder gereimte Sprüche. Da fiel ihm ein Blatt ins Auge, er zog es aus dem Stapel hervor und betrachtete es eingehend. Es handelte sich um die Skizze eines Schachbretts.
»Merkwürdig.« Er kratzte sich am Kopf und setzte sich auf die Bettkante.
Der Wirt kam wieder herein und fragte, ob sie irgendwelche

Wünsche hätten. Corbett bat geistesabwesend um Wein, eine Feder und ein Tintenfaß. Dann fing er an, auf dem Pergamentbogen Ergänzungen zu machen. Er trug die Schachfiguren ein: König, Dame, Läufer, Springer, Turm, Bauer. Ranulf und Maltote spähten ihm über die Schulter.

Eine Stunde verging. Der Wein ging zur Neige, und Corbetts Unwillen nahm zu.

»Verstehst du«, sagte er laut, als spräche er zu sich selbst, »jede Chiffre hat einen Bezugsrahmen: Buchtitel, Verse aus der Heiligen Schrift, die Namen von Engeln oder die Anfangsbuchstaben von bestimmten Städten. Aber diese ist anders.«

Ranulf deutete mit einem schmutzigen Finger.

»Warum ist dieses Pergamentblatt so ordentlich in zwei Teile geteilt?« fragte er. »Es hat den Anschein, als habe Rahere es besonders gefaltet, damit das Schachbrett aus zwei Hälften besteht, auf denen je vier Reihen von Feldern sind.«

Corbett hielt das Blatt ins Sonnenlicht, das durch das eine Fenster hereinfiel.

»Ich frage mich wirklich.« Er stand auf. »Also, Ranulf, Maltote, legt alles wieder so hin, wie ihr es vorgefunden habt. Amisia wird bald aufwachen. Ranulf bleib hier, um sie zu trösten. Nimm dem Wirt einen Eid ab, daß er nichts darüber verlauten läßt, was wir getan haben. Versichere Amisia, daß sie unter meinem persönlichen Schutz steht, und sieh zu, ob du noch etwas über die Aktivitäten ihres Bruders herausfinden kannst. Maltote, du kommst wieder mit auf die Burg.« Corbett stand einen Augenblick lang gedankenverloren da, das Pergament fest in der Hand haltend.

Er ging zur Burg zurück, Maltote dicht hinter ihm und wählte die Brewhouse Stairs, das hintere Tor, wobei er darauf achtete, daß sie niemand aufhielt oder sonstwie belästigte. Zum ersten Mal, seit er in Nottingham eingetroffen war, fühlte er eine freudige Erregung. Er würde die Chiffre doch noch knacken. Er

lachte leise, als er daran dachte, daß ihm Philipps eigener Agent den Schlüssel dazu geliefert hatte.
Wieder in seinem Zimmer breitete Corbett seine Schreibgerätschaften auf dem Tisch aus und befahl Maltote, ihm dabei zu helfen, Skizzen von Schachbrettern zu zeichnen.
»Denk daran, Maltote«, beharrte Corbett, »ein perfektes Quadrat, acht mal acht.«
Dann schrieb Corbett die Namen der Schachfiguren in die Quadrate. Erst sah Maltote ihm noch zu, aber bald fing er an, sich zu langweilen. Er legte sich aufs Bett, starrte an die Decke und fragte sich, wo wohl Ranulf sein mochte, und wie lange sie noch in dieser finsteren Burg bleiben würden. Auf der anderen Seite des Zimmers kratzte sich Meister Langschädel am Kopf, murmelte und fluchte, während er einen Pergamentbogen nach dem anderen zu Boden warf.
Die Sonne ging allmählich unter. Diener kamen herauf und gaben bekannt, daß das Abendessen fertig sei, aber Corbett sagte ihnen, sie sollten wieder gehen.
Ranulf kam ziemlich betrunken zurück und erklärte mit lauter Stimme, daß Lady Amisia durch ihre Versicherungen sehr beruhigt und getröstet worden sei.
»Besonders«, rief er, »durch die Versprechungen, die Sir Hugh Corbett, der Hüter des Geheimsiegels, ihr gegeben hat.«
Corbett beachtete ihn nicht weiter und fuhr in seinen Überlegungen fort.
»Bekommen wir nicht mal was zu essen?« fragte Ranulf mit kläglicher Stimme.
»Nicht in dieser Burg«, entgegnete Corbett. »Schnall deinen Gürtel enger und denke an die Bankette, die in London auf uns warten.«
Ranulf zuckte mit den Achseln, holte Würfel aus seiner Geldtasche und fing an, Maltote die Feinheiten des Falschspiels zu erklären.

Schließlich, als er gerade verzweifeln wollte, stieß Corbett einen zufriedenen Seufzer aus. »Ich habe den Bastard!«
Ranulf und Maltote gingen zu ihm hinüber. Corbett schaute auf; seine Augen waren rotgerändert vor Müdigkeit.
»Dieses Schachbrett«, sagte er, »verrät die Lösung.«
Er wollte schon weitersprechen, da wurde laut an der Tür gepocht.
»Herein!« rief Corbett.
Sir Peter Branwood kam ins Zimmer, gefolgt von Roteboeuf.
»Sir Hugh«, erkundigte sich Branwood, »ist alles in Ordnung?«
Corbett schaute auf den Pergamentbogen.
»O ja, Sir Peter, ich denke, alles ist in Ordnung.« Er lächelte entschuldigend. »Es tut mir leid, wir sind mit einer Angelegenheit beschäftigt, die aber nicht den Geächteten betrifft.«
Sir Peter sah verblüfft aus.
»Ich werde es Euch später erklären«, fügte Corbett freundlich hinzu.
»Braucht Ihr Verpflegung?«
»Nein, nein, wir haben bereits genug getrunken.«
Branwood verzog das Gesicht und machte Anstalten, zu gehen.
»Sir Peter!«
Der Unter-Sheriff drehte sich um.
»Ja?«
»Warum hat sich Lecroix im Keller aufgehängt?« fragte Corbett unvermittelt.
»Das wissen die Götter. Erinnert Euch, Sir Hugh, die Burg wurde gerade angegriffen. Vielleicht kam es ihm dort sicherer vor.«
Corbett nickte geistesabwesend. »Ja, ja, vielleicht war das wirklich so.«
Als der Unter-Sheriff gegangen war, wandte sich Corbett wieder dem Schachbrett zu, das er auf ein Stück Pergament skizziert hatte.

»Vergeßt den Räuber«, flüsterte er. »Euch, Maltote und Ranulf, euch danke ich. Abgesehen von Philipp von Frankreich, seinen Generälen an der flämischen Grenze und vielleicht den Messieurs Nogaret und de Craon sind wir die einzigen, die wissen, wo die Armeen angreifen werden. Schaut her, ich erkläre es euch.«

# Kapitel 11

Laßt uns so tun, als würden wir Schach spielen. Wir haben weiß.« Corbett lächelte Ranulf zu. »Philipps Lieblingsfarbe: Er sieht sich als Herrn des Lichts. Wir stellen unsere Figuren von links nach rechts folgendermaßen auf: Turm, Springer, Läufer, Dame, König, Läufer, Springer, Turm. Vor jeder dieser Figuren steht ein Bauer. Wir wollen diese jedoch vergessen und die linke Seite des Schachbretts von Turm zu Dame ebenfalls. Statt dessen konzentrieren wir uns auf die vier Figuren rechts. Wir haben also König, Läufer, Springer und Turm.« Corbett nahm seine Feder in die Hand. »Laßt uns die Buchstaben des Alphabets über diesen vier folgendermaßen eintragen:«

Er beendete die rohe Skizze. »Und jetzt die Chiffre: ›Die drei Könige gehen zum Bergfried der zwei Dummköpfe mit den beiden Rittern.‹«

»Herr«, unterbrach ihn Ranulf, »in der Chiffre ist von Rittern, einem Bergfried und Dummköpfen die Rede, nicht von Springern, einem Turm und Läufern.«

»Im französischen Schach, Ranulf, ist der Chevalier, das heißt der Ritter, der Springer, der Turm ist die Burg, und die Figur, die wir Läufer nennen, heißt bei den Franzosen Dummkopf!« Corbett deutete mit seiner Feder auf das Pergament. »Die drei Könige könnten jeder der Buchstaben in der Reihe über dem König sein. Dasselbe gilt für die beiden Springer oder Chevaliers, die Bischöfe oder Dummköpfe und ihre Burg beziehungsweise ihren Turm.« Corbett tippte auf das fleckige Pergamentstück. »Einige meiner Schlußfolgerungen gründen sich auf Vermutungen, aber ich habe eine Kartenskizze der flämischen Grenzstädte und deshalb versucht, eine dieser Städte dem Rätsel zuzuordnen.«

»Warum habt Ihr nur die eine Hälfte des Schachbretts benutzt?« fragte Maltote mürrisch.

»Erinnerst du dich nicht?« schnarrte Ranulf. »Der Rätselmeister hatte sein Schachbrett ordentlich in der Mitte gefaltet. Fahrt fort, Herr«, sagte Ranulf mit Überlegenheit in der Stimme.

»Ein Wort«, nahm Corbett den Faden wieder auf, »entspricht diesem Schachbrett und löst das Rätsel. COURTRAI!« Corbett schrieb die Buchstaben sorgfältig nieder. »Die drei Könige sind die Buchstaben A, I und U. Die zwei Springer oder Ritter sind die Buchstaben C und O, die Läufer oder Dummköpfe entsprechen zweimal dem Buchstaben R, und die Burg oder der Turm ist der Buchstabe T.« Corbett entrollte ein fleckiges Stück Pergament, auf dem sich eine ungenaue Karte der flämisch-französischen Grenze befand. »Courtrai ist eine gute Wahl«, sagte er nachdenklich. »Die Flamen würden nie damit rechnen, daß der

erste Schlag hier erfolgt. Was Philipp beabsichtigt, ist, diese Stadt einzuschüchtern, sie dazu zu zwingen, zu kapitulieren, und das dann überall bekanntzumachen, während seine Truppen zur nächsten Stadt vorrücken.«
»Mit anderen Worten«, sagte Ranulf, »was Philipp will, ist nicht überall zugleich angreifen, sondern eine Stadt nach der anderen einnehmen?«
Corbett warf seine Feder hin. »Das denke ich«, murmelte er. »Ich hoffe es auch, weil das das Beste ist, was ich zuwege bringe. Keine andere flämische Stadt sonst entspricht der Chiffre.«
»Was nun?« fragte Ranulf.
»Maltote, ich will, daß du mit Ranulf nach Nottingham hinuntergehst und ihr alles kauft, was wir benötigen; ein Krug Wein, Brot, Obst und Marzipan werden wohl genügen.«
»Und Ihr, Herr?«
Corbett legte die Pergamentblätter sorgsam auf dem Tisch zusammen.
»Ich werde einmal alles zusammenschreiben, was ich seit meiner Ankunft hier in Erfahrung gebracht habe. Alles, was ich über den Tod von Sir Eustace weiß, und alles, was mir über den Räuber zu Ohren gekommen ist.« Corbett rieb sich die Augen. »Mein Verdacht geht in eine bestimmte Richtung, besonders seit meiner Reise nach Kirklees, ich habe jedoch noch keine Beweise. Jetzt will ich die Teile dieses Puzzles zusammensetzen. Falls ich morgen um diese Zeit immer noch nicht daraus schlau geworden bin, kehren wir nach London zurück. Und falls doch ...« Corbett zuckte mit den Achseln. »Nun, diese Brücke wird überschritten, wenn wir sie erreicht haben.«
Ranulf und Maltote ließen sich nicht zweimal bitten. Schon auf der Treppe sagte Ranulf, Maltote solle warten, und ging zu Corbett zurück.
»Herr!« rief er und schloß die Türe leise hinter sich.
»Ja, Ranulf?« fragte Corbett. »Ich dachte, ihr wäret längst weg.«

»Euer Versprechen, Herr.« Ranulf trat von einem Fuß auf den andern. »Ich meine, ich war es schließlich, der das Geheimnis der Chiffre entschlüsselt hat.«
Corbett lächelte. »Da sind wir uns nicht so sicher, ob das richtig ist, Ranulf. Wir werden das erst wissen, wenn Philipp seine Truppen in Bewegung setzt. Auf jeden Fall bist du dafür verantwortlich. Ich werde Seiner königlichen Hoheit sagen, daß deine Beteiligung an dieser Angelegenheit von unschätzbarer Bedeutung war.«
»Aber was ist, wenn es nicht stimmt?« rief Ranulf, der der Zukunft immer mißtrauisch entgegensah.
»In diesem Fall, Ranulf-atte-Newgate, wird es zu spät für alles sein. Dann hat dir der König bereits das feierliche Versprechen gegeben, dich zum Beamten in der königlichen Kanzlei zu befördern.«
Ranulf schwebte beinahe die Treppenstufen hinab. Als sie die Burg verlassen hatten, versicherte er Maltote feierlich, daß er, Ranulf-atte-Newgate, seine Freunde nicht vergessen würde, hätte er erst einmal das hohe Amt inne.
Sie besuchten Amisia in der Schenke. Ranulf sprach ihr ein weiteres Mal sein Beileid aus und gab dem Wirt noch mehr Geld, damit er sich um die Leiche von Rahere kümmere, sie einsargen und zur St.-Mary-Kirche zur Beisetzung bringen ließe.
»Was wird mit mir geschehen?« fragte Amisia, die auf dem Rand ihres Bettes saß, ihr wunderschönes Gesicht bleich und von Tränen verquollen. Der weichherzige Maltote schaute sie nur mitleidig an und bewunderte die Art, mit der sich Ranulf zartfühlend um sie kümmerte.
»Alles wird sich finden«, versicherte er ihr. »Meister Langschädel, Sir Hugh Corbett«, fügte er erklärend hinzu, »hat bei Hofe einen ziemlichen Einfluß. Sagt mir, besaß Euer Bruder irgendwelchen Grund oder irgendwelche Gebäude in England?«
Ranulf hätte sich die Zunge abbeißen können, wo sonst hätte

Rahere Besitz haben sollen, aber Amisia schien nichts gemerkt zu haben. Sie schloß die Augen und wiegte sich langsam hin und her.
»Wir hatten Geld«, antwortete sie, »da wir den Besitz unseres Vaters verkauft hatten. Und Rahere besaß immer genügend Gold und Silber.«
»Wo kam das her?«
»Von einem der Lombard Bankiers … Luigi Baldi. So hieß er!« Amisia öffnete die Augen. »Luigi Baldi. Er besitzt Geschäfte in London und in Lothbury.«
»Dann werden wir folgendes tun«, versicherte ihr Ranulf wie selbstverständlich. »Ihr werdet nach London gehen und bei den Minoritinnen in einem kleinen Orden bei Aldgate wohnen. In der Zwischenzeit werde ich diesen Luigi Baldi aufsuchen, um dafür zu sorgen, daß mit Eurer Erbschaft nichts passiert.«
Ranulf konnte vor Stolz kaum noch gehen, als er die Schenke verließ.
»Kannst du das tun?« fragte Maltote. »Rahere war ein Verräter. Man sollte seine Leiche aufhängen, und sein gesamter Besitz sollte der Krone zufallen. Ich weiß das«, fügte er noch herausfordernd hinzu, »weil mir Sir Hugh das gesagt hat.«
»Es gibt das Gesetz«, erklärte Ranulf hochnäsig, »und es gibt Sir Hugh. Der alte Meister Langschädel wirkt vielleicht manchmal etwas stur und scheint ein Herz aus Flintstein zu haben …« Ranulf spitzte die Lippen und schüttelte den Kopf. »Aber, höre auf meine Worte, wenn ein Mann erst einmal tot ist, läßt er meist die Sache auf sich beruhen. Wie auch immer, wenn seine Lösung zutrifft, wird ihm der König alles gewähren, was er sich wünscht. Außerdem«, Ranulf faßte Maltote am Ärmel, »wir Schreiber der Kanzlei haben in diesen Angelegenheiten einen bedeutenden Einfluß.«
Als sie die Lebensmittel endlich gekauft und auf die Burg zu-

rückgekehrt waren, war Corbett immer noch mit seiner »Krickelei« beschäftigt, wie Ranulf sich auszudrücken beliebte. Er machte eine Pause, um etwas Brot und Käse zu essen und ein wenig Wein zu trinken, dann wandte er sich wieder seiner Aufgabe zu. Ranulf fragte, ob er in der Burg herumstreifen könne. Corbett hob seinen zerzausten Kopf und antwortete mürrisch, er solle bleiben. Maltote und Ranulf spielten eine Weile lang Würfel. Dunkelheit sank herab, und in der Burg wurde es still, von den Rufen der Wachen auf den Wehrgängen und dem gelegentlichen Läuten einer Glocke einmal abgesehen. Ranulf und Maltote wickelten sich in ihre Mäntel und schliefen beide unruhig. Jedesmal, wenn sie wieder aufwachten, saß Corbett, von einer Kerze beschienen, noch immer am Tisch, schrieb wie ein Besessener oder starrte, den Kopf in die Hände gestützt, auf ein Stück Pergament.
Noch unausgeschlafen standen beide kurz nach Einbruch der Morgendämmerung auf. Obwohl Corbett grau vor Erschöpfung war, begann er sie über verschiedene Einzelheiten auszufragen. Dann ging er an seinen Tisch zurück, um weiterzuschreiben. Ranulf und Maltote erhielten die Erlaubnis, in die Stadt zu gehen. Sie gehorchten Corbetts Befehl und gingen allen aus dem Weg. Als sie zurückkamen, war der Tisch abgeräumt, und Corbett lag in tiefem Schlaf auf seinem Bett. Er wachte kurz nach Mittag auf, immer noch in Gedanken versunken. Er rasierte und wusch sich, zog frische Sachen an, aß etwas von den mitgebrachten Lebensmitteln und befahl dann, zu packen.
»Kehren wir nach London zurück, Herr?« fragte Maltote hoffnungsvoll.
»Nein, nein. Sind deine Satteltaschen gepackt?«
Sowohl Ranulf als auch Maltote nickten. Corbett reichte Maltote ein versiegeltes Päckchen.
»Du sollst mit Ranulf die Burg verlassen. Reite so schnell du kannst nach Lincoln. Du, Ranulf, sollst um eine Audienz bei

Henry, dem Earl of Lincoln, nachsuchen. Du wirst ihn dort auf der Burg finden. Gib ihm«, er reichte Ranulf eine kleine Pergamentrolle, »auch das hier. Sag ihm, er solle es ohne Zeugen lesen.« Corbett rieb sich die Augen. »Er wird Maltote anschließend eine bewaffnete Eskorte nach London zur Verfügung stellen.

Du mußt so schnell reiten wie der Teufel, Maltote, und dein Päckchen dem König in seinen Gemächern in Westminster Hall aushändigen. Du, Ranulf, bittest derweil den Earl of Lincoln um Soldaten und begibst dich zur Kirklees Priory. Erinnere die Priorin daran, daß sie eine Untergebene des Königs ist und befiehl ihr, dich und den Earl of Lincoln mit allen Truppen, die Lincoln aufbieten kann, zurück nach Nottingham zu begleiten.«

»Warum die Priorin?« fragte Ranulf.

Corbett öffnete den Mund, schüttelte dann aber den Kopf.

»Nein, je weniger ihr wißt, desto besser.«

»Wird Lincoln keine Einwendungen machen?« fragte Ranulf, der dem zähen Earl, dessen Jähzorn und fürchterliche Flüche auch noch die niedrigsten Pagen bei Hofe zu spüren bekamen, nicht traute.

»Der Earl wird schon tun, was ich sage«, beharrte Corbett. »Der Brief ist mit dem Geheimsiegel des Königs versehen, und das gilt auch für die Vorladung an meine edle Priorin. Sie werden kommen. Sie werden vermutlich Einwände erheben, Entschuldigungen anführen, aber sie werden kommen. Jetzt geht! Und, Ranulf, ich wäre dir dankbar, wenn du Sir Peter Branwood und Roteboeuf bitten könntest, mich hier aufzusuchen.«

»Was soll geschehen? beharrte Ranulf.

»Mach schon, was ich sage«, erwiderte Corbett etwas ungehalten. »Du mußt in drei Tagen spätestens zurück sein.«

Ranulf und Maltote gingen, und ein paar Minuten später betraten Sir Peter Branwood, Naylor, Bruder Thomas und Roteboeuf das Zimmer.

»Sir Hugh, Ihr wünschtet mich zu sehen? Ich dachte, es wäre besser, wenn ich die anderen Angehörigen meines Haushalts mitbringe.«
»Durchaus«, murmelte Corbett. »Es ist besser, wenn ich Euch alle sehe. Ich denke«, fuhr er fort, »ich weiß, wie wir Robin Hood in eine Falle locken und töten können.« Er sah den Ausdruck von Überraschung in Branwoods Augen.
»Was ist passiert?« fragte der Unter-Sheriff irritiert. »Habt Ihr etwa den Verräter entdeckt?«
»Nein, nein«, entgegnete Corbett. »Ich denke, die Schandtaten dieses Räubers lassen sich nur auf militärischem Wege beenden. Ich bin der Überzeugung, daß die Priorin von Kirklees diesem Vogelfreien Unterschlupf gewährt hat. Sie könnte in der Lage sein, uns über seinen Aufenthaltsort zu unterrichten. Versteht Ihr«, Corbett beugte sich vor, »Robin Hood hat ganz sicher einen Komplizen hier auf der Burg, aber das könnte jeder sein: ein Koch, ein Küchenjunge, ein Zimmermädchen oder ein Soldat. Wir werden uns jedoch nicht mit solch kleinen Fischen zufriedengeben. Ich bin zu dem Schluß gekommen, Sir Peter, daß es nur eine militärische Lösung geben kann. Ich habe den Earl of Lincoln darum gebeten, die Priorin zur Befragung hierherzubringen. Falls wir die Informationen erhalten, die ich benötige, werde ich Euch und den Earl bitten, den Räuber mit vereinten Kräften im Wald zu belagern.«
»Wie soll das möglich sein?« fragte Bruder Thomas. »Das ist ja fast so, als versuchte man, das Meer zu umstellen.«
Corbett grinste und kratzte sich am Kopf.
»Es mag einige Wochen dauern, Vater, aber es ist möglich. Sir Peter, Ihr habt doch gesehen, wie die Armee des Königs in Schottland vorgerückt ist?«
Sir Peter, dessen Gesicht eine aufgeregte Röte zeigte, nickte.
»Sir Hugh, ich habe eine Vermutung, was Ihr vorhabt. Ihr wollt

mit den Truppen von Lichtung zu Lichtung vorrücken und jede dieser Lichtungen in kleine Festungen verwandeln.«
»Genau«, entgegnete Corbett. »Bisher waren alle militärischen Expeditionen in den Wald reine Spaziergänge. Dieses Mal werden sich die Truppen dort verschanzen. Wir werden Lincolns Soldaten einsetzen, das, was von Gisbornes Truppe übrig ist und die Soldaten aus der Burg. Sir Peter, Ihr werdet sofort mit den Vorbereitungen beginnen. Versetzt die gesamte Garnison in Gefechtsbereitschaft. Ich bin mir sicher, daß Meister Roteboeuf genug damit zu tun hat, die Versorgung sicherzustellen, und Meister Naylor damit, die Männer auf Trab zu bringen. Bruder Thomas, ich weiß, daß Ihr ein Mann des Volkes seid. Ich verlasse mich darauf, daß Ihr Männer findet, die sich im Wald auskennen, einschließlich der geheimen Wege und Pfade.« Corbett stand auf. »Wir werden es noch einmal versuchen, und falls es wieder ein Schlag ins Wasser wird, Sir Peter, werde ich nach London zurückkehren und Seine königliche Hoheit darüber informieren, daß Ihr und ich alles getan haben, was in unserer Macht stand, und daß die Angelegenheit jetzt in seinen Händen ruht.«
Sir Peter erhob sich ebenfalls. »Sir Hugh, dieses Mal stimme ich mit Euch in allen Punkten überein. Aber was ist jetzt mit dem Mord an Sir Eustace?«
Corbett kaute auf seiner Unterlippe. »Ich denke, ich weiß, wie Sir Eustace starb. Auf die eine oder andere Art hat man das Gift in seinen Becher getan.« Er sah in die Runde. »Wo ist Medikus Maigret?«
»Mit irgendwelchen Geschäften in der Stadt beschäftigt.«
Corbett nickte. »Sir Peter, genug ist genug. Wir alle haben das Unsere zu tun. Ranulf und Maltote bringen Nachrichten zu Lincoln. Ich erwarte den Earl in drei Tagen.«
Corbett sah, wie Sir Peter mit den Angehörigen seines Haushalts sein Zimmer verließ, verschloß hinter ihnen die Tür und stieß

einen Seufzer der Erleichterung aus. Dann legte er sich auf sein Bett, begierig, den verlorenen Schlaf nachzuholen.
Er erwachte später am Nachmittag, und ein kurzer Rundgang durch die Burg überzeugte ihn davon, daß Sir Peter bereits mit den Vorbereitungen begonnen hatte. In den Ställen und den Schmieden der Waffen- und Hufschmiede herrschte reger Betrieb. Pferde wurden gestriegelt, Sättel repariert, und der Proviant wurde von den Kellern in die Schuppen geschafft, die den inneren Hof umgaben. Lächelnd schlenderte Corbett durch das hintere Tor und die Brewhouse Stairs hinunter auf die heißen und stinkenden Straßen von Nottingham. Eine Weile ging er zwischen den Marktständen hin und her und eilte schließlich, als er das Gefühl hatte, nicht beobachtet zu werden, eine Gasse entlang, überquerte eine Straße und läutete an der Pforte des Franziskanerklosters.
Vater Prior war wenig begeistert, ihn zu sehen.
»Die weltlichen Angelegenheiten sollten vor den Toren dieses Klosters abgewickelt werden!« fauchte er.
»O nein, Vater, diese Bruderschaft befindet sich durchaus im Herzen meiner Welt«, entgegnete Corbett. »Ich muß Bruder William sehen. Ich bitte höflich darum, aber wenn Ihr Einwände habt, werde ich mich meiner Autorität bedienen.«
Vater Prior verzog das Gesicht, stimmte dann aber eilig zu. Er führte Corbett über das Klostergelände zu der Zelle des alten Räubers. Bruder William empfing Corbett ebenfalls kühl.
»Ihr wollt nach London aufbrechen, Sir Hugh? Ihr seid gekommen, um Euch zu verabschieden?« Des Laienbruders Augen verrieten Wachsamkeit, und Corbett merkte, daß er nur Konversation machte, bis sich der Vater Prior weit genug von der Tür seiner Zelle entfernt hatte.
»Ich werde nach London zurückkehren, nachdem ich den geächteten Robin Hood in eine Falle gelockt habe«, entgegnete Corbett. »Und Ihr, Bruder, werdet mir dabei helfen.«

Der Bruder setzte sich auf einen Hocker.
»Ich bin ein Mann Gottes. Die Geschäfte dieser Welt gehen mich nichts an.«
»Das ist das zweitemal heute, daß ich diese Bemerkung höre«, sagte Corbett. »Gott weiß, daß Ihr mir helfen könnt, Bruder.« Er zog sein Schwert aus der Scheide.
Bruder William riß vor Angst die Augen auf. »Was soll das?« brachte er mit Mühe hervor.
»Unsere Vergangenheit holt uns immer wieder ein«, fuhr Corbett mit ruhiger Stimme fort und ging auf Zehenspitzen zur Tür. »Gerade dann, wenn wir denken, daß wir es nur noch mit Geistern zu tun haben, kommt etwas und stellt uns ein Bein. Ich will Euch nichts Böses, Bruder, genausowenig wie ...« Corbett riß die Tür auf und stieß dem riesigen Gärtner, der davor stand, die Schwertspitze unters Kinn. Corbett grinste. »Warum lauscht Ihr, John Little? Oder sollte ich lieber Little John sagen?«
Der Riese von einem Mann, dem die eisengrauen Haare bis auf die Schultern hingen, stand mit hängenden Armen da. Er hatte die Hände vor Wut zu Fäusten geballt. Corbett hielt das Schwert jetzt ruhig gegen den nackten Hals des Mannes gepreßt. Hinter sich hörte Corbett, wie Bruder William sich bewegte.
»Macht keine Dummheiten, Bruder!« rief Corbett über seine Schulter. »Schließlich seid Ihr ein Mann Gottes. Und ich schwöre bei diesem selben Gott, daß ich Euch nichts Böses will. Ihr, John Little, seid erklärtermaßen ein Räuber. Euren Kopf kann jeder fordern. Aber es gibt Dinge, die wir besprechen sollten, oder etwa nicht?«
Der Riese wandte seine wasserblauen Augen keinen Augenblick von ihm ab, und der Beamte bemerkte, daß der andere überlegte, ob er angreifen oder einlenken sollte.
»Ich will Euch wirklich nichts Böses, John Little«, wiederholte Corbett mit leiser Stimme. »Kommt.« Er gab dem Mann ein

Zeichen, einzutreten. Der Riese beugte Kopf und Schultern und trat in die Zelle Bruder Williams.
Corbett ging zwei Stunden später. Weder John Little noch Bruder William hatten sich kooperativ gezeigt, statt dessen sogar geweigert, seine Fragen zu beantworten, ihn lediglich nur angestarrt und zugehört. Schließlich hatte Corbett um Feder und Pergament gebeten: Er schrieb ihnen einen Geleitbrief, der gleichzeitig eine Vorladung war. Sie sollten vor ihm als dem Bevollmächtigten des Königs auf der Burg von Nottingham erscheinen.
Corbett verbrachte die folgenden Stunden damit, Branwood dabei zu beobachten, wie er sich auf die militärische Expedition in den Wald vorbereitete. Später ging er noch einmal seine Theorien durch, wie das jeder gute Beamte macht, bevor er dem König ein Memorandum vorlegt, wobei er versuchte, seine Nervosität zu verbergen. Er konnte nur hoffen, daß Ranulf seinen Auftrag auch ausführte und Maltote in der Lage sein würde, den König zu erreichen.
Am Tag nach Ranulfs und Maltotes Aufbruch besuchte Corbett Lady Amisia in dem Gasthaus und fragte sie vorsichtig aus. Er fand sie intelligent, witzig und ganz eindeutig unschuldig. Sie war in keines der Verbrechen ihres Bruders verwickelt. Er hörte amüsiert von den Versprechungen, die Ranulf ihr in seinem Namen gemacht hatte.
»Das stimmt, edle Dame«, bestätigte Corbett und stand auf. »Wenn wir nach Süden ziehen, wird es mir eine Ehre sein, wenn Ihr uns begleitet. Wir werden uns darum kümmern, daß Ihr ein sicheres Quartier bei den Minoritinnen bekommt.«
Der Dank des Mädchens klang Corbett noch in den Ohren, als er zur Burg zurückging.
Später am selben Tag wohnte er Raheres Totenmesse bei und lauschte mit halbem Ohr dem Priester, der den »schrecklichen Mord« an diesem Fremden in ihrer Mitte beklagte. Corbett sah

zu, wie man den Sarg zum Friedhof trug, und begleitete anschließend die in Tränen aufgelöste Amisia, die sich auf die Frau des Wirtes stützte, zurück in die Schenke.
Corbett schlief in dieser Nacht unruhig. Er wurde von Alpträumen geplagt, in denen er sich in einem dichten, düsteren Wald befand, dessen Bäume sich plötzlich zu bewegen begannen und Jagd auf ihn machten. Endlich wachte er schweißgebadet auf. Den Tag über blieb er auf seinem Zimmer. Er untersuchte die Gegenstände, die er aus dem Gemach von Sir Eustace mitgenommen hatte, noch einmal sorgfältig und stieß beinahe einen Schrei der Erleichterung aus, als er die Rufe der Wachen hörte und zahlreiche Reiter, die durch das Middle Gate in die Burg ritten.
Corbett legte bessere Kleidung an und ging in die Halle hinunter, in der Ranulf, staubbedeckt, damit beschäftigt war, es dem Earl of Lincoln, einem gealterten, aber immer noch feurigen Kämpen, so bequem wie möglich zu machen.
»Corbett, verdammter Tintenpisser!« brüllte der alte Earl, sein kräftiges Gesicht glänzte vor Schweiß und seine leicht hervortretenden Augen funkelten Corbett an, als wolle er ihn für jede Unbequemlichkeit der Reise verantwortlich machen. »Komm schon, Mann!« rief er Ranulf zu. »Wo bleibt der verdammte Wein? Hallo, Branwood!« krakeelte er, als der Sheriff die Halle betrat. »Nicht einmal so einen verdammten Räuber bringt Ihr zur Strecke. Um Himmels willen, kann mir nicht jemand die Stiefel ausziehen? Herrgott, mein Hintern ist wund wie eine Jungfer in der Hochzeitsnacht!«
Corbett unterdrückte ein Grinsen. Er billigte die gutmütigen Provokationen des Earls, denen sich alle ausgesetzt sahen, die sich in seine Nähe wagten. Henry de Lacey, der Earl of Lincoln, war jedoch kein Dummkopf, und Corbett bemerkte sein verschlagenes Augenzwinkern.
»Habt Ihr Eure Männer mitgebracht, edler Herr?«

»Dutzende der faulen Säcke! Einige Ritter, die zu meinem Gefolge gehören, schwerbewaffnete Reiter und mehr Bogenschützen, als ich Haare auf dem Hintern habe. Und glaubt mir«, der Earl brüllte vor Lachen, »ich habe einen haarigen Arsch! Geht nach draußen, Corbett, und überzeugt Euch selbst.«
Dieser verstand den Fingerzeig und ging auf den inneren Hof hinaus, in dem sich Männer, die die rote und grüne Livree des Earls trugen, drängten.
»Maltote ist auf dem Weg nach London«, murmelte Ranulf, der neben Corbett auftauchte. »Aber dieser alte Earl, Herr! Er flucht auf alle und hat mindestens ein Pint Wein getrunken, seit er in Nottingham eingetroffen ist.«
»Dieser alte Earl«, erwiderte Corbett leise, »ist ein gerissener Fuchs, und ich vermute mal, er weiß, warum er hier ist.« Corbett lächelte, als er die Verwirrung Ranulfs bemerkte. »Warte noch etwas, Ranulf, und es wird sich alles aufklären. Und übrigens, Lady Amisia läßt dich grüßen.«
Sie gingen in die Halle zurück, in der Lincoln bereits seine Stiefel in eine Ecke geworfen hatte. Während einer seiner Knappen sich mühte, ihm weiche Halbstiefel anzuziehen, wurde ein anderer über und über naß, da der Earl sich Hände und Gesicht wusch. Prustend brüllte er nach einem Becher hellen Südweins oder einem Kelch Rotwein, um sich den Staub aus der Kehle zu spülen.
»Und übrigens«, rief Lincoln, »diese zartärschige Priorin! Die ist weiß Gott eine hochnäsige Schnepfe. Sie ist ebenfalls hier, Corbett. Sie war fast ohnmächtig geworden, als ich sie verließ, die dumme Ziege! Als hätte sie noch nie einen Mann fluchen hören!«
Ranulf bereitete es größte Mühe, sein Lachen zu unterdrücken. Corbett hatte dagegen den Eindruck, als würde ihn bald der Schlag rühren. Er verabschiedete sich rasch und hörte noch, wie der Earl Branwood zurief, er sei nicht nach Nottingham gereist,

um einen Teller Suppe zu essen, sondern hoffe, am Abend gut zu speisen.
Corbett hatte kaum die Halle verlassen, da bemerkte er einen verführerischen Duft, der aus der Küche kam. Ihm wurde klar, daß Branwood ein Bankett vorbereitete, um zu feiern, daß Robin Hood nun endlich zur Strecke gebracht würde.
»Wartet nur, bis Ihr erst die Priorin seht«, sagte Ranulf zu ihm, noch immer bemüht, sein Lachen zu unterdrücken.
»Was meinst du?«
»Nun, habt Ihr jemals die Geschichte vom lüsternen Schreiber, der Müllerstochter und der Müllersfrau gehört?«
»Nein, warum?«
»Also«, Ranulf lachte, »die Priorin schon. Lincoln bestand darauf, die Geschichte lautstark zu erzählen und auch noch gekonnt auszuschmücken.«
Lady Elizabeth Stainham hatte ihren Gleichmut zumindest teilweise wiedergefunden, als Corbett sie in ihren komfortablen Räumen über dem Middle Gate aufsuchte. Trotzdem bebte sie vor Wut, ihr Antlitz war weiß, und ihre Augen waren geweitet und funkelten bösartig.
»Master Corbett«, fauchte sie.
»Edle Dame, mein Titel ist Sir Hugh.«
»Ihr könnt Euch nennen, wie Ihr wollt! Ich werde mich beim König darüber beschweren, daß man mich aus meinem Kloster gezerrt und gezwungen hat, in der Gesellschaft von so einem zu reisen!« Sie deutete auf Ranulf.
»Ranulf-atte-Newgate, edle Dame.«
»Ja, und dann der Earl, ein unflätiger ...«
»Ihr meint den Cousin des Königs, Henry de Lacey, Earl of Lincoln, den Guardian des Prinzen von Wales und erfolgreichsten General des Königs in der Gascogne?«
Die Priorin biß sich auf die Unterlippe. Sie war sich klar darüber, daß sie zu weit gegangen war.

»Was wollt Ihr?« fauchte sie und setzte sich erregt in einen Sessel.
Corbett nickte Ranulf zu. »Bitte warte draußen.« Er sah die junge Nonne an, die die Priorin begleitete. »Ihr ebenfalls.« Er lächelte. »Mein Diener kennt eine Menge spaßiger Geschichten, die Euch interessieren könnten.«
Lady Elizabeth wollte sich wieder erheben.
»Ihr, werte Dame, bleibt sitzen!« befahl Corbett. »Ich muß etwas von Eurer Zeit in Anspruch nehmen. Wenn Ihr mir, dem Bevollmächtigten des Königs, bereits bei unserer ersten Begegnung die Wahrheit gesagt hättet, wären Eure Reise und dieses Treffen gar nicht nötig gewesen. Falls Ihr Euch auch jetzt weigert, zu sprechen, dann müßt Ihr Euch schon vor dem König weigern. Ich versichere Euch, daß Ihr dann Eure verbleibenden Tage bei Wasser und Brot in einem elenden Nonnenkloster am anderen Ende des Königreichs verbringen werdet.«
Ranulf hörte diese letzten Worte, als er die Tür hinter sich schloß. Er hatte nicht übel Lust, zu lauschen, denn er wußte, daß Meister Langschädel sie jetzt in die Enge treiben würde. Die Tür war jedoch dick und die junge Nonne ziemlich hübsch. Sie kicherte bald, als Ranulf die Geschichte vom lüsternen Schreiber, der Müllerstochter und der Müllersfrau erzählte.
Eine Stunde später verließ Corbett das Zimmer, ein Lächeln auf seinen Lippen.
»Ich denke, Eure Priorin braucht Euch«, sagte er. »Sie muß auspacken und sich auf das Bankett heute abend vorbereiten. Und du, Ranulf ...«
Er faßte seinen Diener am Ellbogen und führte ihn die Treppen hinunter. Er flüsterte ihm Anweisungen ins Ohr über das, was er am Abend zu tun hätte, ging in sein Zimmer, machte sich frisch und wickelte bestimmte Gegenstände in seinen Umhang. Später fand er sich in der großen Halle ein, um an der Veranstal-

tung teilzunehmen, die Sir Peter Branwood großartig als sein »Siegesbankett« bezeichnete.
Der Unter-Sheriff hatte sein Bestes getan, die Halle zu schmücken. Der Boden war gefegt, Gobelins waren aufgehängt, und man hatte den großen Tisch vom Podium heruntergetragen, damit alle Platz hatten: Sir Peter mit seinem Gefolge, de Lacey, Corbett, Ranulf und die grimmig dreinschauende Priorin. Wandfackeln flackerten, und die mit weißen Tüchern bedeckten Tische wurden von Kerzen erleuchtet. Die Köche Sir Peters hatten ein wahres Festmahl zubereitet: Hammelfleisch mit Oliven, Hirschbraten, gekochtes Huhn mit einer Rosinenfüllung, gebratener Pfau, schüsselweise Salat, Hecht in einer Gelatinesauce, Gemüse mit Butter und die besten Weine aus den Burgkellern. Alle außer Corbett aßen gut und tranken viel, obwohl Lincoln die ganze Zeit ein wachsames Auge auf den Beamten hatte. Er witterte ein Geheimnis. Als die Hauptgänge serviert und wieder abgeräumt waren, stand Sir Peter auf und hielt eine charmante Rede, in der er den Earl willkommen hieß und auf seinen Mut im Krieg einen Toast aussprach.
»Nun, Corbett«, schloß Branwood mit einem Grinsen, »dieser großartige Plan wurde ganz von Euch geschmiedet. Worauf wollt Ihr trinken?«
»Auf eine Geschichte«, antwortete Corbett, stand auf und sah sich um. Er schob seinen Stuhl zurück, stellte sich hinter ihn und stützte sich auf die Lehne. »Vor vielen Jahren wurde dieses Königreich von einem Bürgerkrieg zerrissen.« Er sah de Lacey an, der etwas unruhig wurde. »Simon de Montfort, der Earl of Leicester, kämpfte gegen Seine königliche Hoheit. De Montfort hatte einen Traum, der sich in einen Alptraum aus Verrat und Hochverrat verwandelte: die Idee, daß alle Menschen vor dem Gesetz gleich sind. De Montfort erlitt eine Niederlage, aber einer seiner Gefolgsleute, Robin of Locksley, hielt den Traum am Leben, obwohl er ihn auch für seine eigenen Zwecke zu

nutzen wußte. Robin hatte Einwände gegen die harten Waldgesetze und wurde hier im Sherwood Forest zum Geächteten, indem er die Reichen beraubte und den Armen half. Er kämpfte gegen Männer in Rüstung, gegen Ritter, Sheriffs, Wildhüter, hob jedoch, soweit ich weiß, nie die Hand gegen einen Unschuldigen, weder Mann, Frau noch Kind.«

Corbett sah sich die schweigende Gesellschaft am Tisch an. Branwood schien ratlos, Naylor mürrisch zu sein. Roteboeuf hatte seinen Kopf in die Hände gestützt, während Maigret, der Arzt, sich in einem Halbschlaf befand. Bruder Thomas aber hörte aufmerksam zu, wie auch der Earl of Lincoln und die Priorin, deren hektisch gerötete Wangen darauf schließen ließen, daß sie offensichtlich einiges getrunken hatte, um ihr Unbehagen zu vergessen. Corbetts Blick schweifte durch die Halle. Weiter hinten hatten sich Lincolns Getreue und die Ritter aus dem Gefolge Branwoods versammelt. Ranulf stand neben der Tür und nickte fast unmerklich. Sein Gesicht wurde von einer flackernden Wandfackel beleuchtet, und Corbett konnte an dem Gesicht seines Dieners ablesen, daß er noch andere bei sich hatte, die im Schatten warteten. Corbett holte tief Atem.

»Der Ruhm dieses Räubers war bald in aller Munde, und als unser König nach Norden kam, bot er Robin Hood an, ihn zu begnadigen. Der Geächtete nahm an, und seine Bande zerstreute sich. Will Scarlett ging ins Kloster, Little John, sein Leutnant, zurück in sein kleines Dorf Haversage, und Robins Geliebte, Lady Mary, fand in einem Kloster in Kirklees Unterschlupf. Robin kämpfte in den Kriegen des Königs in Schottland, war das Gemetzel jedoch bald leid und bat den König, aus dem Militärdienst entlassen zu werden. Seine Hoheit, die immer schon eine Schwäche für nette Gauner hatte, gab Robin die Erlaubnis, nach Hause zurückzukehren, und sandte Kopien dieses Schreibens an Sir Eustace Vechey und Sir Peter Branwood, die Sheriffs von Nottingham. Robin kam mit zwei Gefährten nach Süden, mit William Goldberg und einem Mann namens Thomas.«

»Zwei Gefährten?« fragte Bruder Thomas.

»Ja, sie werden in dem Brief des Königs erwähnt, in dem er sicheres Geleit gewährt.«

»Das wissen wir alles«, unterbrach Naylor. »Dann brach der Geächtete aus irgendwelchen Gründen sein Wort und ging in den Sherwood Forest zurück.«

»Ah!« Corbett lächelte. »Da habt Ihr unrecht. Robin kam nach Süden, nur damit man ihn ermordete! Ich werde den Räuber morgen nicht jagen, Sir Peter, das war nur ein Einfall, um mich bis zum Eintreffen des Earl of Lincoln zu schützen.«

# Kapitel 12

Sofort entstand Tumult, aber der Beamte blieb ruhig stehen. Schließlich hob Lincoln seine Hand, daß dieser fortfahren sollte.
»Robin of Locksley kehrte tatsächlich zurück«, fuhr Corbett fort und stellte sich hinter die Priorin. »Er besuchte sein Haus in Locksley, stattete dem alten Vater Edmund einen Besuch ab und reiste dann weiter, begierig darauf, Lady Mary in der Kirklees Priory wiederzusehen. Er hoffte ebenfalls, daß sein Gefolgsmann Little John, beziehungsweise John Little dort auf ihn warten würde, denn sie hatten vereinbart, sich dort zu treffen. Er und seine beiden Gefährten wurden jedoch auf jenem einsamen Waldweg arglistig angegriffen. William Goldberg und der Mann, der Thomas hieß, wurden sofort getötet. Robin konnte entkommen, allerdings tödlich verletzt. Vielleicht kroch er noch davon. In jedem Fall ließen ihn die Angreifer als tot zurück.«
Corbett legte der Priorin seine Hand auf die Schulter. »Der Geächtete war jedoch nicht so schnell kleinzukriegen. Es gelang ihm, Kirklees Priory zu erreichen, denn der Hinterhalt, vermute ich, lag unweit des Klostertors, wo John Little auf ihn wartete. Ein Glück, daß er dort stand, nicht wahr, meine Dame?«
Die Priorin zuckte zusammen.
»Nun«, fuhr Corbett fort, »unsere Priorin erzählte mir also, wie Robin nach Kirklees geritten kam. Sie log. Robin war ein unsäglicher Reiter, er wäre auf jeden Fall zu Fuß gegangen. Sie sagte ebenfalls, daß Little John bei ihm war. Eine weitere Lüge. Der Leutnant des Räubers hatte ihn dort erwarten wollen.«
»Und?« brüllte Lincoln. »Was geschah dann?«

»Der sterbende Robin wurde in das einsame, etwas abgelegene Torhaus von Kirklees gebracht. Stimmt das, meine Dame?«
»Es stimmt«, entgegnete die Priorin, preßte die Handflächen zusammen und starrte auf die Tischplatte. »Der Geächtete hatte eine unschöne Wunde am Hals, aus der das Blut herausschoß. Ich tat, was ich konnte.«
Corbett schaute sich in der Runde um. Branwood sah aus, als sei er aus Marmor; sein Mund stand offen.
»Ranulf!« rief Corbett. »Führ John Little herein!«
Ranulf betrat die Halle, der Riese folgte schwerfällig wie ein Bär, und Bruder William bildete den Schluß. Naylor stand hastig auf und stieß dabei seinen Stuhl zurück.
»Dieser Mann ist ein Räuber, ein Geächteter!« rief er und griff nach seinem Dolch. »Er kann sofort getötet werden!«
»Falls Ihr diese Verhandlung noch einmal unterbrecht«, fuhr ihn Corbett an, »werde ich dafür sorgen, daß der Earl of Lincoln Euch von den Deckenbalken dieser Halle hängen läßt! John Little, Ihr habt gehört, was ich sagte. Ist es die Wahrheit?«
Der zerzauste, bärtige Riese nickte. Selbst Corbett zuckte zusammen, als er den Haß in den Augen des großen Mannes sah.
»Robin lag im Sterben«, begann Little John, seine Stimme war überraschend leise, jedoch mit einem rauhen, bäuerlichen Akzent. »Die Nonne hat recht. Sie tat, was sie konnte, aber, und ich wiederhole, Gott allein weiß, was für einen Trank sie Robin gab. Nachdem er ihn getrunken hatte, wurde er ein wenig kräftiger und bat um meinen langen Bogen.« Die Augen des Riesen füllten sich mit Tränen. »Er lag im Sterben und bat mich, einen Fensterflügel zu öffnen. Ich legte einen Pfeil an die Bogensehne und half ihm, den Bogen zu spannen. Er schoß ihn gut und weit über den Park.« Little John machte eine Pause. »Robin lachte. Er wußte, daß seine Verwandte, die Priorin, ihn haßte, aber sie konnte ihm ein christliches Begräbnis nicht verwehren. Robin bat mich, die Stelle zu suchen, an der der Pfeil niedergegangen

war, und ihn dort zu begraben. Danach stürzte Maid Marion«, der Riese hustete, »die Lady Mary herein. Robin tat seine letzten Atemzüge.« Er zuckte mit den Achseln und rang die Hände. »Das war's. Das Licht wurde schwächer und Robin ebenfalls. Eine Weile schlief er, murmelte etwas von seinen Tagen im Wald. Gelegentlich lachte er auch kurz auf oder rief Marions Namen. Ein- oder zweimal auch meinen. Schließlich wurde er still. Die Lady Mary war vor Kummer am Boden zerstört. Ich beugte mich über das Bett. Robins Augen waren geschlossen, und sein Gesicht war kalt.«

Der Mann kratzte seinen Bart. Trotz seiner Größe und seines Umfangs sah er mehr wie ein kleiner Junge aus, der sich an einen schrecklichen Vorfall erinnert. »Am nächsten Morgen ging ich nach draußen. Ich brauchte mehrere Stunden, bis ich den Platz fand, an dem der Pfeil niedergegangen war. Dort grub ich das Grab. Sie«, er zeigte auf die Priorin, »dieses arrogante Weib, legte Einspruch ein!« Er lächelte freudlos. »Aber ich drohte damit, ihr den Hals umzudrehen, wenn sie sich weigerte. Bevor Robin starb, hatte er mir noch flüsternd vom Schicksal seiner beklagenswerten Mitstreiter, William und Thomas, erzählt. Ich folgte seiner Wegbeschreibung und fand tatsächlich die Leichen. In beiden steckten Pfeile in Hals und Brust. Ich bettete sie neben Robin, das Grab war tief und breit genug. Danach ging ich zurück ins Kloster, um Lady Mary zu trösten, die aber, außer sich vor Schmerz, nicht ansprechbar war. Ich sagte zwar der Priorin, daß ich ab und zu zurückkommen würde, um nach dem Grab zu sehen, tat es aber nie; ich wollte nicht in der Öffentlichkeit gesehen werden. Was Lady Mary angeht ...« Little John zuckte mit den Achseln.

»Sie ist tot!« unterbrach ihn die Priorin. »Sie hatte solche Hoffnungen in Robins Rückkehr gesetzt. Nach seinem Tod schwand sie dahin. Sie wollte nichts mehr essen oder trinken und lebte nur noch in ihren Träumen.« Sie senkte die Augen. »Ich hatte

meinen Schwestern gesagt, sie sei mit Robin fortgezogen. Niemand kannte die Wahrheit. Nach dem Tod eines Menschen bin ich jedoch nicht mehr nachtragend. Robin ist tot und die Liebe seines Lebens ebenfalls. Ich begrub sie neben ihm.«
Corbett schaute in das harte, angespannte Gesicht der Priorin. Er fragte sich, ob sie Robin nicht heimlich geliebt hatte, so daß ihr späterer Haß aus seiner Gleichgültigkeit ihr gegenüber erwachsen war.
»Was meinte Little John da mit dem Trank?« fragte er.
Die Priorin schüttelte den Kopf.
»Warum habt Ihr Robins Tod nicht dem König gemeldet?« rief Lincoln. »Er befand sich schließlich unter dem Schutz des Königs und trug Briefe bei sich, die ihm eine sichere Reise garantierten.«
»Wie hätte ich das tun sollen?« protestierte die Priorin. »Robin war in der Nähe von Kirklees getötet worden! Ihr habt diesen Banditen Little John gehört – meine Abneigung gegen Robin war wohlbekannt. Schließlich war ich«, sie starrte Corbett an, »eine der wenigen, die wußte, daß er kommen sollte!«
»Daran habe ich auch gedacht«, sagte Little John. »Robin wußte nicht, wer seine Angreifer gewesen waren. Er hatte sie als maskiert und Kapuzen tragend beschrieben. Ich kam nach Nottingham, um nach Bruder William zu suchen. Und dann«, er kratzte sich am Kopf, »fing ich an, nachdenklich zu werden. Robin wurde am dreizehnten Dezember angegriffen, die Wegelagerer mußten auf ihn gewartet haben. Nun dachte ich mir, daß vielen bekannt war, daß er Schottland verlassen hatte, aber nur wenige konnten tatsächlich von seinen Vorhaben gewußt haben, außer dem König und seinen Beamten in Westminster oder jemandem hier, der Briefe erhielt, in denen stand, daß Robin zurückkehren würde. Die wenigen, die es auch wußten, waren die Sheriffs, Sir Eustace Vechey sowie Sir Peter Branwood – und natürlich ihr Sekretär.«

»Little John erzählte mir von seinen Sorgen«, unterbrach Bruder William. »Ich bekam ebenfalls Angst. Ich bat den Vater Prior, Little John eine Stelle als Gärtner in unserem Kloster zu geben, und dieser stimmte zu. Ich hörte mir an, was John zu sagen hatte, und zog zwei Schlüsse daraus. Entweder Seine Hoheit, der König, oder jemand in Nottingham war der Mörder.« Bruder William schaute Peter Branwood an. »Der König aber liebte Robin. Er hätte nie auf so heimtückische Art seine Hand gegen ihn erhoben. Dies ließ nur einen Schluß zu: Jemand in Nottingham, der wußte, daß Robin nach Süden reisen wollte, hatte den Hinterhalt geplant. Gott weiß, daß es in dieser Gegend genug Herren gab, die Robin haßten. Anfänglich dachte ich, daß der Mord an ihm ein Racheakt sein müsse, dann hörten wir jedoch von diesen rätselhaften Geschichten, daß Robin wieder im Sherwood Forest sein Unwesen treiben würde, nur daß es dieses Mal anders wäre. O ja, er erkaufte sich das Schweigen der Bauern, aber dieser Robin war hart, hob seine Hand gegen alle Menschen, war rücksichtslos und unterdrückte jede Opposition, ja, er brachte sogar diejenigen um, die ihm einmal nahegestanden hatten.« Bruder William wischte sich mit dem Handrücken über den Mund. »Natürlich wußte ich, daß das nicht Robin of Locksley war, sondern jemand, der einfach nur seinen Namen benutzte.« Er breitete die Hände aus. »Was konnten wir jedoch tun? Hätte ich etwas gesagt, wer hätte mir geglaubt? Was für einen Beweis hatte ich schon? Und was John Little hier angeht, seine Größe verbot ihm, sich auf den Straßen von Nottingham zu bewegen. Also versteckten wir uns beide in dem Kloster, wo uns niemand etwas anhaben konnte, denn wem hätten wir noch trauen sollen? Nicht einmal Euch, Bevollmächtigter des Königs.«

Corbett klopfte dem Riesen auf die Schulter.

»Aber Ihr habt die Pfeile abgefeuert?«

Das Gesicht des Riesen verzog sich zu einem Grinsen, das seine Zahnlücken freilegte.
»Drei Feuerpfeile«, erklärte Corbett. »Euer Requiem, jeden Monat am Dreizehnten, an dem Tag, an dem Robin starb.«
»Er hat sie abgefeuert«, mischte sich Bruder William ein. »Er machte sich durch einen Hinterausgang davon und schoß sie in den Nachthimmel. Eine Mahnung an Robins Meuchelmörder in Nottingham und ein Gebet, das dreimal wiederholt wurde, daß Gott die Seele unseres toten Freundes trösten möge.«
»Aber Ihr wußtet nicht, wer dieser Meuchelmörder war?« fuhr Corbett fort. »Und das war das Teuflische an seinem Plan. Die Lady Priorin hier mußte über Robins Tod schweigen. Wer würde ihr schon glauben? Man würde sie vielleicht anklagen, daran beteiligt gewesen zu sein, schließlich war ihre ausgesprochene Abneigung ihrem Verwandten gegenüber wohlbekannt. Little John mochte seinen Verdacht haben, aber er war ein Räuber, und ihn konnte man sofort töten. Bruder William hatte keinerlei Beweis. Und, wie er bereits sagte, jeder der alten Gefährten Robins, der einen Verdacht schöpfte, erlitt dasselbe Schicksal wie sein ehemaliger Hauptmann. Nun also.« Corbett ging eilig auf die Tafel zu. »Verehrter Lord Lincoln, laßt bitte Sir Peter, seinen Sekretär Roteboeuf und Naylor von Wachen flankieren.« Corbett zog seinen Dolch und stellte sich hinter den stämmigen Sergeanten. Branwood saß zusammengesunken auf seinem Stuhl. Roteboeuf blinzelte wie ein erschrecktes Kaninchen, aber Corbett sah, daß Naylors Hände unter der Tafel verschwanden.
»Bitte, Sir«, befahl er, »Eure Hände da hin, wo ich sie sehen kann.«
Der Wachsergeant schaute über seine Schulter. Lincolns Soldaten eilten herbei. Zögernd tat Naylor, worum ihn Corbett gebeten hatte. Lincoln brüllte Befehle. Branwood, Naylor und Rote-

boeuf leisteten keinen Widerstand, als man ihnen ihre Schwerter abnahm.

»In der Burg«, fuhr Corbett fort, »muß Sir Eustace Vechey geglaubt haben, ein Alptraum wäre wahr geworden. Er hatte gegen Robin in den alten Tagen gekämpft. Jetzt war der Räuber zurück und noch dreister geworden. Ich denke nicht, daß der alte Sheriff wußte, was vor sich ging, aber er hegte den Verdacht, daß es einen Verräter in einer hohen Stellung in der Burg geben müsse, als die Raubzüge immer unverfrorener wurden. Vechey war ein einsamer und mißtrauischer Mann, der sich auf niemanden verließ; als sein Geist sich zunehmend verwirrte, konnte er auch seine Zunge nicht mehr im Zaum halten. Möglicherweise gab er etwas preis, auch sein Gesicht oder die Augen könnten etwas verraten haben. Deswegen mußte er sterben, und Ihr, Sir Peter, habt ihn ermordet, so wie Ihr Robin Hood ermordet habt, um seinen Platz im Sherwood Forest einzunehmen!«

»Das ist Unsinn!« rief Branwood und versuchte, seine Autorität zu wahren. »Edler Lord Lincoln, der Beamte redet wirr. Er ist so verrückt wie ein Hase bei Vollmond.«

Branwoods Proteste straften seinen Gesichtsausdruck Lügen. Der Schweiß lief ihm die Wangen hinab. Einer von Lincolns Rittern packte ihn bei den Schultern und drückte ihn unsanft wieder in seinen Sessel.

»Nein, Sir Peter, Ihr seid ein Mörder«, fuhr Corbett gleichmütig fort und starrte ihn über die Tafel hinweg an. »Ihr haßtet Robin of Locksley, weil er Euch früher einmal gedemütigt hatte. Ihr hattet Vorbehalte dagegen, daß er vom König in Gnaden aufgenommen wurde, und, so vermute ich, verachtet auch den König selbst dafür, daß er einem Mann gegenüber derart viel Gnade hatte walten lassen, den Ihr nur umbringen wolltet. Ihr empfingt zusammen mit Sir Eustace den Brief der königlichen Kanzlei in Westminster, in dem stand, daß Robin unter königlichem Schutz

nach Nottingham zurückkehren würde. Ihr merktet Euch die Daten und die Zeiten und plantet Euren Hinterhalt. Eure beiden Kreaturen, Naylor und Roteboeuf, waren für diesen verantwortlich. Ich bin mir sicher, daß einer von ihnen klug genug ist, wenn ich meine Geschichte beendet habe, als Kronzeuge auszusagen und das alles zu bestätigen. Ihr habt William Goldberg und einen Mann namens Thomas umgebracht. Ihr habt Robin of Locksley für tot liegengelassen.
Vielleicht dachtet Ihr anfänglich noch, es dabei zu belassen, aber dann saht Ihr, welche Möglichkeiten sich Euch boten. Was für eine einzigartige Gelegenheit, sich am Namen und Ruf eines Toten zu rächen! Den König eingeschlossen. Und dabei noch Gelegenheit zu haben, sich die Taschen zu füllen! Und es war so einfach! Wer sollte jemals beweisen können, was Ihr getan hattet? Jeder glaubte doch, angefangen vom König bis hin zum niedrigsten Dienstboten in Nottingham, daß Robin of Locksley sein altes Leben wieder aufgenommen hatte. Wie ich veranschaulichte, wußten nur drei weitere Personen von seinem Tod. Einem von ihnen, einem ehemaligen Räuber, würde man nicht glauben, und man konnte ihn sofort umbringen. Dann waren da noch der alte und müde Klosterbruder, eingemauert in seinem Kloster, und eine Priorin, die Robin haßte.«
»Aber das ist unmöglich«, wandte Lincoln ein. »Wie hätte sich Branwood hier von der Burg in den Wald begeben sollen?«
»Edler Herr, unter der Burg befindet sich ein Netz geheimer Tunnels und Gänge, das nur wenige kennen. Alle sorgen sich, daß jemand ungesehen über diese Geheimrouten in die Burg kommen könnte, aber es ist ebenso leicht vorstellbar, daß diese Tunnels von Leuten benutzt werden können, die die Burg verlassen wollen – wie Sir Peter zu seiner Zufriedenheit feststellen konnte.« Corbett nahm einen Schluck Wein, bevor er fortfuhr. »Ich habe die Überfälle des Räubers in den letzten drei Monaten untersucht. Sie fanden nicht täglich statt, sondern nur ein- oder

zweimal im Monat. Der lohnendste war der Überfall auf die Steuereinnehmer des Königs. In der Rolle als Räuber verließen Sir Peter, Naylor und Roteboeuf die Burg über eine Geheimroute. Vielleicht blieb der Sekretär auch gelegentlich hier, damit die Abwesenheit seiner Herren nicht so sehr auffiel. Einige der Tunnels führen, soweit ich weiß, in die Stadt, einige reichen jedoch auch noch über die Stadtmauer hinaus.
In einem dieser Gänge zogen sich Branwood und Naylor dann lincolngrüne Kleider sowie Kapuzen und Masken an und gingen zu einem vorher verabredeten Treffpunkt im Wald. Die beiden Räuber, die Naylor angeblich gefangengenommen hatte, werfen etwas Licht auf diese Vorgehensweise: Die Gefolgsleute versammelten sich stets auf ein bestimmtes Signal hin an dem vorher festgelegten Ort. Betrachten wir beispielsweise den Überfall auf die Steuereinnehmer.« Corbett trommelte mit den Fingern auf seinen Gürtel. »Dafür benötigte Sir Peter nur einige wenige Stunden. Naylor spielte die Rolle von Little John und das Flittchen aus dem Blue Boar die von Maid Marion. Also, man traf sich, Befehle wurden gegeben, und der Angriff konnte beginnen.«
»Ihr behauptet, daß wir das alles tun konnten?« fragte Naylor höhnisch.
»O ja«, entgegnete Corbett. »Das Flittchen aus der Schenke wußte nicht, wer Ihr wirklich wart, sie spielte nur eine Rolle. Die restlichen Räuber wußten vermutlich längst Bescheid, noch ehe die Steuereinnehmer Nottingham verlassen hatten. Ihre Schritte wurden ohnehin von einem aus der Bande genau überwacht. Die Kavalkade der Steuereinnehmer war langsamer als Männer, die sich zu Fuß durch einen Wald bewegen.« Corbett schaute mit zusammengekniffenen Augen in eine Kerzenflamme. »Willoughby sagte, daß er spät am Nachmittag gefangengenommen wurde und nach Einbruch der Dunkelheit einschlief; das war nicht mehr als fünf oder sechs Stunden später. Als er eingeschla-

fen war, wurde sein Gefolge massakriert und die Beute geteilt, und Branwood kehrte in die Burg zurück.« Corbett zeigte auf Roteboeuf. »Vielleicht bliebt Ihr zurück, um Sir Peters Abwesenheit zu erklären und vorzugeben, er wäre in seiner Kammer oder in der Stadt? Wem fiel das schon auf? Bruder Thomas etwa, der in seiner Gemeinde beschäftigt war? Dem armen alten Vechey, der besorgt und ganz durcheinander war? Oder dem etwas langsamen Lecroix, der sich Sorgen um seinen Herrn machte?«

»Aber man hätte doch Branwood ganz sicher erkennen müssen«, unterbrach ihn Bruder Thomas.

»Aber ich bitte Euch, Vater. Eine Maske und eine Kapuze, die Stimme verstellt, und so wenige Worte wie möglich ... Außerdem, habt Ihr mir nicht selbst erzählt, daß Euch der Räuber in Eurer Kirche aufgesucht hat? Habt Ihr etwa Verdacht geschöpft?«

Bruder Thomas lächelte und schüttelte den Kopf.

»Nein, natürlich nicht, ehrwürdiger Vater«, fuhr Corbett fort. »In Eurer Vorstellung war Robin immer noch am Leben. Und wer würde schon einen aufrechten, gesetzestreuen Unter-Sheriff in Verdacht haben, in Wirklichkeit der Räuber in Verkleidung zu sein? Das Flittchen aus der Schenke? Nun, wie schon gesagt, sie spielte ihre Rolle. Morgen früh werden sie und ihr Vater davon erwachen, daß die Männer Lord Lincolns jeden Winkel ihres Hauses durchsuchen.«

»Hatte Vechey einen Verdacht?« fragte Bruder Thomas.

»O nein! Er war zu sehr damit beschäftigt, den Verräter auf der Burg zu jagen, der dem Räuber die entscheidenden Informationen lieferte. Branwood plante umsichtig seinen Tod.« Corbett zog ein Bündel unter seinem Stuhl hervor und entnahm ihm ein schmutziges Tuch. »Erinnert Ihr Euch, Medikus Maigret, wo Ihr das zuletzt gesehen habt?«

»Ja, warum?« rief der Arzt und starrte auf das Tuch. »Das ist eins aus Vecheys Kammer. Er hat es benutzt, um sich damit den Mund abzuwischen.«

»Nein, das tat er nicht!« entgegnete Corbett. »Als Sir Eustace hinauf in seine Kammer ging, hielt er einen Becher Wein in der Hand. Er trank ein paar Schlucke, dann aßen er und Lecroix etwas Konfekt. Anschließend wusch sich Sir Eustace Hände und Gesicht. Er nahm ein Tuch, trocknete sich ab und legte sich ins Bett.« Corbett kaute auf seiner Unterlippe und schaute Branwood an. »Aber wir wissen beide, Sir Peter, daß das Tuch, das Vechey benutzte, mit dem stärksten Gift bedeckt war, das Ihr von dieser Hexe Hecate kaufen konntet, das der todbringenden Tollkirsche. O ja, ich habe von einem Fall in Italien gehört, bei dem eine Frau eines der Hemden ihres Mannes in eine solche Mixtur tauchte und ihn so umbrachte. Naheliegenderweise gebrauchte Lecroix nicht dasselbe Tuch wie sein Herr. Ich frage mich, ob er das mit seinen letzten Worten vor seinem Tod meinte? Erinnert Ihr Euch, Maigret? ›Mein Herr war ordentlich.‹«

»Ja, ich erinnere mich«, entgegnete Maigret. »Und Ihr habt recht, Sir Hugh. Vechey wäre ins Bett gegangen, die Hände und das Gesicht mit der giftigen Substanz bedeckt.«

»Aber was die Sache natürlich leichter machte, war, daß Sir Eustace offene Wunden an den Mundwinkeln hatte. Durch diese gelangte das Gift direkt ins Blut und in die anderen Säfte. Und doch war dieses Tuch Euer größter Fehler, Sir Peter. Am nächsten Morgen kamt Ihr mit den anderen in Sir Eustaces Kammer und ersetztet im allgemeinen Durcheinander das befleckte Tuch durch ein ähnliches, beflecktes Tuch. Ihr wart sehr gerissen. Das Ersatztuch hatte Weinflecke und Flecke von Konfekt, sogar Blutflecke, da Sir Eustace die eiternden Stellen an seinen Lippen aufgekratzt hatte. Nun also, Medikus Maigret.« Corbett reichte ihm das schmutzige Tuch hinüber. »Zieht eine Kerze heran. Begutachtet das Tuch, das in Sir Eustaces Kammer zurückge-

lassen wurde, und überlegt Euch dann, auf der Grundlage dessen, was ich Euch gesagt habe, was damit nicht stimmen kann.«
Maigret tat, worum ihn Corbett gebeten hatte. Erst schüttelte er nur den Kopf, dann schaute er jedoch lächelnd hoch. »Natürlich«, sagte er. »Hier sind die Konfekt- und hier die Blutflecke, aber beide befinden sich an unterschiedlichen Stellen. Sie sollten nur an einer Stelle sein und sich sogar mischen.«
»Genau!« sagte Corbett, nahm das Tuch und warf es über die Tafel Lincoln zu. »Zu diesem Schluß kam ich ebenfalls, als ich es ein zweites Mal untersuchte.«
»Aber«, rief Maigret, »Sir Peter war doch ebenfalls krank.«
»Oh, ich denke, das hat mit einem von zwei Gründen zu tun. Erinnert Euch, Sir Peter kam erst zu Euch, nachdem man Sir Eustaces Leiche entdeckt hatte. Das könnte damit zu tun haben, daß Sir Peter versuchte, so zu tun, als sei er ebenfalls ein mögliches Opfer. Vielleicht war er aber auch nur mit der giftigen Substanz an dem Tuch in Berührung gekommen oder befürchtete das nur.« Corbett verzog das Gesicht. »Wer würde schon Verdacht schöpfen? Branwood hatte das Tuch vermutlich bereits dort liegengelassen, bevor das Bankett begann. Es war der einzige Gegenstand im Zimmer, den er nicht mit Lecroix, einem bloßen Diener, teilte.«
»Ihr sagt die Wahrheit, Sir Hugh«, erhob Bruder Thomas die Stimme. Ich erinnere mich an diesen Morgen. Sir Peter kam in Handschuhen in Vecheys Zimmer. Ich bin mir sicher«, fuhr er mit ruhiger Stimme fort, »daß diese Handschuhe zusammen mit dem giftigen Tuch im Feuer verschwanden.«
»Und Lecroix?« fragte Maigret.
»Nun, er mußte auch sterben. Es bestand die Gefahr, daß er etwas bemerkt, oder daß ihm Vechey seinen Verdacht anvertraut haben könnte. Erinnert Ihr Euch jetzt daran, Sir Peter, daß ich Euch gefragt habe, warum Lecroix sich in den Kellern aufgehängt hat? Ihr habt damals gesagt, weil die Burg angegrif-

fen wurde, oder weil Lecroix auf der Suche nach Wein gewesen war. Wir fanden doch schließlich ein kleines Faß, dessen Deckel zerschlagen war. Natürlich weiß ich heute, daß sich alles ganz anders verhielt. Es gab in der Burg genügend Wein, und außerdem waren die Keller mit ihren geheimen Falltüren der letzte Platz, an dem sich jemand verstecken würde. Lecroix war nicht so dumm, wie er ausah. Er hat vielleicht nach dem Geheimgang gesucht, der aus der Burg führt. Er hatte vielleicht sogar nach dem Tod seines Herrn einen Verdacht, wie die Wahrheit aussehen könnte. Er war möglicherweise zu dem Schluß gekommen, daß er herausfinden könnte, was die Räuber erbeutet hatten. Mit anderen Worten, Lord of Lincoln, wenn Seine Hoheit der König seine Steuern wiederbekommen wollen, bin ich mir sicher, daß sie sich irgendwo in den Kellern oder Geheimgängen, die aus der Burg herausführen, finden lassen.« Corbett hielt inne und starrte Branwood an, der jetzt seine Fassung wiedergewonnen hatte und kühl dem Blick standhielt. »Der Rest«, Corbett hob seine Hände, »war einfach. Wir zogen in den Wald, aber Ihr hattet bereits Bescheid gegeben und habt uns in den Hinterhalt geführt. Das gleiche gilt auch für den armen Gisborne.« Corbett lächelte bekümmert. »An diesem Tag war alles durcheinander. Ich brach nach Kirklees auf. Ihr, Sir Peter, wart allem Anschein nach wütend über Gisborne und ranntet hin und her, so daß niemand genau wissen konnte, was Ihr gerade tatet. Naylor und Roteboeuf blieben hier, um den Schein zu wahren, während Ihr durch die Tunnels eiltet, um die Räuber zusammenzutrommeln. Und Gisborne ging Euch auch wirklich in die Falle.« Corbett sah den Earl of Lincoln an, der von dem, was er hörte, fasziniert war. »Edler Herr, Ihr habt bezweifelt, daß jemand aus der Burg sich in den Wald begeben und zurückkehren kann. Nottingham ist eine kleine Stadt. Man hat ihre Mauern in zwanzig Minuten hinter sich gelassen, selbst wenn man gezwungen ist, durch die geschäftigen Straßen zu reiten. Könnt Ihr Euch vorstellen, wie schnell es geht, wenn man einen Geheimgang benutzt? Wer weiß? Vielleicht können wir einen dieser Tunnels finden. Ich schätze, daß Sir Peter nach Verlassen der Burgkeller innerhalb von vier oder fünf Stunden im Herzen des Sherwood Forest sein, einen Überfall planen, ihn durchführen und zurückkehren konnte. Und wer würde das schon bemerken? Sir Eustace, solange er noch lebte, war ein gebrochener Mann, und dann war immer noch Roteboeuf da, der seine Nase ständig überall hat, um zu sagen, daß Sir Peter hierhin oder dorthin unterwegs sei. Und, um das Geheimnis noch komplizierter zu machen, zog Branwood manchmal gar nicht selbst in den Wald, sondern schickte statt dessen Naylor.«

Corbett setzte sich und sah in die Runde. Er hatte noch nie eine Gesellschaft so versteinert gesehen, noch nie ein so gebanntes Publikum gehabt.

»Ich bin mit meiner Geschichte fast fertig«, fügte er leise an. »Ein kluger Plan, doch von Anfang an mit Fehlern behaftet. Als ich alles niederschrieb, was geschehen war, fing ich an, ein Muster zu erkennen.« Corbett zählte die Punkte an seinen Fingern auf. »Erstens, der Angriff auf die Burg am ersten Tag meines Aufenthalts hier. Wie konnten die Räuber wissen, in welchem Zimmer ich sein würde? Zweitens, der Überfall im Sherwood Forest. Damals kümmerte ich mich nicht darum, aber nachher ist man immer klüger. War es nicht seltsam, daß keiner von uns von diesen Pfeilen getroffen wurde? Branwood und Naylor mußten zusehen, daß mir nichts passiert. Hätten sie den Bevollmächtigten des Königs erschlagen, wäre das wirklich etwas zu weit gegangen.« Corbett hielt inne und schaute den Tisch entlang. Er war sich sicher, daß Branwood beinahe lächelte. »Ihr werdet dafür hängen!« sagte er. »Ihr seid ein Verräter und ein Mörder, wie auch Naylor und Roteboeuf und alle die, die Euch behilflich waren.«

Corbetts düstere Worte hatten die erwünschte Wirkung. Rote-

boeuf, der bleich geworden war und ganz verhärmt aussah, sprang auf und warf dabei seinen Stuhl um. Lincolns Soldaten näherten sich.
»Es ist wahr!« schrie er.
»Halt die Schnauze!« brüllte Branwood.
»Oh, um Himmels willen!« Roteboeuf versuchte, sich von den Armen der Soldaten zu befreien. »Sir Hugh, ich bin Geistlicher. Ich werde alles gestehen, die Namen und die Daten.« Er hielt inne und sah Corbett flehend an.
»Ich werde Euch der Gnade des Königs empfehlen«, entgegnete der mit leiser Stimme.
»Halt die Schnauze, du lügnerischer Bastard!« brüllte Branwood. »Du weinerlicher Feigling!«
Roteboeuf jedoch, dem die Worte Corbetts Mut gemacht hatten, fiel auf die Knie.
»Es ist wahr!« Er schluchzte auf. »Branwood haßte Robin Hood, war von dem Räuber wie besessen. Er fand auch die Tunnels, die aus der Burg führen. Er, Naylor und ich haben sie oft benutzt. Sir Eustace schöpfte nie einen Verdacht. Dann kamen im Spätherbst des letzten Jahres, kurz nach Allerheiligen, die Briefe, daß Robin of Locksley die Armeen des Königs in Schottland verlassen würde, und Branwood entwickelte seinen Plan. Wir verließen die Burg auf einer geheimen Route, maskiert und mit Kapuzen. Locksleys zwei Gefährten wurden sofort getötet, und wir ließen Locksley als tot zurück.« Roteboeuf leckte sich die Lippen. »Wir hatten es ziemlich eilig, aus Angst, weil wir so nah bei Kirklees waren. Wir nahmen ihm seine Sachen ab, einschließlich des Siegelrings. Zunächst war Branwood vollkommen überzeugt davon, daß der Räuber tot sei. Er fälschte Briefe an dessen Verwalter und versah sie mit dem gestohlenen Siegel, um sich Robins weniger Habseligkeiten in Locksley zu bemächtigen und diese zu verkaufen.«
Roteboeuf wollte schon weitersprechen, da warf sich Naylor

über den Tisch und ergriff ein Messer. Mit einem Wutgebrüll versuchte er, ihn zu erstechen. Man schlug ihm das Messer aus der Hand. Auf Lincolns Befehl band man Naylor die Arme etwas unsanft hinter der Stuhllehne zusammen. Roteboeuf sprach weiter. Wie Branwood auf die Idee gekommen sei, selbst als Robin Hood aufzutreten. Wie leicht es gewesen sei, in den Wald zu kommen und dort die vielen Räuber zu rekrutieren. Wie er und Naylor als Sprecher fungiert, sie den Angriff auf die Steuereinnehmer und andere ähnliche Angriffe vorbereitet hätten. Wie Sir Eustace anfänglich nichts bemerkt hätte, dann aber doch mißtrauisch geworden sei, und einen hochrangigen Verräter auf der Burg vermutete. Daraufhin habe Branwood beschlossen, ihn zu töten.
»Sie töteten auch noch andere«, jammerte Roteboeuf. »Das einzige Haar in der Suppe waren diese Feuerpfeile, die am dreizehnten jeden Monats abgeschossen wurden. Branwood hatte den Verdacht, daß einer von Robins alten Gefährten die Wahrheit wußte, und deshalb wütete er fürchterlich unter den Räubern, die sich ihm widersetzten. Er ermordete Vechey. Naylor ermordete Lecroix, Hecate und den jungen Mann in der Schenke, den Rätselmeister. Sir Peter glaubte, daß es sich bei ihm um einen weiteren Spion handelte. Ich schwöre, daß das die Wahrheit ist!« rief er mit wilden Augen. »Ich werde das auch vor den Richtern des Königs schwören!«
Lincoln erhob sich. »Sir Peter Branwood, Unter-Sheriff des Königs in Nottingham, ich frage Euch feierlich, könnt Ihr Euch gegen diese Anschuldigungen verteidigen?«
Branwood hob seinen Kopf aus den Händen. »Verteidigen?« flüsterte er. »Verteidigen, du dummer, versoffener, alter Mann! Wogegen? Daß ich einen Räuber getötet und getan habe, was er getan hat? Wenn es so ist, daß der König Robin of Locksley begnadigen und in sein Kabinett aufnehmen kann, warum kann er dann nicht auch mich begnadigen?« Er drehte sich um und

starrte Corbett finster an. »Es war es mir wert!« schnarrte er. »Ich habe diesen arroganten Räuber in seinem Lincolngrün und mit seiner angeblichen Liebe zu den einfachen Leuten zu Fall gebracht. Ich habe zwei Fehler gemacht. Nein drei! Ich hätte seinen Kopf nehmen sollen, wie den dieses Dummkopfs Gisborne. Dann hätte ich Roteboeuf umbringen sollen und vor allem natürlich Euch, Corbett, Euch hätte ich umbringen sollen!«
Lincoln ging an der Tafel entlang und gab seinen Soldaten ein Zeichen.
»Sorgt dafür, daß er aufsteht!«
Die Soldaten stellten Branwood unsanft auf die Füße. Er spuckte Lincoln herausfordernd an, worauf der ihm ins Gesicht schlug und anschließend seine Amtskette vom Hals riß.
»Sir Peter Branwood, Ihr seid ein Dieb, ein Mörder und ein Verräter! Ich nehme Euch wegen Hochverrats fest und Euch ebenfalls, John Naylor. Was Euch angeht«, er schaute verächtlich zu dem knienden und schluchzenden Roteboeuf hinüber, »Ihr werdet festgesetzt, bis der Wille des Königs bekannt ist. Sir Hugh.« Er schaute Corbett an. »Sir Hugh ...«
Corbett ging um den Tisch herum und schaute Branwood an, der trotzig zurückschaute.
»Ihr habt unrecht, Branwood«, sagte Corbett. »Robin of Locksley war ein Räuber, aber er war auch ein Träumer, ein Idealist. Er liebte die einfachen Leute wirklich. Ihr dagegen seid nur ein Meuchelmörder, ein hinterhältiger Dieb und ein mittelmäßiger Verräter. Ihr habt Euer hohes Amt zu kaltblütigem Mord mißbraucht und dazu, das Geld des Königs zu stehlen. Gott vergebe mir! Ihr seid der einzige Mann, den ich jemals sterben sehen wollte!«
»Schafft sie weg!« befahl Lincoln.
Die Soldaten stießen die drei Gefangenen nach draußen. Lincoln ging zum Tisch zurück, füllte die Weinbecher und drückte einen Corbett in die Hand. Nachdem er den Soldaten Anweisung

gegeben hatte, die Türen der Halle zu schließen, sah er jeden der Gesellschaft an.
»Robin of Locksley ist tot. Er hätte ein besseres Ende verdient gehabt und auch die, die Branwood so kaltblütig ermordet hat. Dem Verräter wird vor dem obersten Gerichtshof des Königs in Westminster der Prozeß gemacht, es wird ein kurzer Prozeß sein. Was alles übrige angeht, so seid Ihr über alles, was Ihr hier heute nacht gesehen und gehört habt, zum Schweigen verpflichtet.« Er nahm einen Schluck Wein. »Obwohl ich befürchte, daß sich die Wahrheit bald herumspricht.«
Lincoln sah sich in der dunklen, von Schatten erfüllten Halle um. »Der König muß hierherkommen«, sagte er. »Doch dieser Ort muß zuerst gereinigt werden!« Er winkte einen der Ritter aus seinem Gefolge heran, flüsterte ihm etwas ins Ohr und sah dann die Priorin an. »Edle Dame, ich werde Euch morgen früh eine angemessene Eskorte zurück in Euer Kloster geben. John Little, ich schlage vor, Ihr bleibt im Kloster bei Bruder William, bis Ihr ein neues Begnadigungsschreiben erhaltet. Was den Rest angeht«, er zuckte mit den Achseln, »diese Verhandlung ist jetzt beendet. Ihr könnt gehen.«
Corbett und Lincoln sahen zu, wie alle schweigend und schockiert die Halle verließen.
»Ihr habt wahrscheinlich recht, Corbett«, murmelte Lincoln. »Wir werden eine Menge in den Kellern finden. Vielleicht werde ich morgen selbst den Sherwood Forest besuchen, um den Räubern dort etwas zu geben, woran sie sich erinnern werden, jetzt, wo sie keine Anführer mehr haben.«
»Die Blue Boar Tavern?« fragte Corbett.
Lincoln grinste. »Meine berittenen Sergeanten werden Euch dort vor Sonnenaufgang erwarten. Aber, Hugh, hört zu. Warum hat Euch Roteboeuf von Scarlett erzählt?«
»Sie kamen an den alten Räuber nicht dran«, entgegnete Corbett. »Er war mißtrauisch und wurde von der heiligen Mutter

Kirche versteckt. Branwood ließ es also darauf ankommen. Man gab mir Scarletts Namen, um zu sehen, ob der alte Bruder etwas wüßte und Branwood als rechtschaffenen wütenden königlichen Beamten zu veranschaulichen.« Er zuckte mit den Achseln. »Scarlett wußte wenig, aber ich sah diesen riesigen Gärtner und wurde nachdenklich. War er John Little, und wenn ja, warum versteckte er sich? Hätte Branwood von seiner Anwesenheit dort gewußt, hätte er mich nie und nimmer dort hingeschickt.«
»Ein vollkommen gewissenloser Mann«, murmelte Lincoln.
»Ja«, sagte Corbett. »Er war entschlossen, beide Rollen zu spielen. Er opferte sogar seinen Knappen Hobwell, um der Farce Glaubwürdigkeit zu verleihen. Es war alles eine Farce. Selbst die Priorin wurde hineingezogen, ohne es zu wollen. Sie konnte den Tod von Robin oder den von Marion nicht erklären, deswegen gab sie vor, sie seien beide zurück in den Sherwood Forest geflohen. Branwoods Missetaten dort bestätigten ihre Geschichte.«
»Jetzt ist alles vorbei«, sagte Lincoln. »Branwood wird in Ketten nach Westminster gebracht. Braucht Ihr eine Eskorte nach London, Hugh?«
Corbett schüttelte den Kopf. »Ranulf und ich sind nun sicher. Und außerdem muß ich nach Locksley zurück. Dort gibt es einen Mann, einen alten Priester, der die Wahrheit hören muß.«

# Epilog

Auf dem Smithfield Market in London war es bereits heiß, und die Leute standen dicht gedrängt, ehe noch die Glocken der nahen St. Bartholomew's Priory zur Morgenmesse läuteten. Immer noch strömten Menschen herbei, aber nicht wegen irgendwelcher Marktstände und -buden, die waren alle entfernt worden. Die Massen wurden von einem gewaltigen schwarzen Schafott angezogen, das man in der Mitte des Marktplatzes aufgebaut hatte. Die Flammen, die einen massiven Kupferkessel umloderten, und die grimmigen Scharfrichter in ihren roten Masken faszinierten sie. In einer Ecke des Podests befand sich ein hoher Pfosten mit einem Querbalken, von dem ein langes Seil herabbaumelte. Der Lehrling des Henkers legte bereits als Vorbereitung für die grausige Zeremonie, die bald beginnen würde, die schmale Leiter an.

Corbett war anwesend, Ranulf stand neben ihm. Maltote hatte sich erboten, sich um ihre Pferde im Hof von St. Bartholomew's zu kümmern. Ganz London, sogar die Barone und Damen in Seide und kostbaren Kleidern, hatte sich um die besten Plätze gedrängt. Corbett war nur dort, weil er vom König den ausdrücklichen Befehl erhalten hatte.

»Du sollst den Bastard sterben sehen!« hatte Edward gebrüllt. »Du sollst mein Zeuge sein! Und sterben soll er!«

Der Beamte hob den Kopf, um die kühle Morgenbrise besser genießen zu können. Er haßte Hinrichtungen. Er wünschte sich nur, sein Pferd holen und an Barbican vorbei nach Norden zum Leighton Manor reiten zu können. Der König hatte jedoch sehr

darauf bestanden. Naylor war bereits gehängt worden, gerädert und gevierteilt. Seine Glieder, gesotten und gepökelt, hingen jetzt an der Stadtmauer von Nottingham als Warnung an alle potentiellen Übeltäter. Roteboeuf war glücklicher dran gewesen. Er hatte sich darauf berufen, Geistlicher zu sein, war zum Kronzeugen und unter einer Bedingung begnadigt worden: Essen und Wasser und jeder Besitz wurden ihm verweigert, und er erhielt den Befehl, barfuß bis zum nächstgelegenen Hafen zu gehen. Von dort aus sollte er sich ins Exil begeben, wobei ihm bei Todesstrafe verboten war, England jemals wieder zu betreten. Seinem Herrn Branwood war vor einem besonderen Richterausschuß der Prozeß gemacht worden. Der ehemalige Unter-Sheriff hatte arrogant alle Verbrechen gestanden, den König öffentlich verhöhnt und schließlich ungerührt den Urteilsspruch des Richters des höchsten Gerichtshofes entgegengenommen: Er würde zu einem offiziellen Richtplatz gebracht und dort zu einem vom Gericht festgesetzten Zeitpunkt gehenkt werden. Noch lebend solle man ihn herunterschneiden, seinen Körper öffnen, die Gedärme herausnehmen, seinen Kopf abschlagen und schließlich vierteilen. Der Kopf soll auf der London Bridge aufgepflanzt und die vier Rumpfteile würden in die vier wichtigsten Städte des Königreiches gesandt werden.
Corbett öffnete die Augen. »Es ist mir egal, was der König gesagt hat!« stieß er aus dem Mundwinkel hervor. »Wenn Branwood hier eintrifft, gehe ich!«
Ranulf nickte geistesabwesend. Er dachte an die üppige Amisia, die jetzt in bescheidenem Wohlstand im Konvent der Minoritinnen lebte, aber vor allem dachte er an das übertriebene Lob des Königs, was seine Arbeit bei der Entschlüsselung der Chiffre anging. Ranulf schloß die Augen und flüsterte, was selten vorkam, ein Gebet. Er konnte nur hoffen, daß Corbett recht behalten würde, und abwarten. Der König hatte, weil Corbett darauf bestanden hatte, alle Häfen geschlossen und den Verkehr von

und nach Frankreich beschränkt. So würde Philipp nie erfahren, ob Achitophel Erfolg gehabt hatte oder nicht. Aus Paris hatten sie gehört, daß bald etwas geschehen würde. Jacques de Chatillon, Philipps Onkel und der Oberbefehlshaber der französischen Armeen in Flandern, hatte einem von Corbetts Spionen zufolge dem Louvre einen kurzen Besuch abgestattet. Er war jetzt wieder zurück an der französischen Grenze. Edwards Verbündete in Flandern, die Bürgermeister und die mächtigsten Bürger einiger flämischer Städte, begannen, über französische Truppenbewegungen zu berichten. Aus Courtrai war jedoch wenig Neues zu hören. Edward hatte das Geheimnis solange wie möglich für sich behalten, und seine Spione in Flandern hatten in dieser Gegend von wenigen oder von überhaupt keinen Aktivitäten berichtet.

Ranulf schaute auf, als die Menge plötzlich aufbrüllte. Eine schwarzgekleidete, makabere Prozession, die von einem Trompetensignal angekündigt wurde, betrat den Marktplatz. Ranulf erspähte die wippenden, schwarzen Federn, die die Pferde zwischen den Ohren trugen. Zwei dunkel gekleidete Scharfrichter, denen eine Menge städtischer Bediensteter folgte, scharten sich um den mit Rindsleder überzogenen Bock, auf dem man Branwood festgebunden hatte. Königliche Bogenschützen führten die Prozession an und schlugen den Weg frei. Am Fuß des Schafotts blieben alle stehen. Branwood wurde losgebunden und die Stufen hinaufgestoßen. Vor ihm hatten schon sechs wie Teufel gekleidete Folterer das Podest betreten.

Corbett schaute einmal kurz hin, aber Branwood war nicht wiederzuerkennen, Haare und Bart waren zerzaust, und sein Körper war von Kopf bis Fuß eine einzige offene Wunde. Zwei der Folterer stießen ihn gegen das Geländer des Schafotts, damit ihn die Menge sehen konnte, dann zurück und auf die Leiter, wo die Schlinge seiner harrte.

»Ich habe genug gesehen«, flüsterte Corbett.

Mit Ranulf auf den Fersen kämpfte er sich einen Weg durch die Menge zurück in die kühlen und dunklen Bogengänge der St. Bartholomew's Priory. Hier stand der bleiche Maltote und hielt die Zügel ihrer Pferde.
»Kommt!« drängte Corbett.
Sie stiegen auf und ritten aus dem Hof. Corbett hob die Hand vor die Augen, als er eine Gestalt sah, die am Ende eines Seiles zuckte, während auf Trommeln ein Rhythmus des Todes geschlagen wurde. In wenigen Minuten hatten sie den Markt hinter sich gelassen und ritten durch enge Gassen nach Aldersgate. Schließlich zügelte Corbett sein Pferd.
»Es ist alles vorbei, Ranulf«, flüsterte er und beugte sich vor, um seinem Pferd den Hals zu tätscheln. »Wir reiten jetzt nach Leighton. Lady Maeve erwartet uns.«
»Was ist mit Onkel Morgan?« fragte Ranulf.
Corbett rieb sich die Wange. »O ja, wir dürfen den lieben Onkel Morgan nicht vergessen.«
»Und danach, Herr?«
Corbett lächelte. »Dann darfst du meinetwegen nach London zurückkehren. Ich denke, ich werde in Leighton bleiben und dort auf Neuigkeiten von der anderen Seite des Kanals warten.« Er faßte Ranulf am Handgelenk. »Aber was immer passiert, spätestens Weihnachten, Ranulf, wirst du ein vermögender Mann sein, ein Beamter des Königs, und bereit, die glatten Stufen der königlichen Gunst weiter emporzusteigen.«

Am selben Tag, an dem Corbett nach Leighton ritt, marschierte die französische Armee gegen Courtrai. Philipp glaubte, daß keine Macht der Welt der Blüte des französischen Ritterstandes widerstehen könnte: Phalanx nach Phalanx schwerbewaffneter Ritter, Reihen bewaffneter Krieger und dicht geschlossene Reihen von Bogenschützen aus Genua. Die Franzosen waren siegesgewiß. Sie, die Ritterschaft Europas, die beste Armee der westlichen Christenheit, würde die einfachen Handwerker, Weber und sonstigen Bürger Flanderns schlichtweg überrennen. Bei Sonnenuntergang dieses Tages waren Philipp und die großen Herren Europas schockiert, als sie vernahmen, daß es diese Armee nicht mehr gab. Die Franzosen hatten angegriffen, aber die Flamen waren vorbereitet gewesen. Philipps Ritter waren mutig immer wieder vorgeprescht, nur um sich an den gesammelten Kohorten flämischer Fußsoldaten mit ihren langen Spießen und kurzen spitzen Schwertern aufzureiben. Courtrai war eine Katastrophe für Philipp, und was von seiner Armee noch übrig war, floh in Hast zurück über die Grenze. Alles, was der französische König noch tun konnte, war, vor der Statue seines heiligen Vorfahren niederzuknien und sich verbittert zu fragen, was wohl schiefgegangen war.

Bei Nottingham war im Wald alles ruhig, ein grünes Meer unter einem dunkler werdenden Himmel. Der Räuber Hoblyn hockte unter den mächtigen Ästen einer großen Eiche, die Augen auf den Weg geheftet.
Die Zeiten waren andere geworden, aber Hoblyn, der jetzt schon sechsundfünfzig Sommer erlebt hatte, hatte eine philosophische Einstellung. Als junger Mann hatte er zur Bande Robin Hoods gehört. Als der große Räuber die Begnadigung des Königs angenommen hatte, hatte Hoblyn es ebenfalls mit dem Weg der Rechtschaffenheit versucht, was ihm jedoch schwergefallen war. So war er in den Wald zurückgekehrt, hatte das Wild des Königs erlegt, sich vor den Wildhütern des Königs in acht genommen und nach den gelegentlichen einsamen Reisenden Ausschau gehalten.
Dann war Robin zurückgekehrt, und Hoblyn hatte sich der Bande wieder angeschlossen. Wie alle anderen, hatte er sich gelegentlich auch über die Gründe für bestimmte Taten Robins gewundert, jedoch keine Veranlassung gesehen, ihn deswegen

zu befragen. Robin war immer so etwas wie ein Geist. Er war der Sohn des Jägers Herne, der sich in einen Baum verwandeln und sowohl mit den Tieren als auch mit den Elfen und Kobolden sprechen konnte, die im Wald ihr Unwesen trieben. Jetzt war Robin wieder fort. Etwas Schreckliches war in Nottingham vorgefallen. In den Gasthäusern grassierten die Gerüchte: wie Robin den Sheriff ermordet hatte, wie er sich an dem bösartigen Sergeanten des Sheriffs, John Naylor, gerächt hatte, daß er weggegangen war, aber eines Tages zurückkehren würde. Für Hoblyn machte das alles keinen Sinn. Alles, was er wußte, war, daß der Räuber und seine Hauptleute fort waren. Kein Hornsignal würde mehr ertönen, das ihn zu einem Treffen rief, bei dem man ihm die Anweisungen zuflüstern würde.
Hoblyn zuckte mit den Achseln und spuckte aus. Es war ihm egal. Er war sich sicher, daß Robin zurückkehren würde. Er straffte sich, als er das Klirren von Zaumzeug und das leise Trappeln von Hufen hörte. Um die Biegung des Waldweges herum kam ein einsamer Reiter. Hoblyn spähte durch die zunehmende Dunkelheit und grinste. Nach dem Anblick zu schließen, war der Reisende ein gemästeter Priester. Hoblyn zog sich seine Maske vors Gesicht und die Kapuze über den Kopf und lief dann gebückt die paar Schritte zum Wegesrand. Er legte einen Pfeil an die Bogensehne, wartete, bis der Reiter ihn beinahe erreicht hatte, und trat dann auf den Weg. Er spannte die Bogensehne: die Pfeilspitze zeigte direkt auf die Brust des Priesters.
»Was wollt Ihr?« rief der Geistliche erzürnt und zügelte sein Pferd.
»Also, erst einmal den Weinschlauch, den Ihr an Eurem Sattelknauf hängen habt.«
Der Priester machte ihn los, und er fiel mit einem dumpfen Geräusch zur Erde. Hoblyn ging etwas nach rechts.
»Und nun die Geldbörse, die an Eurem Gürtel baumelt. Seid

jedoch vorsichtig! Ein Dutzend von uns sind auf beiden Seiten des Weges postiert!« log er.
Der Priester leckte sich seine fleischigen Lippen und schaute ins Dunkel. Er hörte es im Unterholz rascheln und knistern. Zitternd vor Angst machte er seine Börse los und ließ sie ebenfalls fallen.
»Ich bin Geistlicher«, stotterte er. »Ich tue nur das Werk Gottes!«
»Das tue ich auch!« entgegnete Hoblyn. »Ich verteile den Reichtum Gottes unter den Armen. Ihr dürft weiterreiten, Priester!«
Der Priester nahm die Zügel seines Pferdes in die Hände, und Hoblyn trat beiseite, um ihn vorbeizulassen.
»Wer seid Ihr?« fauchte der Priester und schaute finster auf die maskierte Gestalt mit Kapuze.
Hoblyn lächelte. »Warum? Wißt Ihr das nicht? Das hier ist der Sherwood Forest. Sagt Euren Freunden, Robin Hood sei zurückgekehrt!«

# Notiz des Autors

Die Schlacht von Courtrai war, wie in diesem Roman beschrieben, eine Katastrophe für Philipp IV., die den großen Niederlagen des 14. Jahrhunderts vorausging, als Ritter in Formation Kleingruppen von disziplinierten, gut bewaffneten und entschlossenen Fußsoldaten aus dem Bauernstand in die Hände fielen.

Der geheime Krieg der Diplomatie, der Courtrai vorausging, spielte sich ebenfalls so ab, wie beschrieben. Bei Betrachtung der Dokumente, die sich im Public Records Office befinden, besonders in den Kategorien C.47 und C.49, fällt auf, daß die Franzosen zu dieser Zeit Edward I. und seinen Heerführern gegenüber sehr mißtrauisch waren. Edward war durch einen Vertrag mit Philipp liiert und konnte die Flamen nicht offen unterstützen. Seine Erleichterung über Philipps Niederlage in Courtrai kommt in seiner Korrespondenz, die auf diese Nachricht folgt, ganz klar zum Ausdruck.

Der Gebrauch von Chiffren ist ebenfalls interessant. Einige sind immer noch nicht geknackt, andere wie die, die Edward III. im Jahr 1330 in seiner Korrespondenz mit dem Papst gebrauchte, konnten erst gelöst werden, als Historiker Zugang zu den Archiven des Vatikan erhielten.

Nottingham sah so aus, wie es beschrieben wird, eine dänische Stadt, die um eine Burg herum entstanden war, in der es eine Vielzahl von Geheimgängen und Korridoren gab. Im Jahre 1330 geschah es tatsächlich, als der junge Edward III. seine eigene Mutter und ihren Liebhaber Roger Mortimer entmachten wollte, daß er und eine Anzahl Ritter der königlichen Hofhaltung sich eines dieser Geheimgänge bedienten, um in die Burg zu gelangen und Mortimer festzunehmen. Der Coup gelang.

Die Geschichte von Robin Hood ist eine der berühmtesten der volkstümlichen Überlieferungen des Abendlandes, aber hat dieser Mann wirklich gelebt? Meine Theorie, daß es ihn gab und er wirklich mit Simon de Montfort kämpfte, basiert auf einem sehr seltsamen lateinischen Gedicht im Folio 103 der Registe Premonstratense (ebenfalls in der British Library, Manuskript M.55 4934–5), aus dem hervorgeht, daß Robin Hood bereits 1304 bekannt war.

Andrew Wyntoun, ein schottischer Chronist, verzeichnet in seinem Werk »Original Chronicle of Scotland«, verfaßt 1420, ebenfalls (in einem Vers, der das Datum 1283 trägt), daß »Little John und Robin Hood damals lebten und gegen den Sheriff in Sherwood Krieg führten«.

Noch früher, im Jahre 1341, vermerkt John Forduen, ein Kanoniker aus Aberdeen, in seinen »Scottish Chronicles« unter dem Jahr 1266: »Um diese Zeit erhob sich die Schar der Besitzlosen (d. h. die, die für de Montfort gekämpft hatten) und verbannte Little John und Robin Hood mit ihren Gefährten. Sie lebten als Räuber in den Wäldern und im Unterholz.«

Der Roman »Der Mörder von Greenwood« basiert auf der Theorie, daß Robin Hood zur Zeit der Herrschaft Edwards I. lebte und von diesem König auch begnadigt wurde. Dafür sprechen ebenfalls die obenerwähnten Quellen. Ich habe auch anderes Material in die Erzählung eingeflochten: die Tatsache, daß Little John Diener des Sheriffs war, Robin Hoods bittere Fehde mit Guy of Gisborne und seine zum Scheitern verurteilte Liebesaffäre mit Maid Marion. Der Tod des Räubers bei Kirklees könnte sich ebenfalls so abgespielt haben, Altertumsforscher des 18. Jahrhunderts haben sein Grabmal an diesem Ort beschrieben, das

eine Inschrift nicht nur für Robin Hood trug, sondern auch für »William Goldberg und einen Mann namens Thomas«.
Die Stellung des Sheriffs im mittelalterlichen England wurde in diesem Roman ebenfalls beschrieben. Viele Sheriffs gingen auch geheime Bündnisse mit Räuberbanden ein (beispielsweise mit den Coterels in Leicestershire um die Mitte des 14. Jahrhunderts, die sogar die Stirn hatten, den Oberrichter des Königs gefangenzunehmen). Branwood wäre unter diesen Männern nicht weiter aufgefallen. Schließlich ist die Geschichte von Robin Hood jedoch eine Mischung aus vielen Legenden, und dieser Roman muß als eine vieler möglicher Interpretationen gesehen werden.

# Historische Unterhaltung

(63088)

(63078)

(63065)

(63083)

(63808)

(63074)

Gesamtverzeichnis
bei Knaur, 81664 München